살짝 웃기는 글이 잘 쓴 글입니다

살짝 웃기는 글이 잘 쓴 글입니다

ㅋ ㅎ ㅋ ㅎ ㅋ ㅎ ㅋ ㅎ

읽는 사람을 끌어들이는
자기소개서에서 UX라이팅까지

편성준 지음

북바이북

나의 독자인 '당신'에게

이 책은 독서를 좋아하지만 글쓰기는 해본 적 없는, 그러나 '나도 쓰면 잘 쓸 것 같다'는 생각을 가진 '당신'을 위한 책이다. 글쓰기를 처음 시도했는데 글이 잘 써진다면 굳이 이 책을 볼 필요가 없다. 하지만 생각만큼 잘 안 써지는 '당신'에게는 이 책이 도움 될 것이다.

글쓰기는 누구나 할 수 있고 또 빨리 시작할수록 좋다. 나는 광고회사 카피라이터로 일하며 익혔던 메시지 구성 능력과 책을 쓰고 글쓰기 강의를 하며 경험했던 자잘한 기억들을 함께 나누며 당신을 글쓰기의 세계로 끌어들이고 싶다. 마거릿 애트우드Margaret Atwood는 『글쓰기에 대하여』라는 강의록에서 "작가가 글을 쓰는 건 바로 독자를 위해서입니다. '그들'이 아닌 '당신'인 독자를 위해"라고 말하고 있다. 그래서 나도 단 한 사람을 위해 썼다. 유머와 위트가 담겨 있는 매력적인 글을 쓰고 싶어 하는 바로 당신을 위해.

차례

4장 누구나 UX 라이터가 되어야 한다

프롤로그

유머와 위트가 당신의 글을 살린다

사회 초년병일 때 나의 별명은 '아줌마'였다. 드라마를 너무 좋아해서 생긴 호칭이었는데 좋아하는 드라마가 방영되는 날엔 여자 친구와 데이트를 하다가도 그녀에게 양해를 구하고 황급히 귀가할 정도였다. "야, 완전 아줌마야, 아줌마. 나는 지금 아줌마를 만나고 있어." 여자 친구의 이런 푸념 덕분에 졸지에 아줌마로 불리게 되었지만 그렇다고 드라마에 대한 내 사랑을 꺾을 순 없었다.

나는 특히 멜로드라마를 좋아했다. 그런데 허구한 날 청춘 남녀가 나와 밀고 당기는 내용을 섭렵하다 보니 어느 순간 드라마 속에 말도 안 되는 패턴이 존재한다는 사실을 깨닫게 되었다.

먼저, 멜로드라마에 나오는 주인공들은 술을 마실 때 안주를 먹는 법이 없었다. 그렇게 깡술만 원샷해 술이 억장으로 취해도 결정적인 순간이 오면 말짱한 얼굴이 되어 하고 싶은 말을 다 했다. 그들은 깨끗한 양복을 입고 무슨 기획실 같은 부서에서 정체 모를 서류를 뒤적이다가 정시가 되면 거침없이 퇴근을 했다. 매번 스트레스 없이 출퇴근을 하다가 날 잡아 열심히 일할 땐 한 사흘 정도 먹지도 자지도 않고 사무실에서 혼자 계속 일만 하는데 그 야근의 결과는 언제나 회사의 명운을 바꿔놓을 정도로 좋은 아이디어거나 회장님이 놀라 임원들을 불러 놓고 "이것 좀 봐. 자네들 열 명이 한 달 걸려도 못한 일을 신입사원 한 명이 사흘 만에 해냈어!"라고 야단을 칠 정도로 대단한 성과를 거둔다. 그들은 급한 일이 있어서 택시를 타야 할 때가 되면 언제나 2초 만에 빈 택시가 와서 선다. 주인공은 가난해도 깔끔한 원룸 같은 데 살면서도 걸핏하면 "이 거지 같은 곳에 처박혀서!"라는 망언을 서슴지 않는다. 남자 주인공은 술집에 가면 얘기도 안 하고 구석에 처박혀 술만 마시는 놈인데도 결국 여자 주인공의 주목을 받게 된다. 그는 성적 능력 또한 뛰어나서…….

나는 머릿속에 마구 떠오른 내용을 급하게 메모한 뒤 '멜로드라마 주인공들에 대한 고찰'이라는 제목을 붙여 당시 활동하던 광고인들의 커뮤니티에 올렸다.

반응은 폭발적이었다. 나도 늘 그런 생각을 했다는 공감의 댓글부터 글을 통째로 퍼다 나르는 사람들까지 다양했다. 공감이 되면서 웃음 포인트가 있어 좋았다는 소감이 많았다. 나는 생각했다. 아, 평범한 소재라도 살짝 비틀어서 유머나 위트를 넣을 수 있다면 사람들에게 어필할 수 있구나. 그때부터 어떤 글을 쓰든 조금이라도 유머가 들어가도록 노력했던 것 같다. 그렇다고 굉장히 웃기는 얘기를 만들거나 기성 유머 작가처럼 노련한 위트를 구사한 것은 아니었다. 다만 양념처럼 살짝 들어간 유머는 사람들을 무장 해제시켜 내 글을 쉽게 읽게 하고 다음 글을 기다리게 만들었다.

카피라이터 생활을 오래 하다가 회사를 그만두고 『부부가 둘 다 놀고 있습니다』라는 책을 냈는데 열흘 만에 2쇄를 찍고 넉 달 후에 6쇄를 기록할 수 있었던 것도 "글에 유머가 있어서 잘 읽힌다"는 독자들의 격려 덕분이었다. 유머는 글에 속도감을 부여했다. 독자들이 올려 준 수많은 리뷰 중에서도 가장 기뻤던 건 "주말에 읽으려고 금요일에 책을 샀는데 그날 밤 다 읽어버려서 신경질 난다"는 내용이었다. 책을 낸 뒤 간간히 글쓰기 강의를 하러 다녔는데 하루는 강남구 신사동에서 28년간 논술학원을 운영해온 원장님이 연락을 해왔다. 내가 브런치에 올린 '참여연대 글쓰기 강연 후기'를 읽고 자신의 학원에서 글쓰기 강의를 개설해 달라는 내용이었다. '5주간의 강연을 마무리하고 집에 와서 혼자 쫑파티를 하며 술을 마셨는데 안주로 만두를 먹어서 그런지 아침에 방귀 냄새가 지독하다고 아내에게 욕을 먹었다'는 이야기가 그렇게 재밌었다는 것이다. 자신도 글을 쓰지만 그렇게 사소하고도 유머와 위트가 있는 글을 쓰지 못하는 게 콤플렉스라 이 기회에 자기도 수강생이 되어 방법을 배워보고 싶다고 했다. 그렇게 해서 만들어진 강의 제목이 '편성준의 유머와 위트 있는 글쓰기'였다.

자주 가는 대학로의 '동양서림' 사장님에게 물었다. "제가 요즘 글쓰기 책을 하나 준비하고 있는데요. 사람들이 글쓰기 책에서 가장 바라는 게 뭘까요?" 사장님은 한숨을 내쉬며 한참을 고민하다가 "도대체 뭘 써야 하는지 몰라서 막막한 마음부터 해결해줬으면 할 거예요. 나도 그러니까"라고 대답했다. 뭔가 쓰고 싶어지더라도 어디서부터 어떻게 써야 할지 막막해서 이내 포기하게 되는데, 그걸 단박에 해결해주는 책이 나왔으면 한다는 것이었다. 엄청난 독서가인 데다가 평소에 말씀도 잘하시는 사장님이 그런 하소연을 하다니, 하고 놀라고 있는데 사장님의 바람이 이어졌다. "그리고 기왕이면 짧고 재미있는 글을 쓰고 싶어요. 유머가 있는 글은 길어도 술술 읽히지만." 마치 내가 어제 "님의 글은 길어도 이상하게 잘 읽혀서 끝까지 읽게 돼요"라는 댓글을 받은 사실을 알고 있는 것 같은 대답이었다.

나는 지금도 그런 댓글이나 반응을 접하면 신이 난다. 어쩌면 글을 쓰는 이유가 "네 글이 재밌더라"라는 칭찬을 듣고 싶어서인지도 모르겠다. 군산에 사는 배지영 작가는 "세상에서 가장 좋은 사람은 내가 쓴 책을 읽어주는 사람"이라고 했다. 나 또한 누군가 내 글을 읽고 조금이라도 반응을 보여주는 사람은 모두 은인이요 고마운 사람이라고 생각한다. 나는 이자람밴드의 노래 가사처럼 "유머 하나를 따서 아삭아삭 먹자" 했을 뿐인데 누군가 그 글을 읽고 살짝 웃거나 미소를 지었다는 사실은 나를 기쁘게 만든다. 유머와 위트는 당신의 글을 살린다. 그러나 잊지 말아야 할 것은 유머 옆에는 언제나 페이소스가 있어야 한다는 것이다. 당신이 쓴 글이 독자를 웃기기만 해서는 안 된다. 울릴 수도 있어야 한다. 세상일엔 모두 양면성이 있다. 읽기 쉬운 글은 쓰기 어렵다. 개그맨이 관객을 웃기기 위해서는 전날 밤 혼자 울어야 한다. 자, 이제 나와 함께 사람들을 웃게 하고 울게 하는 글 쓰는 법에 대해 알아보자. 이 책 덕분에 단 한 사람이라도 당신의 글을 읽고 웃게 된다면 나는 기뻐서 밖으로 뛰쳐나갈지도 모른다. 그건 나의 글과 이야기가 세상을 조금 달라지게 했다는 증거니까. 글을 써보자. 쓰면서도 재밌고 읽으면서도 재밌는 쫀쫀한 글을.

1장

글을 재밌게 만드는 건 70퍼센트가 자세다

글은 배웠지만 글쓰기는 배운 적이 없다는 당신에게

내가 본격적으로 글을 쓰고 책을 출간하기 시작하자 부러워하며 자기도 글 쓰며 사는 게 꿈이었다고 말하는 사람들이 가끔, 아니 자주 있다. 사실 그런 사람들에게 별다른 대꾸를 해주지 못한다. 그러나 마음속으로는 언제나 똑같은 대답을 한다.

"네, 잘 오셨어요. 오늘부터 쓰세요. 지금부터."

글을 처음 쓰는 사람들은 종종 무얼 써야 할지 모르겠다고 말한다. 막상 글을 쓰려니 떠오르는 글감이 하나도 없고, 무엇보다 자신은 글쓰기를 배운 적이 없다는 것이다. 배운 적이 없다고? 나도 그렇다. "너는 카피라이터 출신이니까 글쓰기 훈련이 이미 되어 있지 않느냐" 물으신다면 나는 아니라고 대답하겠다. 광고 카피는 글로 이루어져 있지만 카피를 쓰는 것은 엄밀히 말하면 글이 아니라 메시지를 쓰는 일에 가깝다. 상업적 메시지는 짧고 강렬해야 한다. 그래서 때로는 전혀 들어보지 못한 신조어를 만들어낼 때도 있고 평범한 문장을 갈고닦아 기억에 남게 도치시키거나 반복의 묘미가 느껴지게 만들기도 하고, 패러디로 승부를 내기도 한다. 또한 많은 이야기를 할 시간이 없기 때문에 그 모든 걸 뭉뚱그려 아포리즘 형태로 만드는 작업에 많은 시간을 쓴다. 좀처럼 긴 글을 쓸 기회가 없는 것이다.

그러나 그보다 더 안타까운 것은 광고 카피는 어디까지나 '남의 이야기'라는 것이다. 어떤 카피를 쓰더라도 궁극적으로는 광고주가 원하는 메시지에서 벗어날 수 없다. 카피라이터로 오래 일했다고 해서 반드시 글을 잘 쓴다고 할 수 없는 이유가 여기에 있다. 간혹 카피 쓰기와 글쓰기 둘 다 잘 하는 슈퍼맨들이 나타나긴 하지만 그건 이례적인 일이다. 내 동료나 선후배 카피라이터 중에는 한 번도 자신의 이야기를 써보지 못한 사람이 수두룩하다. 나도 카피라이터 출신이니 그런 사람들과 다를 게 뭐가 있겠냐.

그래도 내가 남들보다 조금 나을 수 있었던 건 카피를 쓰면서 꾸준히 '다른 글'을 써왔다는 사실이다. 도대체 뭘 쓰냐고? 독후감도 쓰고 영화 리뷰도 쓰고 시 비슷한 것도 썼다. 아무 얘기라도 좋았다. 어디에 써도 괜찮았다. 냅킨에도 쓰고 스마트폰 메모장에도 썼다. 아침에 출근해 하루 종일 남의 회사, 남의 제품을 위한 아이디어에 시달리다가 문득 고개를 들어 어두워진 창밖을 보면 마음이 헛헛해져 틈틈이 '쓸모없는' 이야기라도 끄적여야 견딜 수 있었다.

그렇게 매일 간식 먹듯 써 놓은 글 중에 괜찮은 것들을 골라 페이스북이나 인스타그램에 올렸다. 티스토리나 네이버 블로그를 운영한 적도 있다. 이젠 페이스북, 인스타그램, 브런치에만 글을 올린다. 내가 매일 글을 올리는 걸 보면서 사람들은 신기해한다. 어떻게 그렇게 매일 새로운 글을 쓸 수 있느냐는 것이다. 비결은 간단하다. 매일 무엇이라도 쓰면 된다. 내 말을 좀 믿어보라. 종이나 노트를 앞에 두고 한 시간만 끙끙대면 어떤 글이라도 나온다.

우리나라 사람들은 대부분 글 쓰는 법을 배우지 못했다. 글은 초등학교 들어가기 전부터 배우지만 글쓰기는 학교에서도 집에서도 가르치지 않으니까. 점수로 환산되지 못하는 과목은 언제나 뒤로 밀리기 마련이다. 일반인뿐 아니라 작가들도 글쓰기를 배우지 못한 채 작가가 되어 점점 글쓰기 실력을 늘려 나가는 경우도 많다.

글쓰기를 배우기엔 이미 나이가 들지 않았냐고? 글은 몇 살에 시작해도 쓸 수 있다. 당신은 이미 초등학교 때부터 어떤 글이든 쓰고 있었다. 다만 거기에 '글쓰기'라는 의미를 싣지 않았을 뿐. 나이보다 중요한 건 글쓰기를 하고 싶다는 푸른 마음이다. 언젠가 여유가 생기면 쓰겠다는 말은 죽기 직전에 가서야 "나도 글을 썼으면 좋았을 텐데……"라는 유언을 남기겠다는 것이나 다름없다.

사람들은 하고 싶은 일은 시키지 않아도 한다. 심지어 옆에서 뜯어말려도 한다. 글을 쓰는 사람은 여유가 생겨서 쓰는 게 아니라 도저히 글을 쓸 시간이 없을 때에도 잠을 줄여가며 쓰는 사람이라는 데에 나는 거액을 걸 용의가 있다. 은행나무 출판사에서 발간하는 문학 잡지 〈AXT〉 2017년 7·8월호에서 소설가 정유정의 인터뷰를 읽었다. 그가 소설가를 꿈꾸게 된 계기에 대해 털어놓은 이 인터뷰를 읽다가 나는 왈칵 눈물이 났다.

어릴 때부터 작가가 꿈이었던 정유정은 가정 형편 때문에 간호대학에 간 후에도 국어국문학과 친구들의 강의를 대신 듣거나 과제를 대신 써주며 미련을 달랬다. 그러던 어느 날 '교양 국어' 중간고사 때 칠판에 '얼굴'이라고 쓰인 문제를 읽고는 50분 만에 백지 앞뒷면을 빽빽하게 채웠다. 놀란 교수님이 그를 부르더니 습작노트를 가져오라고 했고, 이를 검토한 뒤 국문과로 전과할 마음이 없느냐고 물었다. 포기하지 말라는 교수님의 말씀은 긴 세월을 지탱해주는 응원이 되었다. 작가가 되어 찾아 갔을 때에는 그 교수님은 이미 작고하신 후였다.

글쓰기를 배운 적은 없지만 글을 쓰고 싶다는 당신에게(안 그러면 이 책을 사지 않았을 테니까) 아주 손쉬운 '인스턴트 글쓰기 팁'을 하나 알려주겠다. 지금 옆에 있는 소설이나 에세이, 역사책 아무거나 좋으니 하나 골라서 아무 페이지나 펼쳐라(옆에 책이 한 권도 없다고? 맙소사. 옆집에 가서 한 권만 빌려달라고 하라). 절대 흰 종이나 빈 워드프로세서를 먼저 펼치지 마라. 그럼 머릿속이 하얘지기만 할 것이다. 펼친 책을 약 5분간 뒤적인 뒤 마음에 드는 구절을 하나만 찾아라.

그리고 그 구절에 대한 짧은 생각을 자유롭게 써보라. 이때 주의할 점은 실마리는 그 책의 구절에서 찾았지만 결론은 조금 다른 쪽으로 내는 것이다. 예를 들어 내가 지금 펼친 마거릿 애트우드의『나는 왜 SF를 쓰는가』라는 책에서 "언젠가 발터 벤야민이 말했듯, 결정타는 왼손잡이의 왼손에서 나온다"라는 글을 골랐다면 당신의 글은 "왼손잡이가 머리가 좋다는 속설은 잘못된 말이다. 내 친구 경석이는 지독한 왼손잡인데 똑똑한 데가 전혀 없고 밥만 두 그릇을 먹는 돼지다"라고 쓰면 된다. 그리고 글을 앞뒤로 더 이어나가 완성해보라. 어느덧 왼손잡이에 대한 새로운 글이 당신 앞에 놓여 있을 것이다. 그 글의 제목을 '발터 벤야민과 왼손잡이'로 붙이든 아니면 벤야민의 글을 모두 지우든, 그건 당신 마음 가는 대로 하면 된다.

글쓰기는 왜 힘이 들까?

글을 쓰려고 책상 앞에 앉는다.

노트북을 연다.

뜨거운 커피를 텀블러에 담아 온다.

한글 빈 페이지를 띄워놓고 가만히 바라본다.

커서가 깜빡인다.

아무 생각이 안 난다.

아…… 뭘 쓰지?

글을 쓰려는 사람은 누구나 이런 경험을 한 번쯤은 해봤을 것이다. 글을 쓰긴 써야 하는데 아무것도 떠오르지 않아 백지나 빈 모니터 화면만 몇 시간째 노려보고 있다는 푸념의 글을 가끔 읽는다. 왜 그럴까? 뭘 써야 할지 생각하지 않았기 때문이다. 문화심리학자 김정운 교수는 자신의 저서 『에디톨로지』에서 "무에서 유를 창조하는 건 쉽지 않다. 거의 모든 창조력은 '편집'하는 과정에서 나온다"라고 말했다. 그의 말이 옳다. 제로 상태에서 뭔가를 만들어내는 사람은 없다. 나도 이 책을 쓰려고 청주에 내려갔을 때 제일 먼저 한 일이 예전에 해놓은 메모들을 찾아 다시 분류하고 자르고 이어 붙이는 것이었다. 그러니까 책을 쓰는 일은 '맨 땅에 헤딩'을 하는 게 아니라 이전에 써놓은 글과 메모들을 끄집어내 다시 붙이고 쓰는 과정이다. 글을 쓰는 것도 아니면서 그렇다고 안 쓰는 것도 아닌 이 묘한 상태는 정말 힘들다.

글은 한 줄도 저절로 써지지 않는다. '잘 정리된 생각'이라도 써야 할 내용을 끝까지 다 준비하고 쓰는 사람은 없다. 하지만 뭘 가지고 어떤 방향으로 써야 할지 쓰기 전에 어느 정도 정해야 한다. 쓰긴 써야겠는데 떠오르는 게 하나도 없다면, 당신은 빈 모니터의 껌뻑이는 커서 바라보는 일을 그만두고 밖으로 나가 산책부터 해야 한다. 사람들을 만나서 이야기를 나누고 서점에 가서 책을 들여다봐야 한다. 유튜브로 관심 있는 강연이나 다큐멘터리를 찾아봐도 좋다. 그래서 당신의 마음속에 이야깃거리를 하나라도 저장해야 한다. 수많은 이야기가 흘러넘쳐도 글을 쓸 수 있을까 말까다. 텅 빈 마음으로 쓰는 글은 대체로 '내가 왜 이럴까?'로 시작해서 '내 마음 나도 몰라'로 끝나기 십상이다. 속이 허하면 힘을 쓸 수 없듯이 생각이 비면 글을 쓸 수 없다.

나탈리 골드버그Natalie Goldberg는 『뼛속까지 내려가서 써라』에서 "너무 조바심을 내지 말고 자연스러운 목소리가 흘러나올 때까지 인내심을 가지고 기다려라. 그냥 흐르는 대로 운율에 맞춰 노래하고 써라"라고 일러준다. 그녀의 말대로 마음에서 흘러넘칠 때까지 기다렸다가 쓰자. 물리적인 법칙을 생각해보면 간단하다. 흘러넘치려면 먼저 채워야 하지 않을까? 아무것도 채우지 않으면서 흘러넘치기를 바라는 것은 감나무 밑에서 입을 벌리고 있거나 지나가다 로또 복권을 사는 것만큼이나 허망한 기다림이다.

글이 안 써지면 제일 먼저 하는 게 남 탓이나 시대 탓이다. '글을 쓰려고 하니 하필 이런 일이 생겼다'고 스스로에게 알리바이를 대는 것이다. 그러나 강원국 작가는 코로나19 바이러스로 모든 게 멈춘 3개월 동안 집에 들어앉아 책을 한 권 썼다고 한다. 그 책은 글쓰기 책으로는 이례적으로 초대형 베스트셀러가 되었다. 어떤 상황이 와도 누군가는 계속 꾸준히 쓰고 있다는 것을 잊지 말자.

박완서 선생은 태생적으로 작가였고 소설가였다. 해방 후 몇 년 동안의 경험들을 돌아보면 인간 이하의 모욕을 받거나 밑바닥 생활을 한 적도 있는데 그럴 때조차 선생은 '언젠가는 당신 같은 사람을 한 번 그려보겠다'는 식의 문학적 복수를 꿈꾸었다고 한다. 그런 마음이 선생을 작가로 살게 해주었음은 물론 당시의 불행감까지 덜어

주어 힘은 들어도 아주 뼛속까지 불행하다는 생각은 하지 않게 되었다고 한다. 글쓰기의 또 다른 효용이다.

시대도, 글쓰기도 바뀌었다

작가, 기자, 칼럼니스트, 철학자……. 예전에는 이렇게 문필가 부류가 따로 정해져 있었다. 글을 쓰는 사람은 많이 배운 사람이고, 문학적 재능을 타고 나야 하며, 자신의 이름을 새긴 원고지나 만년필을 가진 사람이라는 이미지가 먼저 떠오르곤 하던 시절이었다. 일반인들은 그냥 독자로 남는 게 당연하다고 생각했다. 그런데 그런 생각을 바꿔준 게 인터넷과 모바일 혁명이었다. 누구나 작가가 될 수 있는 시대가 되었고 정말로 그런 식으로 새로운 소설가, 시인, 드라마 작가들이 등장했다.

사람들은 점차 불안해졌다. '이러다 나도 글을 써야 하는 거 아냐? 나는 초등학교 때 일기와 중학교 때 위문편지, 고등학교 때 쓴 반성문 말고는 써본 적이 없는데.' 그러나 슬픈 예감은 언제나 틀리는 적이 없다. 이제는 누구나 글을 쓰며 살아야 한다. 자고 일어나 글을 쓰는 사람은 소설가만이 아니다. 일반인도 소설가 못지않게 매일 글을 쓰고 있다. 업무상 써야 하는 이메일이나 기획서는 물론 스마트폰 속 SNS와 메신저의 문자들도 모두 필요한 글이다.

상황이 이런데도 사람들은 '글쓰기'라는 말 앞에서는 곧잘 얼어붙는다. 자신이 쓰고 있는 일상의 글들은 가치가 없다고 생각하기 때문이다. 글은 '고귀한 것'이라는 어릴 적 기억이 아직도 뇌리에 남아 있는 까닭이다. 그러나 이젠 일상의 글쓰기가 대세다. 책의 장벽이 낮아진 것처럼 글쓰기 장벽도 낮아졌다. 일상의 글쓰기를 잘 해야 커뮤니케이션 능력도 높아진다. 잘 생기고 인상 좋은 사람이 호감을 얻듯, 이젠 가벼운 터치의 짧은 글로 소통을 잘하는 사람이 구성원들 사이에서 인기가 높다.

시대가 바뀌고 가장 크게 변한 것은 작가들의 위상과 글쓰기다. 작가는 더 이상 저 높은 곳에 있는 신비의 인물도 아니고 누군가에게 가르침을 주는 정신적 구루도 아니다. 한국출판마케팅연구소 한기호 소장은 이제 가르치려 드는 글은 아무도 읽지 않는다고 말한다.

> 요즘 독자는 가르치려 드는 글은 무조건 배척한다. '이것도 몰라?' 하면서 윽박지르는 책을 읽을 독자란 없다. 그러니 독자의 마음에 드는 글부터 써야 한다. 매우 친절하게. 우리글은 어순만 바꾸어도 글이 확 달라진다. 그래서 전문가적 안목을 가진 편집자의 필요성이 더욱 커지고 있다. 내 글은 한 글자도 고치지 말라고 큰소리치던 저자들은 언제나 곧바로 퇴출되곤 했다.

하루는 아침에 눈을 뜨자마자 온라인 서점 베스트셀러 코너에 들어가서 잘 팔리는 책 밑에 달린 리뷰들을 찬찬히 읽어본 적이 있다. 리뷰에 가장 많이 등장하는 단어는 '공감'과 '위로'였다. 독자들은 저 높은 곳에 앉아 호통을 치는 '작가님'보다는 자기와 비슷한 사연과 정서를 가진 '라이터'를 원하고 있었다.

글쓰기는 최고의 생존 전략이다

'뇌섹남' '뇌섹녀' 같은 말들이 방송에 자주 등장한다. 뇌가 섹시한 남녀를 가리키는 말인데 뇌의 섹시함을 가장 잘 보여줄 수 있는 게 바로 글쓰기 능력이 아닌가 싶다. 이는 방송에 나오는 사람뿐 아니라 직장인이나 전문직 종사자에게도 그대로 적용된다. 보고서나 기획서를 잘 쓰는 직장인에게 승진의 기회가 더 많이 주어지는 것은 당연하다. 일반 의사보다는 글 쓰는 의사가 더 멋있고, 연기만 잘하는 배우보다는 글까지 잘 쓰는 배우가 더 인기를 얻는 이유도 마찬가지다. 현대 사회에서는 글을 잘 쓰는 게 여러모로 유리하다. 그러나 누군가 글쓰기의 효용을 딱 하나만 대보라고 한다면 나는 '글쓰기야말로 최고의 생존 전략'이라고 대답하겠다.

심리학자들에 의하면 객관적 고립감은 사망 위험도를 29퍼센트까지, 주관적 고립감은 26퍼센트까지 올릴 수 있다고 한다. 과학 저널리스트 마르타 자라스카Marta Zaraska의 『건강하게 나이 든다는 것』에 나오는 애기다. '사회적 관계'가 중요하다는 말이다. 운동은 사망 위험도를 23~33퍼센트 낮출 수 있지만, 가족이나 친구처럼 가까운 사람들과의 관계를 유지하는 행위는 사망 위험도를 45퍼센트까지 낮출 수 있다고 하니 나이 들수록 '연결과 연대'의 느낌은 중요하다.

나는 사람들과의 연결망을 확대하는 데 가장 효과적인 게 글쓰기라고 단언한다. 실제로 나는 온라인상에 글을 쓰고 책을 내면서 사람들과의 관계가 넓어졌다. 글을 주고받다가 나중에 책을 통해 가까워진 사람들과는 더 깊은 우정을 나누었음은 물론이다. 그러니까 내게 글을 왜 쓰냐고 묻는다면 '살기 위해서'라고 대답하는 수밖에 없다. 다만 그냥 살기 위해서가 아니라 '고립감 없이 더 많은 사람과 연대함으로써 더 좋은 삶을 누리기 위해서'라고 대답해야 하는데 문장이 너무 기니까 줄여서 대답했다는 것을 알아주었으면 좋겠다. 나라고 글쓰기가 힘들지 않은 것은 아니다. 하지만 밥맛이 없다고 끼니를 거르지 않는 것처럼 이제 글쓰기는 내 삶 그 자체가 된 것이다. 글이 잘 써질 때도 있지만 아무리 열심히 해도 잘 안 써질 때도 있음을 인정하고 나면 글쓰기는 좀 더 쉬워진다. 원래 인생에도 요철이 있는 것처럼 말이다.

유머와 위트 있는 글은 어떻게 쓰는 거예요?

서울시민대학에서 했던 글쓰기 교실 강연 제목을 〈편성준의 유머와 위트 있는 글쓰기〉라고 해놨더니 '어떻게 하면 위트와 유머가 있는 글을 쓸 수 있는지 방법을 알고 싶어서 왔다'는 사람들이 많았다. 자기가 쓰는 글은 너무 딱딱하고 재미가 없어서 재밌는 글을 쓰는 사람이 늘 부러웠다는 것이다. 이미 예상했고 그 심정도 잘 이해하겠으나 너무 막연한 질문이다. 그러나 질문이 막연하다고 해서 "그냥 평소에 재밌는 생각을 많이 하시고, 어떡하면 웃음을 만들 수 있을까 하루에 세 번, 식후 30분씩 고민하시면 돼요" 같은 무성의한 대답을 할 수는 없는 일이다.

나는 유머와 위트가 있는 글을 쓰는 건 좋지만 처음부터 끝까지 유머로 점철된 글을 쓰려고 하면 반드시 실패한다는 경고로 강의를 시작했다.

"유머가 전체를 장악하면 안 됩니다. 양념처럼 살짝 들어가야 더 빛이 나죠."

그러나 사람들은 성격이 급하다. 내가 아무리 돌려 말하고 도망을 쳐도 결국 "그래서 유머와 위트가 있는 글은 어떻게 써야 하는 건데요?"라는 물음으로 되돌아갈 게 뻔하다. 이것은 시인한테 대뜸 시가 뭐냐고 묻는 것과 비슷하다. 무례한 질문 같지만 결국 알고 싶은 것은 그거니까. 그럼에도 불구하고 유머와 위트 있는 글을 쓰는 요령을 당장 내놓으라고 하는 것은 영화감독에게 "명작 영화는 어떻게 만듭니까?" 아니면 "당신이 생각하기에 영화란 도대체 뭡니까?"라고 다그치는 것과 비슷하다. 그럴 경우 질문을 받은 이는 황당해져서 아무 대답도 못하거나 엉뚱한 이야기를 할 확률이 높다. 그러니 그렇게 단도직입적으로 묻는 것보다는 차라리 그 사람이 어렸을 때 어떤 영화를 보고 자랐는지, 최근에 무슨 영화를 보고, 어떤 사람들을 만나고 다녔는지 등등을 차근차근 물어보는 게 더 나은 방법이다. 그러면 적어도 주고받는 대화 속에서 어떤 '맥락'이라는 게 생기니까. 속담에도 있지 않나. 급하다고 바늘허리에 실 매어 쓸까. 웃기는 것도 '차근차근'이 기본이다.

이 챕터는 유머와 위트 있는 글쓰기가 좋다고 얘기하고 있긴 하지만 단박에 '그런 글은 이렇게 써야 하는 거예요'라고 외치기보다는 그래서 내가 좋아하는 유머와 위트 있는 글들은 어떤 건지, 나는 어떻게 썼는지, 또 다른 작가들은 어떤 재밌는 글을 쓰고 있는지 살펴보는 식으로 진행될 것이다. 따라서 유머와 위트에 대한 답은 내가 해주는 게 아니라 이 책을 읽은 독자가 스스로 얻어 가야 한다. 그게 나의 소망이고 또 옳은 방법이라 생각한다.

우리는 코미디 작가가 아니다

내가 좋아하는 유머 중 '원두막 삼행시'라는 게 있다. 어떤 할아버지가 경로당에서 '원두막 삼행시'를 들었다. 아시다시피 삼행시는 상대방에게 한 자씩 운을 떼게 하는 게 묘미다.

원: 원숭이 엉덩이는 빨~개

두: 두 쪽 다 빨개

막: 막 빨개

매우 단순하고 싱거운 개그였지만 할아버지는 그래도 이게 재밌어서 단단히 기억을 하고 있다가 집에 가서 써먹으리라 생각했다. 그리고 드디어 가족들이 함께 저녁을 먹을 때 할아버지가 슬며시 식탁 앞에서 이야기를 꺼냈다. "내가 오늘 재밌는 삼행시를 하나 들었는데 말야." 그러자 열 살짜리 손자가 반응했다. "뭔데요, 할

아버지?""원숭이 삼행시야. 네가 한 번 운을 띄워줄래?"

손자 : 원!

할아버지 : 원숭이 엉덩이는 빨개.

손자 : 숭!

할아버지 : 숭하게 빨개.

손자 : 이!

할아버지 : 이게 아닌데…….

나는 이 얘기가 너무 싱겁고 웃겨서 자다가도 다시 떠올리며 킥킥대곤 했다. 그러나 이건 그냥 허무개그일 뿐 내가 생각하는 '유머와 위트 있는 글쓰기'와는 다른 것이다. 또 하나의 예를 하나 들어보자.

거위와 사랑에 빠진 젊은 청년이 있었다. 대부분의 사랑하는 연인들이 그렇듯 둘은 언제나 함께 붙어 다녔다. 청년은 거위와 함께 극장에 가서 영화를 보고 싶어서 꾀를 냈다. 바지 안에 거위를 넣고 들어가서 영화를 볼 때 바지 지퍼를 열고 거위의 목만 꺼내 놓는 방법을 쓰기로 한 것이었다.

둘이 한참 신나게 영화를 보고 있는데 옆에 앉은 할머니가 놀라 할아버지에게 속삭였다. "여보, 내 옆에 앉은 청년이 바지 지퍼를 열고 그걸 꺼냈어." 할아버지는 말했다. "미친놈. 신경 쓰지 마."

할머니는 할아버지 말대로 청년 쪽을 외면하고 영화만 봤다. 그런데 할머니가 다시 할아버지를 부르는 것이었다. "여보, 저 청년이……" "아, 글쎄 남의 일에 신경 쓰지 말라니까." "나도 그러려고 했지. 그런데 저 청년의 물건이 자꾸 내 팝콘을 먹어서."

이 에피소드는 『깊은 밤 깊은 곳에』, 『천사의 분노』, 『신들의 풍차』 등 수십 편의 소설과 영화 TV 드라마의 극본을 썼던 베스트셀러 작가 시드니 셸던Sidney Sheldon의 데뷔작 『벌거벗은 얼굴』에서 읽었던 내용이다. 소설 속 등장인물 중 하나가 극장식 콘서트홀에서 스탠딩 개그를 할 때 했던, 그저 스쳐 지나가는 내용이었는데 다른 건 다 잊어도 이 장면만은 선명하게 기억에 남은 걸 보면 꽤 깊은 인상을 받았던 모양이다. 이런 유머는 〈리더스 다이제스트〉의 독자 투고란이나 '쉬어가는 페이지'에 자주 등장하던 내용이었다. 짧고 단단한 유머를 탑재하고 있다. 그러나 이런 단편적인 에피소드도 내가 생각하는 유머 있는 글과는 다르다.

유머 옆에는 페이소스가 있어야 한다

예전에 나와 사귀면서 다른 남자와 양다리를 걸치다 그 남자에게 떠났던 여자 친구가 있었다. 그녀와 헤어진 뒤 버스 안에서 '나는 왜 이렇게 맨날 채이고 다니는 걸까' 하는 부끄러움과 화가 동시에 밀려왔다. 그때 사거리 신호등을 바라보다가 문득 한 문장이 떠올랐다. 나는 얼른 전화기 메모장을 열고 떠오른 문장을 적었다.

그녀가 떠났다고 생각하지 말자.
그년이 떠났다고 생각하자.

물론 그땐 젠더 감수성이 떨어질 때라 이런 글을 썼다. 그러나 슬픔과 열등감 속에서 피어난 이 유머는 분명 나를 위로해주는 면이 있었다. 흔히 유머라고 하면 히히, 하하, 깔깔 웃는 것부터 떠올린다. 그러나 그런 유머는 밝고 경쾌하지만 유효 기간이 짧다. 지금 당장 인터넷에 '유머'를 넣고 검색해보라. 짤막한 개그 코드와 스탠딩 개그의 펀치라인들이 넘쳐날 것이다. 유튜브 검색을 해봐도 왕년의 인기 강사가 나와 웃음을 터뜨릴 수 있는 개그 소재를 수십 개씩 소개할 뿐이다. 이런 것은 글이라기보다는 글의 소재로 쓰일 '아이디어'라고 봐야 한다. 그 소재를 어떻게 이용하고 앞뒤 맥락을 만들어 새로운 의견이나 해석을 내놓느냐에 따라 당신이 쓰는 글의 재미와 깊이, 품격이 달라질 것이다.

미국에서 가장 유명한 글쓰기 책인 『글쓰기 생각쓰기』를 펴내 30년 동안 100만 명의 독자를 사로잡았던 윌리엄 진서[William Zinsser]는 글쓰기를 처음 하는 사람일수록 웃겨야 한다는 강박이 있다며 이렇게 말한다. "과장하지 말자. 인생에는 너무나도 재미있는 상황이 수없이 많다. 유머가 소리도 없이 은근슬쩍 다가오게 하자."

남편, 아버지도 오빠도 아닌 남자

당신이나 나는 코미디 작가 또는 개그맨이 아니므로 빵빵 터지는 펀치라인보다는 살짝 비틀거나 뒤집음으로써 여운을 남기는 글을 써야 한다. 그런 유머는 밋밋한 글에 생기를 불어넣고 독자의 기억에 오래도록 잔향을 남긴다. 나는 글쓰기 특강을 할 때면 그런 고급스러운 유머의 딱 맞는 예로 문정희 시인의 〈남편〉이라는 시를 소개한다.

이 시는 남편을 '아버지도 오빠도 아닌 남자'라고 소개하며 시작한다. 그리고 자기에게 잠 못 이루는 연애가 생기면 제일 먼저 의논하고 싶다가도, "아차, 다른 건 다 돼도 그것만은 곤란하지" 하고 돌아눕는다고 고백한다. 기존의 부부 사이와는 사뭇 다르게 전개되는 이 시를 읽고 있노라면 살짝 비틀어서 얘기하는 방식이 얼마나 사람을 웃기면서도 한편으로는 애잔하게 만드는지 깨닫게 해준다. 외국에서 시인 대회 같은 게 열리면 우리나라를 대표하는 시인으로 자주 소개되기도 하는 문정희 시인의 시는 날카로우면서도 유머러스한 맛이 있다. 지식인의 허위의식을 비꼰 〈문어〉라는 시도 꼭 한 번 찾아 읽어보기 바란다.

'떡정'에 가고 싶다

음악도 잘하고 글도 잘 쓰는 작가 요조의 『아무튼, 떡볶이』도 독특한 유머 감각을 뽐내는 책이다. 나는 이 책을 처음 읽을 때 맨 앞에 당당하게 버티고 있는 '떡정'이라는 소제목에 놀랐다. 이건 마치 '나 이런 사람이니 각오해(웃을 준비 해)!'라고 선언하고 있는 것 같았기 때문이었다.

후배 기타리스트와 서울 홍대를 걷던 요조는 한 골목에서 '떡볶이 정류장'이라는 가게와 마주치는데 간판에 '떡' 자와 '정' 자만 유난히 크게 강조되어 자연스럽게 '떡정'이라고 읽혔다. 요조는 떡볶이 가게 이름이 야하다고 말했다가 후배에게 음란마귀라는 핀잔을 듣는다. 요조는 자기도 모르게 그 은어를 떠올려버렸다는 게 너무 창피하면서도 자연스레 '떡정'에 가고 싶은 마음이 점점 더 커지고 말았다고 한다.

보통 이럴 땐 아닌 척하고 얼버무리거나 에피소드를 숨기기 마련인데 요조는 오히려 글로 사건의 전말을 당당히 드러내고 있다. 더구나 한 술 더 떠서 떡정이라는 말에는 "섹스를 하다 들어버린 정. '몸정'이라고도 한다"라는 주석까지 달아놓았으니 이제 요조는 오갈 데 없는 음란마귀가 되고 말았다. 그러나 평소 '최고의 유머는 자기비하 유머'라고 생각하던 나에게는 매우 감동적인 글이었다. 더 훌륭한 점은 이 책이 어디까지나 떡볶이에서 출발했음을 잊지 않고 마지막 문장에서는 '떡정'에 가고 싶은 마음이 점점 커졌다고 말하는 용의주도함까지 갖추고 있다는 사실이다. 개성 있고 똑똑한 뮤지션이라고만 생각했던 요조가 작가로서 확실하게 자리를 잡은 건『아무튼, 떡볶이』때부터라고 생각한다. 물론 그 뒤에 나온『실패를 사랑하는 직업』도 정말 좋다.

불벼락, 귀싸대기, 슬픈 예감 등과 함께 절대 맞는 걸 피해야 할 무서운 존재

요즘 입심 좋고 개성 강한 작가를 거론할 때 김혼비 또한 빼놓을 수 없다. 나는 그를 〈여행에 정답이 있나요〉라는 일간지 칼럼을 통해 처음 접했는데 그 이후『우아하고 호쾌한 여자 축구』,『아무튼, 술』등을 통해 문장가로서의 진면목을 확인할 수 있었다. 첫 책 제목에서 알 수 있는 것처럼 그의 이름은 축구 마니아로 이름 높은 영국의 소설가 닉 혼비로부터 따온 것이다.

누구보다 글 욕심이 많았던 김혼비는 바쁜 직장생활 틈틈이 글쓰기 강좌에 나갔는데 '쓸데없는 말장난이나 비유가 많고 만연체'라고 연거푸 지적을 받았다. 피드백이 항상 좋지 않으니 글 쓸 맛도 안 나고 시키는 대로 고쳤더니 글이 너무 재미가 없어져서 굳이 이렇게 써야 한다면 꼭 글을 쓸 필요가 있을까 싶어 어느 날 강좌 나가는 걸 그만두었다고 한다.

김혼비의 신작 에세이『다정소감』에서 내가 제일 많이 웃었던 글의 제목은 '산성비'다. 특히 환경오염 문제가 심각하게 대두되던 시대에 비 맞는 걸 하도 금기시해서 "불벼락, 귀싸대기, 슬픈 예감 등과 함께 절대 맞는 걸 피해야 할 무서운 존재"라고 표현한 것은 너무나도 '김혼비스러운 비유'였다. 내가 이 문장 얘기를 리뷰에 써서 SNS에 올렸더니 김혼비 작가가 그걸 읽고 메시지를 보내왔다(사실은 내가 글 올렸으니 보라고 따로 메시지를 보냈다). 자기가 특별히 아끼는 문장들이었는데 언급해줘서 고맙다는 내용이었다. 책을 쓴 작가에게 직접 이런 피드백을 받으니 나도 신이 났다. 그리고 다행이었다. 혹시라도 그가 태생적 유머 감각을 억누르려고만 했던 그 글쓰기 강좌를 끝까지 이수했더라면 우리는 이런 멋진 글을 못 읽게 되었을지도 모르니 말이다.

누가 기뻐서 시를 쓰랴

시에 대해 잘 모르고 시를 그렇게 좋아하지도 않지만 이상국 시인의 〈자두〉라는 시는 내게 꽤 인상적이었다. 웃기기도 하면서 동시에 눈물이 나는 작품이다. 내용은 이렇다.

고등학교를 졸업하던 해, 시인은 대학에 가기 위해 단식 투쟁을 했다. 단식을 한 지 며칠이 지나자 배고픔을 견디지 못한 시인은 밤마다 몰래 울타리 밖 자두를 따먹기 시작했다. 어느 날 어머니가 그렇게 날것만 먹으면 탈난다며 몰래 누룽지를 넣어주자, 가짜 단식투쟁을 들킨 시인은 스스로 투쟁의 깃발을 내렸다. 그리고 "그때 성공했으면 나 뭐가 됐을까"라고 자두에게 묻는다.

처음 이 시를 읽었을 땐 웃음이 터졌다. 그런데 두 번째 읽으니 눈물이 맺혔다. 왜 울었을까. 동네가 다 나서도 서울로 갈 수 없다는 걸 알면서도 단식을 감행한 까까머리 고등학생과 그런 아들에게 몰래 누룽지를 넣어주던 엄마의 마음이 짠했기 때문이다. 이상국 시인은 〈그늘〉이라는 시에서 "누가 기뻐서 시를 쓰랴"라고 썼다. 아무래도 그의 말이 맞는 것 같다. 아무리 재밌고 웃기는 시를 쓴다 하더라도 시인은 기본적으로 '우는 사람'인 것이다.

유머는 행복할 때 나오지 않는다

페이스북엔 '과거의 오늘'이라는 서비스가 있다. 과거의 동일한 날짜에 내가 올렸던 포스팅을 다시 보여주는 코너인데 나는 내가 올린 글과 사진을 보면 그때의 상황이 세세하게 다 기억이 나는 편이다. 그런데 웃기는 건 돈에 쫓기거나 일이 제대로 풀리지 않아 괴로워하던 때일수록 페이스북 담벼락의 글에선 유머가 넘친다는 사실이다. 아마도 나는 힘들다는 걸 그대로 다른 사람에게 노출하는 게 싫은 모양이다. 이렇게 된 데는 돌아가신 우리 어머니의 공이 크다. 어머니가 내게 남긴 무수한 명언 중 최고는 "우는 소리 하지 마라. 운다고 누가 돈 안 준다"였기 때문이다. 유머는 이렇게 스스로를 위로하는 힘을 가지고 있다. 버나드 쇼George Bernard Shaw도 말하지 않았던가.

인생을 살아가는 데는 사랑이 필요하지만 인생을 견디는 데는 유머가 필요하다고.

"아랍인들이 멍청하다고? 그럼 로마숫자로 나눗셈을 해보라고 해봐."

『제5도살장』의 작가 커트 보니것Kurt Vonnegut Jr.이 쓴 글이다. 블랙유머의 대가로 알려진 미국의 작가 보니것은 제2차 세계대전에 참전했던 경험을 자신의 소설에 담기도 했는데 그는 전쟁의 공포 속에서 사람들을 견디게 한 건 농담이었다고 회고한다. 폭탄이 쏟아지는 와중에도 지하실에 숨어서 농담을 던짐으로써 서로를 위로했다는 것이다. 그는 "유머는 마치 아스피린처럼 아픔을 달래준다"며 자신은 글을 통해 웃음으로 사람들에게 위안을 주고 싶었다고 했다.

커트 보니것을 좋아한다고 공공연히 밝히고 다니는 소설가 김중혁도 "농담이야말로 인류가 발명한 것 중 제일 숭고한 것"이라며, 자신이 커트 보니것을 좋아하는 이유는 정말 심각한 주제를 유머러스하게 전달하기 때문이라고 말한다. 그는 또한 얼마나 세련된 농담을 하느냐가 그 사회의 문화를 판가름하는 척도라고 아주 심각한 어조로 말한다. 웃음은 가벼운 것인데 이렇게 진지하게 이야기하는 것 자체가 아이러니다. 어쩌면 그래서 '자신은 웃지 않고 심각한 얼굴로 남을 웃기는 개그맨'이 더 고단수인지도 모른다. 나도 어렸을 때 진지함으로 무장한 글을 써서 라디오 DJ에게 보낸 적이 있다. 내용은 진지했지만 조지훈의 〈승무〉를 패러디한 것이라서 태생부터 웃음기를 머금고 있었다.

〈DJ에게〉

얇은 종이 하이얀 사연은
고이 접어서 나빌레라.

파르라니 깎은 디스크
턴테이블에 올려놓고
두 스피커에 흐르는 음악이
정작으로 고와서 서러워라.

빈 데스크에 사연들 쌓이는 밤에
엽서 사이사이마다 달이 지는데
사연은 길어서 하늘은 넓고
돌아설 듯 날아가며 사뿐히 집어든 디스크여.

까만 눈동자 살포시 들어
먼 방송국 주파수 맞추고
이 밤사 수험생도 지새우는 삼경인데

얇은 종이 하이얀 사연은

고이 접어서 나빌레라.

이 글을 〈이종환의 밤의 디스크 쇼〉라는 프로그램에 보낸 후 며칠이 지나자 학교에서 난리가 났다. 지난밤에 이종환 씨가 에코 빵빵하게 넣고 배경음악까지 깔아서 내가 보낸 시를 낭송해주었다는 것이었다. 나는 졸지에 전교 스타가 되어버렸다. 고3이라는 상황이 너무 답답해 잠깐 장난을 친다는 마음으로 써본 낙서였는데 결과적으로 나를 '아주 웃긴 놈'으로 만들어주었다. 역시 유머는 즐거울 때보다는 견딜 수 없이 괴로운 상황에서 더 잘 나오는 모양이다.

프랑스의 모럴리스트 라 로슈푸코Francois de La Rochefoucault는 "운명과 유머는 같이 세계를 지배한다"라고 했다. 한국은 스트레스가 많은 나라다. 역사적으로 격동기가 많았고 세계 유일의 분단국가이기도 하다. 그래서 중동에 석유부가 있는 것처럼 우리나라엔 통일부가 있다. 세계 유일의 통일부 옆에 '웃음부' 같은 것도 하나 있으면 좋겠지만 그건 내 희망사항일 뿐이다. 우리는 스트레스가 많다 보니 뭐든 심각한 게 많았다. 학교에서나 집에서나 진지한 삶을 살다 보니 생활 속에 유머가 들어올 틈이 없었다. 겨우 TV에서 코미디 프로그램을 보고 웃거나 그걸 흉내 내는 게 전부였다. 다행히 국력이 커지고 삶에 여유가 생기면서 진지한 사람보다는 재밌고 유쾌한 사람을 선호하는 분위기로 변하고 있다.

나는 당신이 더 재밌으면 좋겠다. 당장 개그맨이 되라는 얘기가 아니다. 재밌어지는 가장 손쉬운 방법은 재밌는 글을 쓰는 것이다. 유머와 페이소스가 있는 소설을 잘 쓰기로 이름난 소설가 이기호는 마음산책 정은숙 대표와의 인터뷰에서 어떤 소재로도 유머러스한 이야기를 만들 수 있는 비결을 묻자 "저는 유머를 생각하면서 글을 쓰진 않거든요"라며 소설을 분석해봤자 남는 게 없는 것처럼 '유머도 분석하는 순간 끝장'이라는 테리 이글턴Terry Eagleton의 말을 들려준다. 처음부터 유머나 농담을 하겠다는 생각으로 글을 쓰면 성공하기 어렵다는 것이다. 웃음이 작위적이지 않은 데서 자연스럽게 터져 나오는 것처럼 유머도 저절로 흘러나와야 진짜다. 가만히 살피면 당신의 삶에도 웃음이 매설되어 있다. 그걸 소재로 재미있는 글을 쓰는 방법을 당신과 함께 찾아보고 싶다. 이왕 쓸 거, 유머와 위트가 있는 글이 다홍치마 아니겠는가.

나의 8할을 채워준 건 '유머니즘' 작가들이었다

내가 생애 최초로 내 돈을 주고 산 책은 조흔파의 『에너지 선생』이었다. 중학교 1학년 때 연신내에 있는 '책방다다'라는 곳에서 샀다. 조흔파의 작품을 산 이유는 그의 전작 『얄개전』을 너무나 재밌게 읽었기 때문이었다. 조흔파의 소설은 같은 청소년 소설 계열이었던 오영민의 작품보다 삐딱하고 유머러스했는데 지금 생각해보면 그게 바로 '블랙 유머'였다. 조흔파의 『얄개전』은 영화로도 만들어져 당시로는 엄청난 흥행을 기록하기도 했다. 그러나 그때는 아무도 조흔파 같은 작가를 문학인으로 쳐주지 않았고 그냥 '웃기는 이야기를 잘 쓰는 사람' 정도가 그가 누리는 최고의 지위였다. 웃기는 작가보다 심각한 글을 쓰는 작가를 더 대우해줘야 한다는 생각 자체가 웃기는 일이지만 세상인심이 그랬다.

나는 조흔파 이후로는 별 재밌는 소설을 읽지 못하다가 나쓰메 소세키夏目漱石의 『나는 고양이로소이다』를 만나고 비로소 마음을 놓았다. 소세키는 일본의 런던 국비장학생 1호였고 국민들에게 가장 사랑받는 소설가였는데 그의 소설은 심각한 게 아니라 너무 웃기고 재밌고 심지어 약간 한심하기까지 했다. 나는 특히 점심을 먹고 낮잠을 즐기는 영어 선생인 주인을 보고 "위도 나쁜 주제에 많이 먹고 툭하면 잔다"며 흉을 보는 장면이 좋았다. 그리고 제 주인에게 찾아와 마음에 없는 헛소리를 늘어놓는 젊은이들을 비웃는 고양이의 삐딱한 기개가 마음에 들었다. 내가 좋아하는 유머와 위트의 원형이 만들어지는 시기였다.

조반니노 과레스키Giovannino Guareschi의 『신부님 우리들의 신부님』 시리즈는 혜성처럼 등장한 시트콤 소설이었다. 이탈리아의 한 시골마을에서 돈 까밀로 신부와 공산당원 읍장 빼뽀네 그리고 예수가 등장하는 이야기인데, 신부와 읍장은 서로 못 잡아먹어 안달인 사이로 둘 다 성질이 급하고 주먹이 세다는 공통점이 있었다. 이 소설은 지금까지 전 세계 150개 나라에서 7,000만 명 이상의 독자들로부터 사랑을 받은 베스트셀러다. 이 소설 다음으로 우연히 만난 책이 에프라임 키숀의 『모세야 석유가 안 나오느냐?』였다. 유태인이었던 키숀은 나치 수용소에서 끔찍한 경험을 했음에도 불구하고 그의 글은 언제나 웃음이 넘쳤다. 비교적 최근작인 『개를 위한 스테이크』를 읽어보면 한 사람 안에서 나오는 페이소스는 유머를 기초로 발현되고 모든 비극의 본질 역시 희극 속에서 싹튼다는 것을 알 수 있다.

가끔 작가들의 애독서가 나오는 기사를 읽으며 나의 애독서와 겹치는 게 있는지 눈여겨보곤 하는데 그럴 때 가장 반가운 작가가 커트 보니것이다. 보니것은 제2차 세계대전에 참전했다가 사흘 만에 13만 명이 몰살당한 드레스텐 폭격을 직접 경험한 사람이다. 겨우 목숨을 구한 그는 산더미처럼 쌓인 불탄 시체를 처리하는 작업을 해야 했고 그때 본 생지옥의 모습은 평생 그를 따라다녔다. 그 경험을 토대로『제5도살장』이라는 소설을 썼는데 이 책은 그를 세계적인 작가의 반열로 올려놓았고 '포스트모더니즘 SF 블랙코미디 컬트 작가'라는 긴 타이틀을 선사하기도 했다. 그는 당시 소설의 성공을 얘기하면서 "이 폭격으로 이익을 본 사람은 나 하나뿐이다. 소설을 써서 큰돈을 벌었으니까"라는 농담을 하기도 했다. '사소한 농담들이 모여 이룬 모자이크'라고 했던 그의 소설은 웃기면서도 슬프다. 그 역시 자신의 블랙유머에 대해 "울 수 없으니까 웃기는 것"이라고 말했다. 사람이 죽을 때마다 "그렇게 가는 거지So it goes"라고 썼던 그의 시니컬한 문장들은 인간 존재에 대한 근본적인 질문들을 던질 때도 유머를 바탕에 깔면 그나마 좀 낫다는 사실을 가르쳐준다. 여든 살이 넘도록 평생 담배를 피웠는데도 안 죽는다고 담배 회사를 상대로 고소를 했던 그가 지붕을 고치려 올라간 사다리에서 떨어져 사망한 것도 너무나 그다운 최후였다.

우디 앨런이 영화 〈한나와 그 자매들〉을 만들기 전 톨스토이의

『안나 카레니나』를 읽고 "그래, 한 무리의 사람들 얘기를 하다가 다른 무리로 건너가고, 그러다 다시 처음 사람들에게 돌아오는 스토리를 만들면 꽤 흥미롭겠어"라고 생각했다는 인터뷰를 읽었다. 『안나 카레니나』에서 〈한나와 그 자매들〉이 나오다니 전혀 예상치 못한 인과관계였다. 그러면서 드는 생각이 '깊게 파기 위해서는 우선 넓게 파야 한다'는 명제였다. 박찬욱 감독에게 좋아하는 작가와 작품을 묻자 존 르 카레John Le Carre나 조지프 콘래드Joseph Conrad 대신 이문구의 『우리 동네』 이야기를 꺼냈을 때도 마찬가지였다. 잘 쓰는 사람들은 어느 한곳에 머물지 않고 언제나 다양하게 읽고 연구한다. 현존하는 작가들 중 가장 재밌는 글을 쓴다고 평가받는 저널리스트 빌 브라이슨William Bryson도 박학다식의 화신 같은 사람이다. 그는 심지어 『거의 모든 것의 역사』라는 책도 썼는데 그의 유머를 확실하게 느낄 수 있는 책은 아무래도 『나를 부르는 숲』이 아닐까 한다. 나중에 손자들에게 자랑할 거리를 만들기 위해 나선 애팔래치아 트레일 종주 모험담은 직업도 없고 음담패설과 방귀, 소음만 만들어내는 고교 동창 스티븐 카츠와의 동행으로 인해 유머의 날개를 달게 된다. 가는 곳마다 투덜대는 빌 브라이슨의 글에 왜 전 세계인들은 열광한 걸까. 아무리 유식한 사람이라도 교장선생님 훈화 말씀처럼 뻔한 이야기만 늘어놓는다면 누구나 하품을 하며 뒤로 물러날 것이다. 그런데 빌 브라이슨은 상황을 재밌게 만드는 것은 물론 어떤 전문적인 지식을 말해도 빵빵 터지는 고도의 유머 감각을 가지고 있는 것이다. 나는 『빌 브라이슨의 발칙한 유럽산책』에서 그가 오슬로 여행길에 나섰다가 여권의 '윌리엄 맥과이어 브라이슨'과 여행자 수표의 '빌 브라이슨'이 동일인이라고 설명해도 믿지 않는 은행원과 '베른트 비에른손'이라 쓰여 있지 않느냐 따지는 버스 터미널 직원 때문에 곤욕당하는 장면을 보며 배꼽을 잡았다. 비교적 최근작인 『바디: 우리 몸 안내서』에서도 그의 익살은 여전하다. 정크 푸드의 폐해에 대해 설명하면서 "생활 습관을 이용한 자살에는 오랜 시간이 걸린다"라고 쓸 수 있는 작가가 빌 브라이슨 말고 또 누가 있겠는가.

'유머니즘'은 『모멸감』을 쓴 사회학자 김찬호가 쓴 책의 제목인데(유머와 휴머니즘을 합쳐 만든 신조어다) 내가 찾고 있던 바로 그 개념이라 여기서 소개한다. 그동안 수많은 작가의 책을 읽고 영화와 드라마를 보고 글을 썼지만 그중에서도 가장 먼저 다가오는 것은 언제나 유머와 페이소스, 그리고 휴머니즘이었다. 내가 몸담았던 광고 비즈니스의 세계에서도 유머는 중요하다. 같은 이성이라도 유머 있는 사람이 더 인기가 좋은 이유가 무엇이겠는가. 유머는 글을 쓰는 것은 물론 자신을 표현하는 데에도 빠질 수 없는 강력한 커뮤니케이션 수단이자 덕목이 되었다. 어린 시절부터 나에게 영향을 준 작가들 얘기를 길게 했는데 결론을 말하자면 당신도 유머니즘을 아는 작가가 되길 바란다는 것이다. 남을 웃기는 사람이 궁극적으로 자신에게도 웃음을 줄 수 있다고 믿는다. 그저 웃기는 작가가 아니라 울리고 웃길 수 있는 작가가 되자.

글쓰기로 나라를 구할 생각 마라

난해하기로 유명한 시를 쓰는 시인이 있었다. 한 번은 기자가 그에게 물었다. "선생님의 시는 너무 심오해서 좀처럼 그 뜻을 알기 어렵습니다. 이번 시는 무슨 의미를 담고 있는 건가요?" 그러자 나이 든 시인은 웃으면서 이렇게 대답했다. "처음 이 시를 쓸 때는 저와 신만이 그 뜻을 알았죠." "그런데요?" "이제는 오직 신만이 아십니다."

별것 아닌 것도 유난히 어렵게 쓰는 사람이 있다. 그래야 자신의 권위가 선다고 생각해서 그런 것일까. 그런 사람일수록 학식이 높고 배운 것도 많은 사람일 확률이 높다. 다만 '쉽게 쓰는 법'은 배우지 못한 사람이다. 그런 사람에게 헤겔Georg Wilhelm Friedrich Hegel의 이야기를 들려주면 허탈해할지도 모른다. 독일의 철학자 헤겔의 『논리학』은 난해하기로 유명한데 알고 보면 그 이유가 좀 어이없다. 당시 헤겔은 대학 교수로 일하면서 박봉에 혼자 가족들을 먹여 살려야 하는 처지였다. 그러니 다른 일까지 함께 하면서 책을 쓰는 방법은 글을 빨리 쓰는 수밖에 없었던 것이다. 당연히 가만히 앉아 글을 다듬고 어떻게 하면 좀 더 쉽게 서술할 수 있을까 생각해보는 여유 따위는 부릴 수 없었다. 그런 연유로 인해 독일 철학서 중에서 가장 난해하고 관념적인 책들이 세상에 나오게 된 것이다.

그런데 이해할 수 없는 건 헤겔처럼 가난하지도 바쁘지도 않은 사람들이 쉬운 글을 놔두고 난해하거나 관념적인 글을 즐겨 쓴다는 것이다. 그들의 이유는 단 한 가지, 쉽게 쓰는 법을 배우지 못해서다. 심지어 내가 아는 대학 교수님은 선배와 함께 책을 썼는데 후배가 글을 좀 쉽게 썼더니 벌컥 화를 내며 고치라고 하더라는 것이다. 평생을 학교 안에서 어렵고 딱딱한 학술체에만 길들여졌던 선배 교수가 후배의 자유분방하고 쉬운 글이 품위가 없다 여겼던 것이다.

나는 내 글이 어렵고 딱딱해지려고 할 때마다 이성복 시인이 『무한화서』에서 해준 말을 떠올린다. 그는 "거창하게 인간의 운명에 대해 얘기할 것 없이 우리 집 부엌에 숟가락이 몇 개고 젓가락이 몇 개인지나 쓰라"고 말한다. 나라를 구할 것도 아닌데 왜 그렇게 허장성세를 부리냐며 시인이 부드럽게 꾸짖을 때마다 나는 속절없이 무릎을 꿇는다. 그러면 어깨에서 힘이 좀 빠진다. 글쓰기 교실에 찾아오는 분 중엔 세상을 구하려는 거룩한 마음으로 글쓰기를 시작하려는 사람도 있다. 대체 왜 그래야 하는가? 우리는 글을 기가 막히게 잘 쓸 필요가 없다. 그저 쓰면 된다. 쓰다 보면 실력은 는다. 무라카미 하루키村上春樹는 레이먼드 챈들러Raymond Chandler나 대실 해밋Dashiell Hammett 같은 사람들을 우상으로 삼았지만 40년 간 꾸준히 소설을 쓰면서 이미 그들을 넘어섰다. 처음부터 하루키가 그들을 넘어설 마음을 먹고 글을 썼다면 아마 제풀에 질려서 포기했거나 자살을 택했을지도 모른다. 다행히 그러지 않았기에 하루키는 전 세계에서 가장 유명한 소설가가 되었고 지금도 해마다 노벨 문학상 후보로 꼽힌다. 그런데 당신이 지금부터 글을 써서 노벨 문학상을 탈 것은 아니지 않나. 거창한 것 다 집어치우자. 다시 말하지만 지금 내가 쓸 수 있는 글을 솔직하고 자유롭게 쓰는 게 가장 확실한 행복이다.

사람들이 남이 쓴 글에 얼마나 관심이 없는지를 알려주는 에피소드가 하나 있다. 내가 카피라이터 4년 차 때의 일이다. 제약회사 라디오 광고 카피를 한 편 썼는데 광고주 홍보실 담당자가 "좋긴 한데, 좀 약한 것 같다"라는 피드백을 보내왔다. 아무리 읽어봐도 고칠 내용이 없는데 그런 소릴 들으니 미칠 것 같았다. 나는 될 대로 되라는 심정으로 카피는 하나도 안 고치고 느낌표 두 개만 살짝 찍어서 다시 보냈다. 다음 날 피드백이 왔다. "오, 훨씬 세졌는데!" 느낌표만 새로 찍은 카피를 가져갔다는 사실은 우리 회사 AEAccount Executive(광고 대행사와 광고주 사이의 연락 및 기획 업무를 담당하는 대행사의 책임자)인 김 부장도 몰랐고 광고주 홍보실 담당자도 몰랐다. 나는 입을 꼭 다문 채 그 회사를 계속 다녔다.

카피라이터에서 작가로 넘어가다

어렸을 때부터 교과목을 공부하는 것보다는 책을 읽거나 글 쓰는 걸 좋아했다. 고등학교 3학년 여름에 마루에서 뒹굴며 이병주의 『행복어사전』을 읽고 있는 나를 보며 어머니는 가늘게 한숨을 내쉬셨다. 대학 진학할 때 "안 된다. 국문과 가면 굶어죽는다"라고 했던 담임선생님의 말을 거역하지 못해 영문과에 들어갔다. 담임선생님은 서울대 국문과 출신이었다.

대학에 입학한 뒤에는 노래 동아리에 들어가 베짱이처럼 기타 치고 노래하면서 살았다. 역시 학과 공부보다는 '쓸데없는' 책을 읽거나 글을 쓰는 게 좋았다. 4학년 때도 도서관에서 소설책을 읽고 있는 나를 보며 영문과 친구들은 "성준이가 부럽다"며 빈정댔다. 그러나 그때는 콤플렉스가 심하고 자신감과 상상력은 쭈그러져 있어서 뭘

해볼 생각조차 못했다. 명색이 노래 동아리를 하면서도 가사 한 줄을 못 쓰고 살았다. 스물두 살 아침에 배달된 신문에 '오늘의 작가상'을 탄 스물네 살의 구광본 시인을 보며 "저 사람은 나보다 두 살 많네"라고 바보처럼 중얼거렸다.

군대를 다녀오고, 졸업을 하고, 광고회사에 들어가 카피라이터가 되었다. 평소에 카피라이터 하면 잘하겠다는 얘기를 많이 들었고 대학 동아리 선배 중 광고계나 영화계에서 일하는 사람들이 많아 알게 모르게 영향을 받았다. 서울광고아카데미라는 카피 학원도 다니고 여러 공모전에 도전해 상도 받는 등 나름 노력해서 들어간 회사였다. 입사한 회사에서는 일복은 많고 성과는 적었다. 비교적 한가하다고 소문난 광고대행사에 가더라도 하필 내가 간 팀은 늘 바빠서 야근을 해야 했고, 성격상 밤에 집중을 잘 못하는 나는 새벽에 따로 나와 작업을 하는 이중고를 겪었다.

늘 허덕이는 삶이었다. 광고계는 항시 비상사태였고 다니는 회사는 언제나 일이 많았다. 한 번은 같이 일하던 AE로부터 광고주가 "야, 광고대행사 애들을 왜 재워?"라고 했다는 소리를 들었다. 그게 사람이 할 소린가 싶은 생각이 들었다. 자본주의는 잔인했다. 업계 특성상 내부든 외부든 모두 경쟁이 기본이었는데 나는 끈기와 집념이 부족해 칭찬을 들을 때가 적었고, 어쩌다 경쟁에서 이겨도 제 밥그릇을 찾아 먹지 못하는 경우가 더 많았다. 내부 경쟁보다 괴로운 건 어떤 기획이나 아이디어라도 광고주의 마음에 들기만 하면 진리가 되고 정당성을 확보한다는 현실이었다. 광고 프로덕션으로 이직한 후로는 레퍼런스 동영상이 없으면 아이디어를 제시하거나 시안을 만들지도 못하는 풍토가 황당했다. CD[Creative Director]나 광고주 입맛을 버려놓은 업계의 자업자득이었다. 나는 광고계를 떠날 마음을 먹었다.

대책 없이 회사를 그만두고 놀았다. 마침 아내도 회사를 그만두고 노는 시기였다. 우리는 먹구름처럼 밀려오는 걱정을 각자의 머리에 안은 채 서로를 바라보며 웃었다. 그러고는『부부가 둘 다 놀고 있습니다』라는 책을 펴냈다. 제목이 왜 그 모양이냐는 소리도 들려왔으나 생각보다 책이 잘 팔렸고 리뷰도 좋았다. 아내가 큰 출판사 계약을 해지하고 마케팅 회사와 협업하는 일인 출판사로 선회를 한 게 적중했다. 무엇보다 출판사 대표님이 내 글을 좋아했다. 정성을 다해 책을 만들었고 전력을 다해 팔았다.

출판기념회를 한 뒤 전국의 서점을 다니며 북토크를 했다. 때마침 터진 코로나19 때문에 북토크 일정이 많이 취소되었지만 그래도 나를 원하는 곳은 늘 있었다. 줌이나 유튜브를 통한 강연도 했다. 북토크 이후 글쓰기 강연 제의가 심심치 않게 들어왔다. 내가 쓴 글은 유머와 위트가 있어서 잘 읽힌다는 평가와 함께 내 강의는 학인들이 쓴 글을 정성껏 리뷰해준다는 소문이 돌았다. 그리고 앞에서도 이야기했듯, 참여연대 글쓰기 강연 후기 글을 읽은 논술학원 원장님의 제안으로 글쓰기 강의를 맡게 되었다. 〈편성준의 유머와 위트 있는 글쓰기〉라는 강의 제목은 그렇게 탄생했다.

유튜브 인터뷰도 하고 케이블 방송에도 나갔다. 그 과정에서 서울 시민대학에서 강사를 모집한다는 걸 알게 되었다. 제출 서류가 까다로웠다. 시범 강연 동영상 5분짜리도 있었다. 나는 시나리오를 써서 여러 번 읽은 뒤 줌 카메라 앞에 서서 혼자 글쓰기 강연을 했다. 여섯 번을 되풀이해서 찍고 마지막 동영상을 확인한 뒤 첨부해서 보냈다. 합격이었다. 강사 오리엔테이션을 받던 날 원장님은 "시민대학 역사상 최초의 공채 강사들이니 자부심을 가지셔도 좋다"며 웃었다.

광고 프로덕션을 다닐 때, 대학에서 카피라이팅 강의를 두 학기 동안 한 적이 있다. 강의 시간엔 세계적 광고 캠페인이나 카피들을 소개하며 마치 그게 내가 만든 것인 양 잘난 체했지만 실상은 그 전날 광고주에게 '아이디어가 신통치 않다'며 모멸을 당하고 온 상태였다. 그래도 학생들은 나와 함께 광고 카피를 써보거나 하이쿠(일본 전통 단시短詩) 짓는 수업을 하며 즐거워했다. 나는 약간 한심한 게 좋은데 광고계는 한심하게 보이는 걸 용납하지 않는 세계였다. 작가가 된 뒤 달라진 것은 언제든 '쓸데없는' 이야기를 해도 된다는 점이었다. 그동안은 어딜 가서 무슨 얘기하더라도 광고나 카피에 관련된 얘기로 서두를 꺼내거나 끝맺음을 해야 한다는 의무감이 있었는데 이젠 그럴 필요가 없었다. 글쓰기는 그 자체가 인생이었다. 내 생각을 뒷받침하듯 박연준 시인은 "문학은 삶을 다루는 분야이기에 삶을 통찰하는 능력이 필요합니다"라고 말한다(『쓰는 기분』 204P).

쓰는 이야기는 결국 사는 이야기와 같았다. 카피라이터로 살 때보다 작가로 살 때가 훨씬 부자가 된 기분이다. 물론 돈은 회사를 다닐 때보다 훨씬 부족해 한 달에 두 번(주택담보대출금 갚는 날과 신용카드 대금 빠져나가는 날)은 꼭 잠을 설치지만 그래도 광고계에 있을 때와는 비교가 안 될 정도로 행복하다. 요즘은 하루 종일 이전에 써 놓은 메모지와 에버노트에 둘러싸여 있다. 혹시 원하는 대로 글이 안 써지면 어떡하나, 하는 근원적인 공포가 있지만 그래도 책상 위에 '가볍고 경쾌하게'라고 써서 붙여놓고 열심히 쓰고 있다. 내가 쓰는 것들은 어쩌면 몽땅 '쓸데없는 글'일 수도 있지만 그래도 상관없다. 내가 쓰고 싶은 걸 쓰고 있으니까. 카피를 쓰는 것보다는 백 배 낫다.

글쓰기를 시작하는 이유는 유치할수록 좋다

고등학교 때 처음 시를 써서 상을 받았다. 우등생과는 거리가 멀었기에 공부로는 좀처럼 상을 받을 일이 없었는데 월요일 아침 조회 시간에 난데없이 내 이름이 불리더니 교장선생님이 손수 자신의 이름과 직인이 찍힌 상장을 안겨주었다. 교내 백일장에서 내 시가 뽑혔다는 것이다. 그리고 얼마 후 시화전에 〈미스터 M에게〉라는 시를 냈는데 이웃 학교의 한 여학생이 '미스터 M이 누굴까. 시가 굉장히 인상적이던데……'라는 메모를 방명록에 남기고 가서 내 가슴을 두근거리게 했다. 미스터 M은 알베르 카뮈가 쓴 『이방인』의 주인공 뫼르소를 변용한 것이었다. 글쓰기로 내가 좀 특별해졌다는 느낌을 받은 첫 번째 사건이었다. 이후로 나는 틈만 나면 노트에 아무 글이나 썼다가 나중에 고쳐보는 습관을 들였다.

브렌다 유랜드Brenda Ueland의 『글을 쓰고 싶다면』이라는 책에는 르네상스 시대에 **소네트***를 쓰던 신사들 얘기가 나온다. 유랜드는 '왜 르네상스 귀족들은 소네트를 썼나'라는 글에서 당시 신사들 사이에 소네트 쓰기가 유행한 것은 자신이 소네트를 쓸 수 있다는 것을 과시하고 싶어서라는 유치한 이유가 첫 번째였고 또 다른 이유는 바로 마음에 드는 숙녀에게 사랑을 고백하기 위해서였다고 한다. 예나 지금이나 구애와 연애는 젊은 날의 가장 중요한 이벤트인 것이다.

이런 불순한 목적으로 쓴 소네트로 그들은 자신이 원하는 사랑을 얻은 것은 물론 생각지도 못했던 '내재된 보상'을 받았는데 그것은 바로 자신의 느낌을 더 잘 알고 이해하게 되었다는 것이다. 글을 씀으로써 사랑이 무엇인지, 자신의 감정 중 어느 게 진짜고 어느 게 가짜인지를 알게 되었고 아울러 모국어의 아름다움이 무엇인지에 대해서도 잘 알게 되었다는 것이다. 그야말로 '꿩 먹고 알 먹는' 글쓰기가 아닐 수 없다.

청운문학도서관으로 시를 배우러 간 적이 있었다. 선생님인 이근화 시인은 지금 자기 주변에 있는 사물로 자신을 표현해보라고 했다. 그때 나는 평생 카피라이터로 살면서 쓰고 싶은 글보다는 다른

***소네트**(Sonnet) 유럽 정형시의 한 가지. 단어 자체의 의미는 '작은 노래'라는 뜻이다. 13세기경까지 엄격한 형태와 구조를 갖춘 14줄짜리 시를 의미했는데 시대가 지나면서 조금씩 변했다. 각운을 맞추는 데 엄격하며, 르네상스 시기에 이탈리아에서 만들어졌지만 영국으로 건너가 꽃을 피웠다. 대표적인 소네트 작가는 셰익스피어다. 그는 154개의 소네트를 남겼다.

사람이 시키는 글만 썼던 내 인생이 모나미 볼펜 같다는 생각을 했다. 연필처럼 향이 나는 것도 아니고 만년필처럼 비싸지도 않은, 어디서나 구할 수 있고 쉽게 버려지는 볼펜 말이다.

〈볼펜처럼 살았습니다〉

만년필처럼 고귀하거나
까다롭진 않았지만
늘 고른 필기감을 유지하려
애쓰며 살았습니다.
잉크를 다 쓰기도 전에
나를 잃어버리는 이들이 야속했고
서랍에 잔뜩 있는데도
새로운 볼펜을 사는 걸 보면
내 존재 가치는 무엇인가
잎새에 이는 바람에도 괴로웠죠.

빌려간 사람이 돌려주지 않아도
용인되는 무신경이 싫었습니다.
호텔방에서 공짜로 얻을 수 있는 존재란
얼마나 하찮은 것이냐는 비아냥과

옆구리에 글자를 새기는 것만으로
누군가에게 도움이 될 수 있다는
자부심이 싸우는 인생이었습니다.

어느 날 샤프펜슬이 흑심을 품고
제게 다가오더군요.
순간 경계했지만 그의 눈빛엔
가느다란 슬픔이 담겨 있었습니다.
그래도 넌 한 번 쓰면 안 지워지잖아.
나는 늘 지우개에게 항복하고 만다.
천적이 없는 너는 행복한 아이야.
그리고 내 마음은 잘 부러져.
네 심처럼 신축성이 없거든.
뾰족해 보이지만 사실 너는
둥근 볼을 품고 산다는 걸 잊지 마.

샤프펜슬의 우정 어린 설복에
볼펜이라는 이름을 지어준
할아버지의 손이 생각났습니다.
이제 연필이나 만년필로
갈아탈 생각은 버렸습니다.

나는 볼펜이니까요.

볼펜으로 살아왔습니다.
새벽에 일어나 글을 쓰는 작가에게
영감이 달아나지 않게 해주고
재래시장 사장님의 회색 수첩에
밥이 될 숫자들을 남기고
QR체크인이 불편한 이들에겐
출입 명부를 대신 써준 것처럼
나는 볼펜의 길을 걷겠습니다.

둥글지만 무르지 않게
수십억 개의 볼펜들과 연대하면서
세상에 하찮은 흔적 남겨봐야죠.
만장하신 만년필, 연필 여러분,
저는 볼펜으로 살아왔습니다.
계속 볼펜으로 살겠습니다.

이 글을 쓰고 나니 기분이 좋았다. 신기하게도 글에는 치유 능력이 있다. 아무래도 글을 쓰려면 마음을 차분하게 가라앉히고 자신의 내면을 물끄러미 들여다보는 순간이 필요하기 때문일 것이다. 넷플릭스 다큐멘터리 〈창의적인 뇌의 비밀〉에 나온 것처럼 감옥에서 글쓰기 수업을 받으면 죄수들의 삶이 변하는 것도 글쓰기에 숨어 있는 자아성찰의 기능 덕분일 것이다. 그래서 글쓰기를 시작하는 이유는 유치하고 속물적일수록 좋다. 여자를 유혹하기 위해서든, 잘난 체를 하기 위해서든 글쓰기를 시작하면 인생이 변하기 때문이다. 그것도 언제나 생각지도 못했던 좋은 방향으로.

내 글이 재미없으면 어떡하지?

글을 쓸 때 가장 원초적인 두려움 중 하나는 '이 글을 읽는 사람이 지겹거나 재미없어서 건너뛰면 어떡하지?'라는 생각이다. 나도 다른 사람의 글을 읽을 때 그런 적이 많으니까. 그래서 글을 처음 쓰는 사람들에겐 일기 쓰기를 권하기도 한다. 그런데 일기는 저 혼자 쓰고 저 혼자 읽는 글 아닌가. 일기를 재미나게 써서 뭐하나. 칭찬해줄 사람도 없는데. 어렸을 때 일기는 혼자만 보는 글이라고 배웠다. 말로는 그렇게 가르치면서 선생님들은 아이들의 일기를 검사하고 채점하고 별점을 주거나 짧은 평까지 남겼다. 예나 지금이나 어른들에겐 배울 점이 없다.

생각해보면 내가 최초로 연재했던 글도 '음주일기'였다. 술자리에서 벌어진 재미있거나 황당했던 일들이 휘발유처럼 날아가버리는 게 아까워서 쓰기 시작했는데 제목만 일기였지 사실은 후기를 빙자한 콩트 형식이라 그랬는지 제법 인기가 많았다. 나는 독후감이든 영화 리뷰든 쓰기만 하면 오자도 고치지 못하고 일단 인터넷에 올려 사람들에게 보여주기에 급급했다. 기계적으로 올린 글이 대부분이었지만 어쩌다 좋은 글을 썼다는 생각이 드는 날이면 온몸에 아드레날린이 충만해서 자랑을 하지 않고는 배길 수가 없었던 것이다. 물론 나와 세계관이나 문학관, 여성관 등이 사뭇 다른 이들은 내 글을 극도로 싫어했지만 그런 독자까지 신경 쓸 정도의 이성이 내겐 남아 있지 않았다. 적당한 노출증은 정신 건강에 좋다. 『대통령의 글쓰기』의 작가 강원국 선생도 자신을 '관종'이라 하지 않았던가. 그리고 좀 못 쓰면 어떤가. 나라를 구하는 일도 아닌데.

나는 아내와 나누었던 바보 같은 대화들을 글로 써서 페이스북에 올렸다. 처음에는 뭐 그런 싱거운 대화들을 올리냐고 웃던 사람들이 나중엔 빨리 다음 편을 올려달라고 성화했다. 건망증이 심한 나의 실수담도 시리즈로 올렸다. 사람들은 한숨을 쉬면서도 자신과 비슷한 부분을 발견하고는 마음을 놓는다고 고백했다. 물론 아직도 그런 정신머리로 어떻게 살아가느냐며 한심해하는 사람도 있다. 아내에게 꼼짝 못 하는 걸 '공처가의 캘리'라는 제목으로 연재했다. '왜 아내가 하는 얘기는 모두 옳은 걸까?' '남편이 아내의 식성을 닮아가는 건 당연한 일이다' 같은 캘리그라피에 여성들을 환호했고 남성들은 화를 냈다. 홍해가 갈라지듯이 반응이 반으로 갈렸다. 남녀 비율이 50

대 50이라는 걸 실감할 수 있었다. 중요한 건 '내가 항상 재미있거나 훌륭한 글을 쓸 수 있는 것은 아니라는 사실'을 잊지 않는 것이다. 잘 쓴 글만 온라인에 공개하겠다는 생각은 완벽주의로 변해 아무 글도 쓸 수 없게 만든다. 실수도 하고 잘못도 하면서 사는 게 인생인데 왜 글쓰기에서만 그걸 허용하지 않는단 말인가.

SNS에 글을 올리는 게 성격에 맞지 않거나 부담스럽게 느껴지는 사람이라면 다른 방법을 쓰면 된다. 당신이 쓴 글을 사람들에게 보여주는 것이다. 아무에게도 보여주지 않고 혼자 고독하게 쓰다가 하루아침에 '글 쓰는 사람'으로 등극하는 건 예나 지금이나 불가능하다. 일기든 잡문이든 몸에서 저절로 흘러넘치는 글들을 매일 써야 하고 그 글을 다른 사람에게 보여서 인정을 받을 때 비로소 작가의 자리로 가는 길이 보인다. 『글쓰기의 최전선』을 쓴 은유 작가는 "리뷰를 받을 때는 믿을 만한 사람에게 보여라"라고 조언한다. 최근 『어서 오세요, 휴남동 서점입니다』라는 소설을 발간한 황보름 작가는 엄마와 친언니, 그리고 친한 언니 세 명에게 두근거리는 마음으로 소설 초고를 보여줬다고 한다. 엄마는 딸이 쓴 글이니까 당연히 좋다고 했지만 진심이었고, 친언니는 원래 소설이나 드라마를 안 좋아하는 사람인데도 이 소설을 다섯 번은 읽었다고 한다. 친한 언니는 글이 좋다 나쁘다라고 얘기하는 걸 넘어서 소설에 등장하는 인물들을 마치 살아 있는 사람들처럼 부르면서 작가에게 힘을 주었다고 한다. 이렇게 작가의 사기를 북돋아준 세 명의 최초 독자 덕분인지

황 작가의 첫 소설은 베스트셀러가 되었다. '내 글이 재미없으면 어떡하지?' 하는 걱정은 접어두고 일단 가까운 사람에게 보여주자. 단, 진심어린 리뷰를 해줄 수 있는 사람이어야 한다. 아무렇게나 던지는 리뷰는 작가의 기를 꺾어놓는 독이 될 테니까.

국문과나 문창과 안 나와도 잘만 쓴다

"나는 글쓰기와 상관없는 분야에서 일했던 사람인데……."

"제 전공은 글쓰기와는 전혀 상관이 없는데요……."

글쓰기 교실에 와서 이렇게 말하는 분들이 종종 있다. 자기는 문학 전공이 아니니 쓰는 것은 자신 없고 그저 글쓰기에 대해 강의를 듣고 다른 사람들이 쓴 글을 함께 읽는 것만으로도 만족한다는 사람들이 의외로 많다. 그런 얘기를 들을 때마다 나는 펄쩍 뛴다. 글쓰기는 전공이나 직업과는 전혀 상관이 없을뿐더러 오히려 전문직을 가진 사람일수록 유리한 면이 있다. 얼핏 생각하면 국문과·문창과를 나온 사람이나 방송작가로 일했던 사람이 글을 잘 쓸 것 같지만 그건 초반에나 해당하는 일이고 계속 쓰다 보면 특정 분야에서 오래 일했던 사람들만 가질 수 있는 직업적 통찰이 훨씬 큰 도움이 된다.

내가 일했던 광고 분야만 해도 그렇다. 광고대행사 MBC애드컴의 선배였던 카피라이터 정철 작가는 지금도 정치 카피와 메시지를 만드는 현역 카피라이터지만 "50퍼센트는 카피라이터로, 50퍼센트는 작가로 산다"라고 스스로 정한 포지셔닝에 따라 지금도 부지런히 단행본을 내고 있다. 『내 머리 사용법』, 『누구나 카피라이터』, 『카피라이터 정철의 머리를 9하라』, 『카피책』 등 그가 쓰는 책은 모두 '광고 카피를 어떻게 쓰는가'와 '아이디어 발상은 어떻게 하는가' 등 현업에서 익힌 노하우를 바탕으로 한다. 그런데 이런 책들은 광고 분야뿐 아니라 인생을 살아가는 데에도 도움이 되기에 일반 독자들에게도 꾸준히 사랑을 받고 있다.

『어린이라는 세계』를 쓴 김소영 작가도 좋은 예다. 저자는 대학에서 국문학을 전공하긴 했지만 졸업 후에도 계속 아이들과 함께 책을 읽고 글을 쓰는 독서교실을 운영했기에 이런 책을 쓸 수 있었을 것이다. "어린이는 작아서 눈에 잘 띄지 않지만 어른의 반만 하다고 해서 어른의 반만큼만 존재하지 않는 것은 아니며, 어린이도 정중한 대접을 받으면 점잖게 행동하고, 운동화 끈을 묶을 때 어른보다 시간이 좀 더 걸릴 뿐 어른과 다르지 않다"는 사실은 그가 어린이와 함께 하는 직업을 가지지 않았으면 몰랐을 깨달음들이다.

우리나라에서 인기 높은 일본의 소설가 히가시노 게이고東野圭吾는 대학에서 전기공학을 전공하고 엔지니어로 일하다가 소설가가 되었다. 그는 소설가가 된 뒤에도 한동안 계속 회사를 다니며 일했는데 덕분에 그의 소설엔 치밀한 구성과 속도감 있는 전개, 그리고 이과 지식을 바탕으로 한 기상천외한 트릭과 반전들이 가득하다. 그는 시계 수리공이었던 아버지가 늦은 밤에 일을 끝내고 "아아, 오늘은 여기까지 해냈군" 하면서 혼자 술을 마시는 모습이 행복해 보였기에 자신도 글쓰기를 마친 밤 열한 시쯤엔 술을 마신다고 한다. 이렇게 전공보다는 개인적으로 가지고 있는 이야기들이 독자들에게 즐거움을 주는 경우가 더 많다.

건설 분야에서 일하는 사람은 어떨까. 드라마 〈나의 아저씨〉에서 건설회사 임원 박동훈으로 나오는 이선균은 '구조기술사'다. 그는 지안(아이유)과 함께 걸으며 이렇게 말했다.

"모든 건물은 외력과 내력의 싸움이야. 바람, 하중, 진동……. 있을 수 있는 모든 외력을 따져서 그거보다 세게 내력을 설계하는 거야. 항상 외력보다 내력이 세게. 인생도 어떻게 보면 외력과 내력의 싸움이고, 무슨 일이 있어도 내력이 세면 버티는 거야."

비록 건설사에 다니는 사람이 직접 쓴 대본은 아니지만 이 '외력과 내력의 싸움' 같은 대사는 박해영 작가가 건설회사 다니는 사람들을 상대로 오래도록 취재하지 않았으면 나올 수 없는 구절이다. 아마 글쓰기에 관심 있는 건설업 종사자들은 이 장면을 보면서 '나도 저런 대사 쓸 수 있는데……'라고 생각했을지도 모른다. 한곳에서 오래 일한 사람들은 누구나 저런 통찰을 가질 수 있으니까.

한동안 우리나라 소설이나 드라마엔 여성 편집자나 기자만 나온다는 불만이 제기되곤 했다. 실제로 작가가 되기 전 그 직종에서 일한 사람들이 많았기 때문이다. 그게 나쁜 것은 아니다. 하지만 너무 뻔한 직업이 반복적으로 등장하면 그만큼 상상력은 쪼그라들고 식상하기 마련이다. 세계적으로 유명한 작가들도 전공과는 무관한 사람들이 많다. 베스트셀러 소설이나 영화에 공통으로 적용되는 공식이 따로 있는 것도 아니다. 그들의 유일한 공통점은 자신이 잘 아는 분야에서 끌어올린 통찰로 전 세계인의 공감을 사는 스토리를 만들었다는 것뿐이다. 심지어 〈용의 눈물〉, 〈태조 왕건〉 등을 쓴 대한민국의 대표 사극 드라마 작가이자 소설가인 이환경의 학력은 국졸(초졸)이다. 다시 한번 말하지만 학력이나 전공은 글쓰기의 세계에서는 별 의미가 없다.

존 그리샴은 어떻게 베스트셀러 작가가 되었을까?

톰 크루즈Tom Cruise와 진 해크먼Gene Hackman이 주연하고 시드니 폴락Sydney Pollack이 만든 영화 〈야망의 함정〉은 존 그리샴John Grisham이 두 번째로 썼던 소설 『그래서 그들은 바다로 갔다』를 원작으로 만들어졌다. 거액을 제시하는 범죄 플롯, 매력적인 캐릭터, 스피디한 전개 등은 전 세계 영화 팬을 사로잡았고 이 영광은 다시 원작자인 존 그리샴에게로 돌아가는 선순환으로 이어졌다. 그는 소설을 쓰기 전에 변호사 생활을 했기에 법률 비즈니스에 대해 누구보다 잘 알았고 주변에 조언을 해줄 친구도 많았다. 하지만 데뷔작 『타임 투 킬』부터 시작해 『펠리컨 브리프』, 『레인 메이커』 등 일련의 베스트셀러 행진을 만든 게 단지 이런 배경 때문이었을까? 아마도 그의 가장 큰 성공 요인은, 너무도 당연한 얘기겠지만 '지치지 않고 꾸준히 글을 썼기 때문'일 것이다.

존 그리샴은 처음 글을 쓰기 시작했을 때 하루에 한 쪽씩 쓰는 걸 목표로 삼았다고 한다. 새벽 다섯 시에 알람이 울리면 일어나 샤워를 하고 곧바로 커피와 리갈 패드legal pad를 챙겨서 글을 쓰려고 앉았다. 법정 소설, 법정 스릴러의 교과서 같은 소설들은 이렇게 해서 탄생했다. 노란색 리갈 패드는 가까운 문방구에 가면 살 수 있다. 이제 당신과 나에게 필요한 것은 새벽 다섯 시의 알람과 커피뿐인 건가.

20년 넘게 작가 지망생과 작가들을 가르쳐온 로버타 진 브라이언트Roberta Jean Bryant는 『누구나 글을 잘 쓸 수 있다』라는 책에서 "작가는 오늘 아침에 한 줄의 글을 쓴 사람이다"라고 말한다. 베스트셀러 작가는 아니지만 나도 매일 아침 일어나면 오늘은 뭘 쓸까를 생각하고 아이디어나 기억이 떠오를 때마다 메모를 한다. 그리고 이변이 없는 한 아침에 커피를 사러 편의점으로 간다. 집에서 내려 마실 수도 있지만 잠깐 나가서 편의점 사장님과 싱거운 농담을 몇 마디 주고받으며 글쓰기에 필요한 분위기로 전환하는 것이다. 그리고 때로는 편의점 사장님이나 손님을 소재로 글을 쓰기도 한다.

커피는 글쓰기에 도움을 많이 주는 음료다. 발자크Honore de Balzac는 밤새 소설을 쓰기 위해 하루 50잔의 커피를 마셨다고 할 정도다. 나와 아내가 운영하는 '독하다 토요일'이라는 독서클럽 멤버 중에 커피를 잘 내리는 친구가 한 명 있다. 나는 그가 내려주는 커피를 마시면서 물었다. "똑같은 커피인데 왜 바리스타가 내려주는 커피는 더 맛이 좋은 걸까요?" 나의 바보 같은 질문에 그는 웃으면서 말했다. "커피의 품질이나 물의 온도도 중요하고 물을 내리는 속도도 중요한 변수 중의 하나죠. 하지만 이에 못지않게 중요한 건 커피의 양을 아끼지 말고 많이 갈아야 한다는 것입니다. 보통 권장하는 것보다 양이 많아야 커피가 더 맛있어요." 나는 무릎을 쳤다. 그동안의 내 글쓰기도 이와 같지 않았을까. 시간을 충분히 들이지 않고 쓰니까 내 마음에 들지 않았던 것인데 엉뚱하게 소재나 콘셉트에 문제가 있다고 생각했던 것이다.

작가이자 문학 에이전트인 노아 루크먼Noah Lukeman은 "이야기가 한 차례 영감의 번득임만으로 완성되는 경우는 드물다"고 말했는데 여기에 딱 맞는 작가는 놀랍게도 『해리 포터』 시리즈를 쓴 조앤 롤링이다. 전 세계에서 가장 많은 수익을 올린 베스트셀러 작가인 그녀가 '9와 4분의 3 승강장'을 떠올린 건 우연히 기차가 덜컹하고 멈춰 섰을 때라는 사실은 유명하다. 그러나 그 아이디어가 단박에 베스트셀러로 이어지진 않았다. 『해리 포터』를 떠올리고도 5년이나 지나서 이야기를 완성했고 그 후에도 무려 열두 곳의 출판사로부터 출판을 거절당했던 것이다. 단번에 성공하는 작가는 단 한 명도 없다. 『쇼퍼홀릭』 시리즈로 유명한 베스트셀러 작가 소피 킨셀라Sophie Kinsella도 비슷한 충고를 한다. 그녀는 어떤 장르를 써야 할지 고민하지 말고 자신이 어떤 걸 쓸 때 가장 재미있는지를 먼저 생각하라고 한다. 그러면서 어떤 걸 쓰든 일단 끝까지 쓰는 게 중요하다고 강조한다. 끝까지 써야 되고도 할 수 있다는 그녀의 당연한 말에 고개가 끄덕여진다.

아마도 글을 쓰지 못하는 사람들의 가장 인기 있는 핑계는 '시간이 없어서'일 것이다. 그러나 그건 자기 삶에서 글쓰기가 최우선이 아니라는 것을 고백하는 것과 같다. 글을 써야겠다고 마음먹은 사람은 존 그리샴처럼 새벽 다섯 시에 일어나든 다른 시간을 내든 어쨌거나 글을 쓴다. 역시 베스트셀러 작가인 장강명은 아이디어가 있든 없든, 몸 상태가 좋든 나쁘든 간에 매일 꾸준하게 직업인처럼 쓰려고 노력하는 소설가다. 소설 쓰는 시간과 청소하는 시간을 합쳐 '근무시간'으로 정하고 매일 엑셀 파일에 기록한다는 것인데 1년에 2,200시간 이상 근무하는 게 목표란다. 왜냐하면 한국 근로자의 평균 근로 시간이 2,100시간 남짓이기 때문이다.

디즈니랜드 설계에서 글쓰기 방법을 배우다

책을 쓰려고 청주에 원룸을 얻어 내려갔을 때의 일이다. 혼자 점심을 먹고 뒷산을 산책하다가 두 갈래 세 갈래로 뻗은 산길을 보며 생각했다. 저 길은 언제 생긴 것일까. 맨 처음 저 길을 밟고 지나갔던 사람은 이 길이 이렇게 오래 남아 있을지 짐작이나 했을까.

그러다가 디즈니랜드를 설계한 건축가 발터 그로피우스Walter Gropius의 일화가 생각났다. 그로피우스는 2년간의 시공을 거쳐 디즈니랜드를 만들었는데 다른 구조물들은 이미 다 지어놓고도 정작 공원 안의 길을 어떻게 내야 할지 아이디어가 떠오르지 않아서 고민했다. 그러던 어느 날 프랑스로 출장을 간 그는 포도로 유명한 프랑스 남부 교외에 들렀다가 유독 한 포도농장에만 사람들이 붐비는 걸 목격했다. 그곳은 길가에 포도를 내놓고 파는 게 아니라 농장 입구에 놓인 함에

8프랑만 넣으면 포도밭에 들어가 얼마든지 포도를 따갈 수 있는 곳이었다. 이 포도원의 주인은 몸이 불편한 노부부였는데 일일이 포도를 따서 포장하기 힘들어서 이런 아이디어를 냈다.

그로피우스는 여기서 얻은 영감을 디즈니랜드에 활용했다. 시공팀에게 길을 내기로 한 곳에 잔디 씨를 뿌리고 예정보다 일찍 공원을 개방하라고 지시한 것이다. 시간이 지남에 따라 씨를 뿌린 곳엔 파릇파릇 잔디가 돋아났고 사람들이 지나다닌 동선을 따라 작은 오솔길이 만들어졌다. 일정한 모양은 아니지만 넓은 길과 좁은 길이 조화를 이룬 아주 자연스러운 길이었다. 이 길은 1971년 런던에서 열린 국제조경건축 심포지엄에서 '가장 훌륭한 내부 도로 설계'라는 평가를 받았다. 만약 그로피우스가 길의 크기와 방향을 미리 정해놓았다면 어떤 결과가 나왔을까.

당신이 글을 쓸 때도 마찬가지다. 생각이 어디로 뻗어갈지 모르는데 쓰기 전부터 목표를 정하면 위험하다. 어딘가에서 청탁을 받고 쓴다면 할 수 없는 일이지만 주제를 미리 정해놓고 억지로 쓰다 보면 중언부언하거나 자연스럽지 못한 글이 되기 쉬우니까. 마음을 비우고 생각이 흐르는 길을 따라가며 글을 써보자. 생각이 나지 않을 때는 정말로 밖으로 나가서 오솔길이나 골목길을 걷는 것도 좋은 방법이다. 사람의 뇌는 가만히 있을 때보다 몸을 적당히 움직일 때 더 잘 돌아간다고 한다. 이 글도 그때 산책을 하다가 쪽지를 꺼내 끄적거린 메모 덕분에 쓸 수 있었다.

글쓰기, '갑툭튀'는 없다

중학교 때부터 팝송을 즐겨 들었다. 맨 처음 들었던 팝송의 기억은 초등학교 5학년 때 라디오 〈양희은의 팝스 다이얼〉에서 틀어줬던 린다 론스태트의 〈Long long time〉이었고 중학교 입학하는 해 1월 첫째 주 빌보드 싱글 차트 1위곡은 알이오 스피드웨건REO Speed wagon의 〈Keep on loving you〉였다. 그 이후로 비틀스와 롤링 스톤스, 딥 퍼플, 레드 제플린 등 브리티시 록에 빠져들었다. 그들의 앨범을 사 모으고 방송국에 엽서를 보내며 점점 록과 프로그래시브 뮤직 마니아가 되어가고 있었다. 그러면서 꾸준히 들은 게 올리비아 뉴튼 존이나 티나 터너, 릭 스프링필드 같은 팝 가수들의 곡이었다. 일단 라디오만 켜면 그들의 음악이 나왔기 때문이기도 했지만 무엇보다 팝 가수들이 노래를 참 잘했기 때문에 즐겨들었다.

당대의 히트송을 들을 때마다 느낀 점은 하나같이 가수의 가창력이 뛰어나다는 것이었다. 흔히 팝은 대중적인 멜로디와 유행에 민감한 춤 등으로 당대에만 반짝하는 음악이라고 생각하기 쉽다. 그러나 노래를 못하는 팝 가수란 존재할 수 없다. 장르 뮤지션들은 개성으로 승부해도 되기 때문에 가창력이 좀 부족해도 인기를 얻을 수 있지만 팝 가수들은 음정과 박자가 정확하지 못하면 설 무대가 없다. 기본기가 튼튼해야 한다는 말이다.

글쓰기도 이와 같다. 베스트셀러 작가 중 글을 못 쓰는 사람은 없다. 아무리 통속적인 내용의 글을 쓴다고 해도 기본 필력이 없으면 시작부터 불가능하기 때문이다. 정확한 문장 구사 능력은 물론 맞춤법도 마스터하고 있어야 한다. 글은 가슴에서 터져 나오는 이야기와 상상력도 중요하지만 문장력이나 맞춤법 같은 기본기들이 뒷받침되어야 하는 것이다. 맞춤법이나 띄어쓰기 같은 거야 나중에 교정자가 다 바로잡아 주지 않느냐고? 그 어떤 편집자나 심사위원도 맞춤법이 엉망인 채 보내온 작가의 글은 열심히 읽어주지 않는다.

그렇다면 어떻게 해야 기본 필력을 기를 수 있을까? 당연한 말이지만 쉬지 않고 꾸준히 읽고 써야 한다. 그래서 날마다 달마다 발전해야 한다. 오디션 프로그램을 봐도 알 수 있지 않은가. 나는 오디션 프로그램을 볼 때마다 감탄한다. '저렇게 기타를 잘 치고 노래도 잘하는 사람들이 도대체 어디 숨었다가 이제야 나타난 거야?' 펄펄 나는 신인 배우나 초짜 소설가들을 봤을 때도 마찬가지다. 보는 사람의 입장에서는 그야말로 '갑툭튀'다. 하지만 본인들도 그렇게 생각할까.

누구든 갑자기 잘 쓸 리가 없는데 작가들은 거짓말을 밥 먹듯 한다. 무라카미 하루키는 야구장에서 어떤 선수가 2루타를 치는 순간 소설을 쓰기로 결심했다고 하고, 리 차일드Lee Child는 방송국에서 해고당한 날 밖으로 나가 종이와 펜을 사 가지고 집으로 가 그때부터 소설을 쓰기 시작했다고 한다. 이건 "사실 난 천재야"라는 고백이나 다름없는데도 사람들은 이의를 제기하지 않는다. 그들이 데뷔 전 얼마나 많은 책을 읽고 습작을 하면서 칼을 갈았는지는 관심이 없으니까. 그냥 지금 잘 쓰는 그들이 신기하고 부러울 뿐이니까.

글은 한 글자도 저절로 쓸 수는 없다. 뭔가 갑자기 떠올라서 일필휘지로 쓰고 바로 책을 펴내는 사람도 없다. 슈퍼맨이나 외계인이 와서 도와줘도 그런 일은 일어나지 않는다. 불로초나 타임머신이 없는 것처럼 글을 잘 쓰게 해주는 약이나 인공지능도 발명되지 않았다. 그러니 글을 쓰고 싶은 사람은 누구나 골방에 틀어박혀야 하는 것이다. 당신도 나도 처음엔 잘 못 쓰는 게 당연하다. 시인 도종환이 그런 우리를 응원했다. "흔들리지 않고 피는 꽃이 어디 있"겠느냐고. 갑자기 툭하고 튀어나오는 '갑툭튀'는 없다. 칼을 쓰기까지는 오랜 시간이 걸린다. 그러니 일단 숨어서 부지런히 칼을 갈자.

독자는 돈이 아니라 시간을 지불한다

뭔가 하고 싶은 말이 있으면 술집으로 불러내 말을 빙빙 돌리다가 3차쯤 가서야 비로소 속마음을 털어놓는 친구가 있었다. 그러나 나는 그때쯤이면 지루하고 몸도 지쳐서 그 친구 말에 귀를 기울일 수가 없었다. 결국 그 친구와는 깊은 대화를 나눌 기회가 없이 멀어지고 말았다. 글도 마찬가지다. 독자는 글쓴이만큼 차분하게 글을 읽을 마음의 여유가 없고 그럴 이유도 없다. 백승권 작가도 자신의 글쓰기 책 『보고서의 법칙』에서 "용건을 먼저 말하라"라고 말하고 있다. 수학자 파스칼Blaise Pascal이 썼다는 유명한 인사말 "오늘은 시간이 없어서 편지를 길게 쓰네"라는 말을 곱씹어보자. 쓸데없는 말로 시간을 잡아먹지 말자. 독자는 바쁘다. 단도직입적으로 말하라. 곧바로 갈 수 있는데도 돌아가는 건 만보기를 차고 있을 때뿐이다.

낸시 크레스Nancy kress의 『넷플릭스처럼 쓴다』를 읽어보면 매주 수백 편의 시나리오를 검토하는 기획자를 만난 시나리오 작가가 "그 많은 시나리오를 다 어떻게 검토하느냐?"고 묻자 기획자는 이렇게 대답한다. "처음 여섯 페이지를 읽어보고 이거다 싶은 게 없으면 바로 쓰레기통에 처넣고 다음 시나리오로 넘어가죠."

독자들도 이 기획자와 유사하다. 자신의 시간을 낭비하는 한심하거나 재미없거나 딱딱한 글은 읽고 싶어 하지 않는다. 냉정하게 생각해보라. 혹시 당신이 쓴 글이 본론부터 단박에 치고 들어가지 못하고 주변을 빙빙 도는 글은 아닌지. 새로움이란 하나도 없이 너무나 뻔한 설교나 클리셰로 이루어져 있지는 않은지. 독자의 입장에서 시간이 아까운 글은 좋은 글이 아니다. 좋은 문장이든 아니든 그건 상관없다. 결국 글엔 재미든 의미든 하나는 있어야 한다. 물론 둘 다 갖추고 있다면 더할 나위 없이 좋은 경우지만.

기업들은 더 이상 제품이나 서비스를 팔지 않는다. 대신 그들은 소비자들의 시간을 산다. 자신의 브랜드 콘셉트나 서비스에 머무는 시간이 곧 돈으로 환산되는 것이다. 글쓰기에도 마찬가지 원리가 적용되어야 하지 않을까. 현대의 독자들은 바쁘다. 그래서 웬만한 글엔 눈길도 주지 않고 지나친다. 없는 시간을 할애해서 글에 관심을 보이거나 책을 구입하려면 다른 사람들의 선경험과 보장이 있어야 한다. '밴드웨건 효과'라고 해야 할까? 베스트셀러가 계속 잘 팔리는 이유가 바로 여기에 있다.

심지어 요즘은 책이나 기사를 요약해주는 '요약 영상'이 인기를 끈다. 출근길에 동영상으로 1~2분만 훑어보면 주요 헤드라인을 모두 섭렵할 수 있는 세상이다. 그만큼 현대인은 시간이 없다. 아니, 마음의 여유가 없다는 게 더 맞는 말이다. 그러니까 당신은 독자의 시간을 낭비해서는 안 된다.

방법은 하나밖에 없다. 한 번 잡으면 지루함을 느낄 수 없게 재밌거나, 알찬 내용이거나, 감동적이어야 한다. "아니, 잘 쓸 수도 있고 그저 그럴 수도 있지, 사람이 어떻게 매번 좋은 글만 써요?" 라고 물을 수도 있겠다. 맞는 말이다. 그러나 적어도 매번 '그저 그런 글'을 써서는 안 된다. 그럼 독자들은 이렇게 말할 것이다. "어떻게 이 사람은 매번 하나마나한 얘기를 해?" 다시 한번 말하겠다. 독자들은 시간을 지불한다. 글을 쓰는 이는 그 사람의 시간에 꿀을 바르든 비타민 주사를 놓든 해야 한다. 잔인하게 들리겠지만 그래야 당신 글은 살아남는다.

봉준호가 변태라고?

봉준호 감독을 만난 적이 있다. 연극 〈흑백다방〉을 보고 이전에 그 작품에 출연했던 배우이자 동네 친구인 박호산과 대학로 실내포장마차에 갔을 때였다. 뒤늦게 도착한 감독, 작가, 배우 일행과 졸지에 합석을 하게 된 것이었다. 그곳에 봉준호 감독도 함께 있었다. 일단 봉 감독은 키와 몸집이 무척 컸다. 그렇게 덩치가 큰 유명인을 객석에 있는 사람들이 아무도 알아보지 못했다는 게 놀라울 정도였다. 그는 연극 관객으로 올 때는 벙거지 모자를 쓰는 등 사람들의 시선을 피하는 나름대로의 몇 가지 방법이 있다며 웃었다.

그때 그는 이미 영화 〈기생충〉으로 아카데미에서 상을 받은 이후였으므로 좀 거만하거나 낯을 가릴 만도 했는데 봉준호 감독은 그런 사람이 아니었다. 술자리에 모인 한 사람 한 사람의 얘기를 다 귀담아 들어주고 대답했으며 처음 만난 사람들인데도 누가 무슨 얘기를 했는지 전부 기억했다. 그날 봤던 연극에 대한 리뷰도 날카롭고 성의가 넘쳤음은 물론이었다. 단편 데뷔작인 〈지리멸렬〉부터 〈플란다스의 개〉, 〈살인의 추억〉, 〈마더〉, 〈기생충〉에 이르기까지 그가 만든 작품의 팬이었던 나는 봉 감독의 모습을 보며 다른 사람의 말을 주의 깊게 들어주는 게 크리에이터의 기본자세라는 걸 다시금 깨닫게 되었다. "잘 듣는 사람이 잘 쓴다"는 서양의 글쓰기 격언은 시공을 초월해 어디서나 통하는 진리였던 것이다.

봉준호는 언젠가 인터뷰에서 자신은 시나리오 쓰는 걸 좋아한다고 말한 적이 있다. 물론 뭔가 이야기를 만들어내는 것은 어렵고 고통스러운 일이지만 아주 작은 실마리가 풍성한 이야기로 발전해가는 모습을 지켜보는 건 창작자만 누릴 수 있는 기쁨이다. 실제로 그는 어렸을 때 친구가 한강에서 괴물을 본 적이 있다고 했던 말을 기억하고 있다가 양화대교 밑에서 매점을 운영하는 가족이 있다면 어떨까? 하는 아이디어를 냈고 거기에 미군부대, 오징어 다리, 괴물, 양궁선수, 노숙자 등을 더해 〈괴물〉이라는 블록버스터를 만들어낸 것이다. 그는 종이나 모니터에 써서 출력하거나 다른 사람에게 보여주기 전까지는 아무리 바보 같은 생각을 해도, 심지어 아주 변태 같은 상상을 하더라도 괜찮다고 말한다. 그는 주로 카페에서 혼자 시나리오를 쓴다고 하는데 혹시라도 그와 다시 마주친다면 특수 스캐너를 써서라도 세계적인 감독의 뇌에 담겨 있는 변태적인 생각을 훔쳐보고 싶다.

그의 얘기를 쓰다 보다 이명세 감독에게서 들은 알프레드 히치콕 Alfred Hitchcock 감독의 일화도 생각난다. 그가 〈오명〉을 찍을 때의 일이다. 히치콕은 그 누구보다 잉그리드 버그먼(잉리드 베리만) Ingrid Bergman 을 좋아했고 그에 화답하듯 그녀 역시 영화 제작에 적극 참여해 여러 가지 아이디어를 냈다고 한다. 키스신을 찍을 때 어떻게 하면 두 남녀의 사랑을 더 강렬하게 보일 수 있을까 궁리하던 히치콕 감독은 잉그리드 버그먼과 캐리 그랜트 Cary Grant 의 하체를 강제로 의자에 묶어놓고 촬영하는 기상천외한 퍼포먼스를 벌였다. 물론 스크린에서는 두 사람의 상체만 나오니까 관객들은 그런 사실을 알 리가 없다. 얼핏 생각하면 미친 짓처럼 보이지만 결과적으로 이 장면은 영화 역사상 가장 애절한 키스신으로 남았다고 한다.

영화란 궁극적으로 "화면 속에 보이는 것만이 진실이다"라는 히치콕 감독과 이명세 감독의 주장은 "글은 종이나 모니터에 쓰기 전까지는 어떤 내용이더라도 상관없다"는 봉준호 감독의 생각과 이렇게 만난다. 봉준호 감독은 "백날 입으로만 얘기해봤자 소용없다. 써야 한다. 직접 써보지 않으면 그게 어떤 글이 될지는 아무도 모른다. 나도 무슨 이야기가 될지 모른다"라고 했다. 도대체 뭘 써야 할지 모르겠다는 당신, 일단 가방 속에 든 수첩을 꺼내서 뒤지시라. 거기에 한강에서 괴물을 봤다는 친구 얘기가 쓰여 있지는 않을 것이다. 그러나 그것만 글감이 되는 건 아니다. 아주 사소한 기억이나 단서라도 좋다. 스티븐 킹Stephen King은 늘 외톨이로 지내고 수업이 끝나면 허겁지겁 가방을 싸서 바로 집으로 돌아가던 동창 여자애를 떠올리곤 『캐리』라는 소설을 썼다. 쓰레기통에 버려지는 등 우여곡절을 겪었던 이 소설은 판권이 40만 달러에 팔렸다. 당신이 적어놓은 것 중 아무거나 마음이 가는 것 하나를 골라라. 그리고 그것에 대해 당장 쓰기 시작하라. 처음부터 이야기 전체를 알고 쓰는 사람은 없다. 글이 글을 만든다. 단, 당신이 쓰기 시작하는 그 순간부터.

쉽게 답이 나올 수 없는 질문에 매달려라

〈슬기로운 의사생활〉을 연출한 신원호 감독은 예능 PD로 시작해 드라마에서도 빅히트를 기록한 스타 PD다. 그는 〈슬기로운 의사생활〉을 만들기 전에 “주어진 환경이 바뀌지 않으면 우리 뇌가 만들어내는 것도 바뀌지 않을 것 같다는 생각이 들었다”며 ‘드라마 자체 포맷을 바꿔보면 어떨까?’, ‘시즌제를 염두에 두고 드라마를 만들면 어떨까?’, ‘끝이 정해져 있지 않은 드라마는 어떨까?’라는 질문들을 스스로에게 던져보았다고 한다. 그렇게 끝을 열어 놓고 스태프들과 회의를 하다 보니 새로운 아이디어들이 나왔다는 것이다. 생각해보면 모든 기발한 창작물은 다 ‘만약에(what if)’라는 질문이 만드는 것 같다. 영화로도 만들어졌던 테드 창Ted Chiang의 『당신 인생의 이야기』도 ‘어느 날 지구에 도착한 외계 생명체가 인간의 선형적 언어와 달리

한 문자 안에 과거와 현재, 미래가 공존하는 완전체 언어를 쓴다면 어떨까?'라는 가정에서 시작되었던 것처럼 말이다.

그런데 보통 사람은 바쁜 사회생활을 하느라 자기 안에 들어 있던 근원적 질문조차 잊고 산다. 내가 회사를 그만두고 방황하고 있을 때 아내가 글을 써보라며 제주 별장으로 내려보낸 것도 사실은 내 안에 있는 질문을 다시 꺼내라는 주문이었다. 첫 책 『부부가 둘 다 놀고 있습니다』를 쓸 때 내가 가슴에 품고 있던 질문은 '둘 다 회사를 그만두면 정말 굶어 죽게 될까?'와 '논다는 게 그렇게 나쁜 일인가?'였다. 책을 쓰고 나서 그 질문에 대한 완벽한 답을 찾은 건 아니지만 그래도 새로운 삶의 방향성은 찾을 수 있었다.

그리고 다시 청주로 홀로 내려갔을 때도 나에게 질문을 던져보았다. 나는 왜 연고도 없는 청주에 또 혼자 내려와 있는 걸까. 내가 쓰려는 책은 사람들에게 어떤 도움과 위로를 줄 수 있을까. 글쓰기 강연을 하러 갈 기회가 생길 때마다 학인들에게 질문이 중요하다는 얘기를 빼놓지 않았다. 소설가 김탁환은 '인간이 얼마나 절망하면 자신이 속해 있는 왕조를 부정하고 혁명을 꿈꾸게 될까?'라는 질문을 붙들고 있다가 『혁명, 광활한 인간 정도전』이라는 소설을 썼고 장강명은 '글을 잘 쓰는 사람만 책을 낼 수 있는 걸까?'라는 궁금증을 스스로 풀어보고 싶어서 『책 한 번 써봅시다』라는 책을 냈다.

G20 서울정상회의 폐막식에서 버락 오바마 미국 대통령이 한국 기자들에게 질문할 기회를 줬을 때 다들 망설이고 있다가 중국 기자

에게 마이크를 넘긴 걸 가지고 말들이 많았는데, 내가 생각하는 좋은 질문은 그렇게 즉각적이거나 억지로 짜내는 순발력에 있지 않다. 아니, 어쩌면 작가들은(저는 아직 작가가 되어가고 있는 중이라 생각합니다만) '한마디로 쉽게 대답할 수 없는 질문'에 매달릴 수 있어서 작가가 되는 것인지도 모른다. 예를 들어 "사는 게 뭐예요?" 또는 "우리에겐 왜 사랑이 필요하죠?"라고 누가 질문을 던지면 대부분은 "아이, 몰라. 그냥 사는 거지, 누가 그런 걸 알고 살아?"라고 타박을 하겠지만 어떤 이들은 "글쎄. 사는 게 뭘까? 어디 한 번 같이 생각해볼까?"라고 운을 떼고는 "나도 잘은 모르지만 예전에 이런 사람을 만난 적이 있는데……"라며 이야기를 들려주는 사람도 있을 것이다. 나는 이처럼 쉽게 답이 나오지 않는 질문을 붙잡고 매달리는 사람이 작가라고 생각한다. 그래서 소설가 얀 마텔Yann Martel은 『포르투갈의 높은 산』에서 인간보다 나은 침팬지 오도 이야기를 들려주는 것이고, 시인 박연준은 시가 무엇이냐는 독자의 황당한 질문에도 당황하지 않고 『쓰는 기분』이라는 산문집을 통해 시와 시인을 둘러싼 여러 가지 이야기들을 꺼내는 것이다. 그러니까 쉽게 답이 나오지 않는 질문에 부딪히더라도 "아, 그런 걸 왜 나한테 물어요?"라고 화내지 않고 미련할 정도로 천천히 끈질기게 답을 찾아보려 하는 사람, 나는 그가 바로 작가라고 생각한다. 나도 당신에게 그런 사람이 되었으면 좋겠다. 당신 또한 다른 사람에게 그런 모범이 될 수 있다면……. 아, 이렇게 교조적인 얘기로 끝을 맺을 계획은 아니었는데.

결국 꾸준히 쓰는 사람이 작가가 된다

'하루 30분의 힘', '매일 아침 글 한 편씩 쓰기' 등이 유행처럼 번지고 있다. 그만큼 글을 쓰고 싶은 사람이 많아지고 있다는 뜻일 텐데, 정작 하루 30분씩 꾸준히 써서 드디어 작가가 되었다는 사람 얘기는 들어보지 못한 것 같다. 왜 그럴까. 시작은 이걸로 충분할지 모르지만 매일 이 정도 '몸풀기'로는 글쓰기 공력이 쌓이지 않기 때문이다. 그런데 이마저도 실천하지 않은 채 페이스북에 '이제부터 글을 쓰겠다', 아니면 '이러이러한 글을 쓸 계획이다' 같은 다짐의 글만 계속 올리는 사람도 있다. 당연한 얘기지만 나는 아직 이런 사람들 중에 괜찮은 책을 펴내는 사람을 본 적이 없다. 그냥 스스로 마음 편하자고 올리는 글일 뿐이다.

예전에 유럽에서는 "작가나 예술가로 살겠다고 선언하는 건 자신이 게이라는 걸 밝히는 것만큼이나 배짱이 필요하다"는 얘기가 있을 정도였다. 그만큼 글쓰기는 대단한 각오가 필요한 일이다. 그래서 진짜 글을 쓰는 사람은 예나 지금이나 소리 내지 않고 골방에 틀어박혀서 묵묵히 쓴다. '나 지금 이런 거 쓰고 있다'고 소문도 내지 않는다. 그러다가 등단을 하거나 작품을 발표하면 주변 사람들은 "어머, 잘 됐네", "그런 재주가 다 있었네(글재주라는 말을 참 싫어한다)!" 라고 감탄한다. 제삼자들은 그동안 그 사람이 얼마나 오랫동안 고민하고 매일 성실하게 글을 써왔는가에 대해서는 관심이 없다. 세상일이 다 그렇긴 하다.

웨인 왕Wayne Wang 감독의 영화 〈스모크〉에서 매일 아침 똑같은 시간에 거리 사진을 찍던 주인공(하비 케이틀 분)의 모습이 인상 깊었다. 아무것도 아닌 것처럼 보이는 행위도 거듭하다 보면 그 의미가 커진다. 영화 속에선 그 사진에 우연히 찍힌 어떤 사람에 관한 작은 사건이 일어난다. 나의 아내도 성수동 살 때 매일 출근길 담벼락의 담쟁이 사진을 찍은 적이 있다. 1년 넘게 매일 똑같은 자리에서 사진을 찍었더니 계절에 따라 변화하는 담쟁이 넝쿨의 모습이 꽤나 드라마틱했다. 다 꾸준히 뭔가를 했을 때 일어나는 일이다.

〈브리짓 존슨의 일기〉, 〈하우스 오브 카드〉 등을 쓴 시나리오 작가 앤드루 데이비스Andrew Davis는 말한다. "내가 시나리오 작법의 노하우를 터득할 수 있었던 것은 매일매일 글을 썼기 때문이었다. 당신이 아무리 수많은 책을 읽었다고 해도 시나리오 작가가 되는 길은

이 방법뿐이다." 매일매일 목적을 가지고 쓰는 것. 뻔히 알면서도 가장 실천하기 힘들다. 『회색인간』, 『세상에서 가장 약한 요괴』 등을 쓴 김동식 작가는 자신이 소설가가 될 수 있었던 것은 글을 잘 써서가 아니라 꾸준하게 썼기 때문이라고 했다.

끝까지 물고 늘어져라

흔히 예술이나 문학을 하는 집안에 인재들이 몰려 있는 경우가 많다. 조선시대 허균과 허난설헌 같은 스타 남매도 있고 정경화, 정명화, 정명훈 삼남매 모두 세계적인 음악가가 된 '정 트리오'도 있다. 그러나 따져보면 그거야말로 특수한 경우가 아닐까? 예전에 천재 뮤지션 자이언티의 인터뷰를 본 적이 있는데 자신의 집안에는 물론 친척 중에도 음악을 하거나 음악성을 갖춘 사람이 하나도 없어서 외로웠다고 한다. 장석주 시인도 집안에 글을 쓰는 사람은 자기 혼자였다고 회상하는 글을 쓴 적이 있다. 중국 작가 위화余華의 『글쓰기의 감옥에서 발견한 것』이라는 책을 읽어보면 위화의 부모님은 의사였기에 그에게 문학적 도움을 줄 수 없었고 그 또한 치과에서 발치사로 일을 하고 있었으므로 어디 가서 글쓰기를 배울 기회가 없었다. 문학을 하는 친척도 없어서 막막하기만 했던 그는 결국 혼자서 꾸준히 문학을 연마해서 『허삼관 매혈기』나 『인생』 같은 걸작들을 썼다.

당신이 대학수학능력시험 점수가 얼마였든, 어떤 집안에서 태어나 자랐든, 이혼을 했든 안 했든 글을 쓰는 데는 크게 영향을 미치지 않는다. 위화의 경우에서 알 수 있듯이 당신의 미래는 오로지 지금 당신이 무슨 책을 읽고 있느냐(영화나 연극, 음악, 미술 포함)와 무슨 글을 쓰고 있느냐에 달려 있다. 예외가 하나 있는데, 아사다 지로浅田次郎는 몰락한 명문가의 자제들 중 소설가로 성공하는 경우가 많다는 말을 듣고는 소설을 쓰기 시작했다고 한다. 다행히 그가 그 낭설을 믿는 바람에 우리는 덕을 본 셈이다. 덕분에 『칼에 지다』라는 아주 끝내주는 소설을 읽는 행운을 누렸으니 말이다.

우리는 바쁘다. 직장에 출근도 해야 하고, 하루 세 끼 밥도 먹어야 하고, 일을 하는 틈틈이 스마트폰을 수십 번 들여다봐야 한다. 다시 말하면 글을 대충 쓸 핑계가 즐비하다는 뜻이다. 그럼에도 불구하고 글을 잘 쓰는 사람은 무엇이 다른 것일까? 모든 바쁜 일보다 글을 우선시하는 것, 차이는 그것뿐 아니겠는가. 『백의 그림자』, 『디디의 우산』을 쓴 황정은 작가는 "그것에 대해 오래 생각하고 있으면 소설이 된다"라고 했다. 가만히 보면 천재들의 가장 큰 특징은 지능이 높은 게 아니라 지능이 좋은데도 불구하고 열심히 하는 태도에 있는 것 같다.

끝으로 SF 작가 옥타비아 버틀러Octavia Butler가 단편집 『블러드차일드』 뒷부분에 쓴 「프로르 스크리벤디」라는 에세이에서 '젊은 작가들에게 보내는 글쓰기에 대한 충고 여덟 가지'를 꼭 읽어보기 바란다. 읽어라, 매일 써라, 최대한 좋아질 때까지 고쳐라 등등 그녀의 충고도 결국 다른 작가들과 크게 다르지 않다. 그녀 역시 끝까지 물고 늘어지라고 당부하는 걸 잊지 않는다. 포기하지 않는 자만이 작가가 될 수 있다는 것이다.

절박함이 글을 쓰게 한다

가수 김창완은 고등학교 2학년 때 창덕궁 비원에서 열린 사생대회에 참가했다. 사생대회 참가보다는 학교를 안 가도 된다는 기쁨에 더 큰 의의를 두었던 김창완은 저녁이 될 때까지 친구들과 마냥 놀기만 하다가 저녁 때 그림을 제출하라는 주최측의 얘기를 듣고 나서야 정신이 번쩍 났다. '큰일이네. 그래도 뭔가 그려서 내긴 해야 할 텐데. 시간은 없고…….' 궁지에 몰린 그는 친구들에게 지금 당장 도시락을 까서 밥풀 남은 게 있으면 좀 모아달라고 부탁했다. 그리고 도화지에 밥풀을 짓이겨서 붙인 다음 낙엽을 한 움큼 주워다 놓고 발로 밟았다. 운동화 밑창무늬를 따라 낙엽이 붙어 있는 입체 회화가 완성됐다. 그렇게 급조된 〈가을〉이라는 작품은 대회에서 대상으로 뽑혔다.

어떻게 그런 기상천외한 아이디어를 냈냐는 기자의 질문에 김창완은 나도 모르겠다고 대답했다. 그저 뭐라도 해야겠다는 간절함만 있었다는 것이다. 나는 그 인터뷰 기사를 읽고 엉뚱하게도 도스토옙스키Fyodor Mikhailovich Dostoevskii를 떠올렸다. 그가 글을 쓴 것은 유명해지거나 돈을 벌기 위해서가 아니라 노름빚을 갚기 위해서였다. 도박에 중독된 그의 절박한 상황 덕분에 우리는 『죄와 벌』, 『카라마조프가의 형제들』 같은 인류 유산을 간직하게 된 것이다.

글쓰기 수업을 받으러 오는 사람 중엔 글을 쓰고 싶어도 게을러서 결심한 대로 쓰질 못하겠다며 울상을 짓는 이들이 많다. 그럼 나는 그들에게 법륜 스님의 얘기를 들려준다.

> 스님의 대표적인 강연 및 명상 프로그램인 '즉문즉설' 시간에 어느 아주머니가 물었다.
> "스님, 저는 아침잠이 많아서 아무리 일찍 일어나려고 해도 눈이 안 떠져요. 알람시계 맞춰놓고 자도 알람을 끄고 또 잔다니까요."
> 그러자 스님은 말했다.
> "아침에 알람 대신 누가 옆에서 권총을 빵! 쐈다고 생각해봐요. 그 총소리 듣고도 잠이 오나."

간절함이 없으면 뭐든 하기 힘든 것이다. 김창완도 사생대회에서 대상을 탈 생각은 전혀 없었다. 그저 혼나지 않기 위해 최선을 다했던 것뿐이었다.

당장 발등에 불이 떨어지지 않더라도 목숨을 걸고 덤비는 사람은 그 태도가 다른 법이다. 방송국의 탤런트 공채 오디션 현장을 찾아간 인터뷰 프로그램을 본 적이 있다. 오디션을 방금 마치고 나온 여성 지원자에게 기자가 다가가 시험 잘 봤냐고 물으며 혹시 이번에도 또 떨어지면 어떡할 거냐고 물었다. 그러자 그 여성은 이렇게 말했다. "에휴, 죽어야죠."

웃으면서 한 대답이었지만 가슴이 찡했다. 그 대답을 한 사람은 무명 시절의 심은하였다. 그녀는 결국 그 오디션에서 합격해 드라마 〈마지막 승부〉의 주연으로 발탁되었고 그 후 성공가도를 달렸다. 드라마 〈청춘의 덫〉이나 영화 〈미술관 옆 동물원〉에서 보여준 명품 연기는 죽기를 각오했던 그 오디션 때 이미 예견되어 있었다고 생각한다. 가수 비(정지훈)도 마찬가지다. 박진영이 비를 처음 만났을 때 이글이글 타오르는 눈빛이 자기를 뽑아주지 않으면 당장 죽어버릴 것 같은 기세였다고 한다.

글쓰기도 마찬가지다. "제가 정말 좋은 글을 쓸 수 있을까요?"라고 묻기 전에 정말 자신이 간절하게 글쓰기를 원하고 있는지부터 물어보기 바란다. 솔직히 일반인이 글을 잘 써서 뭐할 것인가. 그러나 글을 잘 쓰고 싶은 사람에겐 반드시 그래야만 할 이유가 있을 것이다. 당신은 지금 어떤가. 글쓰기를 위해 목숨까지는 아니더라도 일생을 바칠 각오가 되어 있는가. 혹시 아직도 마음속으로는 '할까 말까' 망설이면서도 잘 쓰기를 원하고 있는 것은 아닌가. 그렇다면 얼른 다른 길을 찾기 바란다. 글쓰기는 다른 걸 하면서도 할 수 있으니까. 글을 잘 쓰겠다는 욕심만 포기한다면.

나 또한 이들과 비슷한 글쓰기 경험을 갖고 있다. 내가 '실력 있는 카피라이터가 놀고 있습니다'라는 글을 썼을 때의 얘기다. 당시 나는 모친상과 결혼식 등으로 프리랜스 카피라이터 일을 등한시하다가 결국은 일감도 떨어지고 존재감도 떨어지는 진퇴양난의 순간을 맞이하게 되었다. 뭔가 큰 결심을 하지 않으면 안 된다는 생각을 하고 있던 차에 잠깐 내려갔던 제주도에서 깨달음을 얻은 나는 서울에 올라오자마자 마루 탁자 앞에 앉아 글을 쓰기 시작했다. 페이스북 친구들에게 보내는 구직 메시지였다. 비행기 안에서 혼자 끙끙대던 구상을 A4지 위에 쏟아놓았다.

> 밥을 많이 먹지만 카피는 잘 씁니다.
>
> 술을 많이 마시지만 카피는 잘 씁니다.
>
> 나이는 좀 있지만 카피는 잘 씁니다.

이렇게 세 줄을 써 놓고 나니 그다음부터는 일사천리였다. 나는 내 이름과 직업, 근황까지 솔직히 다 밝히며 일감과 일자리가 필요하니 주변 분들에게 '실력 있는 카피라이터가 놀고 있다'는 소문을 내달라고 부탁했다. 치기 어린 시도였지만 찬밥 더운밥 가릴 처지가 아니었다. 글을 올리고 나자 처음엔 '좋아요'만 수백 건 쏟아지고 일은 전혀 들어오지 않다가 2탄을 올렸더니 비로소 일을 소개해주는 사람들이 나타났다. 결국 나는 그들 덕분에 새 프로젝트에 투입된 것은 물론 새로운 회사에 취업까지 할 수 있었다. 더 이상 도망칠 데가 없다는 절박함으로 쓴 글의 결과였다.

〈실력 있는 카피라이터가 놀고 있습니다〉

밥을 많이 먹지만 카피는 잘 씁니다.
술을 많이 마시지만 카피는 잘 씁니다.
나이는 좀 있지만 카피는 잘 씁니다.

카피라이터지만 홍보 영화 시나리오도 잘 씁니다.
카피라이터지만 CD[Creative Director]도 잘합니다.
카피라이터지만 비주얼 아이디어도 잘 냅니다.

강의도 잘 하지만 카피를 더 잘 씁니다.
프리젠테이션도 잘 하지만 카피를 더 잘 씁니다.
칼럼도 잘 쓰지만 카피를 더 잘 씁니다.

실력 있는 카피라이터가 놀고 있습니다.

실력 있는 카피라이터가 지금 일을 찾고 있습니다.

이름은 편성준.

1993년부터 여러 대행사를 다니며, 프리랜서를 하며
카피라이터로 살아왔습니다.

최근에 모친상, 결혼 등을 비롯한
여러 가지 일을 치르느라
생업인 광고 일을 좀 등한시했더니,

평소에 심각한 얘기 쓰기 싫어서
페북에선 늘 잘 지내는 척만 했더니,
언젠가부터
프리랜서 명함이 무색할 정도로
일감이 뚝 끊겼습니다.

그렇습니다.
이건 페친 여러분께 보내는
청탁서입니다.

주위 분들에게 괜찮은 카피라이터가
지금 놀고 있다고 전해주십시오.
믿을 만한 사람이라고 전해주십시오.

터무니없는 가격을 받고
일을 하진 않겠습니다.
대신 자존심 지키며 정정당당하게
열심히, 최선을 다해 일하겠습니다.

추천해주신 분 창피하지 않도록
열심히 일하겠습니다.

혹시 실력 있는 카피라이터 찾는 분께
저를 추천해주십시오.

그러면
그 은혜 당장 갚진 못하겠지만
고마운 마음에
술 석 잔이야 못 사겠습니까?

편성준 배상.

다른 제목의 글에선 '리추얼ritual이 글쓰기에 도움이 된다'라고 쓰기도 했지만 그건 당신의 글쓰기가 어느 정도 안정적 궤도에 올랐을 때의 일이다. 스티븐 킹은 데뷔작 『캐리』를 쓰기 전 세탁공장에서 일할 때는 빨래를 하는 도중에도 글을 썼다. 모질게 들리겠지만 글을 쓰게 하는 일등 공신은 '절박함'이다. 어쩔 수가 없다.

문장이 아름다워도 소용없다, 스토리를 써라

스토리텔링이란 '스토리story+텔링telling'의 합성어로서 말 그대로 '이야기하다'라는 의미를 지닌다. 즉 상대방에게 알리고자 하는 바를 재미있고 생생한 이야기로 설득력 있게 전달하는 행위다.

요즘은 웹툰이나 OTT 드라마 등 콘텐츠 산업을 이야기할 때마다 스토리텔링이라는 단어가 어김없이 등장한다. 그만큼 '재미있고 생생한 이야기로 설득력 있게 전달하는' 게 무엇보다 중요하기 때문이다. 그렇다면 좋은 스토리텔링이란 무엇일까? 나는 이 단어만 나오면 초등학교 5학년 때 담임선생님이 해준 이야기가 생각난다. 선생님은 참 말씀을 재밌게 하는 분이셨는데 한번은 수업 시간에 '이태리타올' 얘기를 해주셨다. 언젠가 우리나라에서 '깔깔이 치마'가 대유행을 한 적이 있었단다. 그런데 누군가 깔깔이 천을 잔뜩 수입해놨는데 다음 해 여름 유행이 바뀌는 바람에 더 이상 깔깔이 치마를 찾는 사람이 없더라는 것이다. 판단 착오로 많은 빚을 지게 된 사업가는 자살을 결심했다. 집에서 목을 매려다가 죽기 전에 목욕이나 하고 깨끗하게 죽자, 라는 생각이 들어 목욕탕에 들어갔는데 마침 깔깔이 천이 눈에 띄기에 아무 생각 없이 살갗에 갖다 대보니 때가 국수처럼 밀리더라는 것이다. 그가 이것을 목욕용으로 상품화했으며, 그렇게 해서 세계 최초로 이태리 타올이 탄생하게 되었다는 얘기다. 물론 거짓말이었을 것이다. 하지만 그때 나와 내 친구들은 그야말로 넋을 잃고 그 이야기에 빠져들었다. 스토리텔링이란 바로 이런 것이다. 극적인 구조를 기반으로 반전이 있고 적당한 교훈까지 있는 흥미로운 이야기. 글을 쓰게 되면서 그 선생님 생각을 자주 했다. 이런 이야기를 만들어야 하는데. 아니, 만드는 게 아니라 찾아야 하는데. 우리 안엔 이미 수많은 이야기들이 들어 있고 당신과 내 곁에도 사연들은 널려 있다. 우리가 아직 그걸 발견하지 못했을 뿐이다.

눈길을 확 끌 수 있는 흥미진진한 스토리가 있으면 독자들은 기꺼이 그 책을 사기 위해 서점 매대 앞에 줄을 선다. 이른바 '페이지 터너'라 불리는 소설들이다. 당신이 가장 재밌게 읽었던 소설책은 무엇인가. 가장 좋아하는 소설가는 누구인가? 조앤 롤링일 수도 있고 기욤 뮈소나 정유정, 김진명일 수도 있다. 어쨌든 잘 읽히는 작가는 '스토리'를 '말하고' 있다. 그게 바로 스토리텔링이다. 정유정은 지승호와의 인터뷰에서 "스토리텔링은 기본적으로 이야기를 하는 것이므로 글은 오직 이야기를 위해서만 복무해야 한다"라고 말한다.

스토리텔링이 강렬한 작품을 예로 든다면 뭐가 있을까 궁리해보니 오르한 파묵Orhan Pamuk의 『빨강머리 여인』에 들어 있던 '페르시아 왕자와 저승사자 이야기'가 생각났다. 내용은 다음과 같다.

> 왕자는 왕이 가장 사랑하는 큰아들이었다. 아버지는 아들을 애지중지했고 그가 원하는 것은 뭐든 다 해주었으며, 그를 위해 성대한 잔치와 만찬을 베풀곤 했다. 어느 날 만찬에서 왕자는 아버지 곁에 선 검은 수염에 얼굴이 어두운 남자를 보았고, 그가 저승사자라는 것을 곧 알아보았다. 둘은 눈이 마주쳤고 서로 당황하는 표정을 지었다. 왕자는 만찬이 끝난 뒤 아버지에게 초청자 중에 저승사자가 있었다고 말하며 그의 눈길로 보아 자신의 목숨을 가져갈 작정인 것 같다고 말했다. 아버지는 깜짝 놀라 말했다. "아무에게도 알리지 말고 곧장 이란의 타브리즈 궁전으로 가서 숨어 있거라. 타브리즈 왕은 나와 절친한 사이이니 아무에게도 너를 넘겨주지 않을 게다." 그러고는 아들을 곧장 이란으로 보냈다.
>
> 왕은 다시 만찬을 준비하고 아무 일도 없다는 듯이 또다시 얼굴이 어두운 그 저승사자를 초대했다. 그러자 저승사자가 걱정스러운 얼굴로 말했다. "전하, 오늘 저녁엔 아드님이 안 보이네요." 왕이 말했다. "내 아들은 새파랗게 젊은 아이요. 그 애는 아주 오래 살아야 하오. 그런데 왜 내 아들 얘기를 묻는 거요?" 그러자 저승사

자가 말했다. "사흘 전 신께서 제게 명하시기를, 이란의 타브리즈 궁전으로 들어가 왕자의 목숨을 앗아오라 하셨습니다. 그런데 어제 아드님이 이스탄불인 이곳에 있기에 놀라긴 했지만 한편으론 무척 기뻤습니다. 아드님도 내가 이상한 눈길로 쳐다보는 것을 보았답니다." 저승사자는 이렇게 말한 후 곧장 궁전을 떠났다.

"운명은 거역할 수 없어서 일어날 일은 반드시 일어난다"고 말하면 콧방귀도 안 뀌는 사람이라도 이렇게 재미있는 이야기로 꾸며 들려주면 귀를 기울이지 않겠는가. 비슷한 경우로 영화 〈리틀 빅 히어로〉에서 게일(지나 데이비스 분)이 양파를 까며 연설을 하던 장면을 나는 평생 잊지 못한다. '올해의 기자'로 선정된 게일은 프레스센터 연단에 올라 수상 연설을 시작하며 난데없이 양파를 하나 꺼내서 까기 시작한다. "기자라는 직업은 사건을 쫓아가 진실이 드러날 때까지 겹겹이 싸인 레이어를 하나하나 벗겨내는 거죠." 벗겨낸 양파 껍질의 매운 냄새에 눈물을 흘리는 그녀다. "까고 또 까다 보면 진실은 밝혀질 때도 있고 아닐 때도 있죠. 어떤 경우라도 제게 남는 건 눈물뿐이지만." 그녀의 수상 소감이 끝나자 사람들의 박수 소리가 울려 퍼지고 그녀는 눈물을 닦아내며 활짝 웃는다. 이 영화는 게일 역의 지나 데이비스 외에도 더스틴 호프먼, 앤디 가르시아 등 쟁쟁한 스타가 출연한 작품이었지만 다른 건 하나도 기억이 안 나고 이 장면만 내 머릿속에 남아 있다. 양파를 이용한 메타포가 그녀가 하려던 얘기와 너무 딱 들어맞았기 때문이다.

얘기가 나온 김에 하나만 더 말하련다. 개봉한 지는 꽤 됐지만 최근에 찾아본 영화 〈월드워Z〉에서 전직 UN 요원 제리 레인(브래드 피트 분)을 따라 전염병의 비밀을 찾아 나선 하버드의 젊은 생체 과학자는 이렇게 말한다. "대자연은 연쇄살인범과 비슷합니다. 매우 똑똑하고 철두철미하지만 그들에게는 의외로 경찰에 잡히고 싶은 심리도 있죠. 그러니까 우리는 결국 대자연의 약점을 알아낼 수 있을 겁니다." 이 과학자는 영화 초반에 어이없는 오발 사고로 일찍 죽어버리지만 나는 전염병을 '연쇄살인범'에 비유하던 과학자의 대사가 정말 좋아서 영화를 보다 말고 얼른 노트에 메모해놓았다. 글쓰기에 대해 공부하고 연구할수록 독자에게 중요한 건 아름다운 글이 아니라 스토리텔링이라는 걸 깨닫게 된다. 많은 작가들이 믿는 것처럼 세상은 스토리로 이루어져 있다.

스토리텔링으로 A⁺ 학점을 받다

대학 다닐 때 스토리텔링의 덕을 톡톡히 본 적이 있다(물론 당시엔 그게 스토리텔링인지도 몰랐지만). 나는 기타를 치고 노래하는 창작곡 연구 동아리 '뚜라미' 회원이었는데 2학년 임원 기수가 되면 여간 바쁜 게 아니었다. 특히 봄가을로 올리는 정기 공연은 너무나 많은 노력과 시간을 요구했다. 당연히 수업이나 성적엔 소홀해질 수밖에 없었다. 연극반이나 뚜라미 같은 공연 동아리의 회장이 되면 다들 '샤프심 학점(1.0부터 0.7, 0.5, 0.3 등 순차적으로 낮아지는 학점을 말한다)'을 기록하다가 군입대를 하는 게 일반적인 풍경이었다. 나는 회장은 아니었지만 그래도 나름 공연 준비를 열심히 하느라 수업을 거의 빼먹고 있었는데 과 친구 하나가 지나가면서 "참, 내일 교육학 기말고사 있지"라고 가르쳐주는 것이었다. 하늘이 노래졌다. 수업을 안 들어간 것은 물론 전공 책까지 잃어버려서 속수무책이었던 나는 죄인이 된 심정으로 시험장으로 들어가야 했다. 그런데 기적이 일어났다. 시험이 취소되어 리포트로 대체한다는 것이었다. 리포트 제목은 '내가 만약 부모라면'이었다.

집으로 돌아가 고민을 거듭하다가 리포트 대신 단편 소설을 하나 써서 내기로 했다. 어차피 수업도 안 들어갔고 책도 잃어버려서(비싸서 다시 살 엄두를 못 냈다) 다른 방법이 없었다. "오늘은 나의 쉰아홉 번째 생일이다. 아침에 독일에서 미술을 공부하고 있는 첫째로부터 생일 축하 메시지가 도착했다"로 시작하는 짧은 이야기였다. 내가 결혼을 해서 아이 둘을 낳았는데 그 아이들을 어떻게 키웠는지에 대한 가상의 보고서였다. 아이가 세상에 나오기 전에 특별한 태교는 하지 않았지만 엄마의 마음이 늘 평화롭도록 하고 클래식 음악을 많이 들려준 얘기, 직접 키운 채소와 농작물로 만든 자연 이유식 제조 얘기, 플라스틱 장난감을 사주지 않고 나무로 직접 둥글둥글한 인형

과 장난감을 만들어주었던 얘기, 미술에 소질을 보이는 큰 아이를 기성품처럼 키우기 싫어 미술학원에 보내지 않고 하고 싶은 대로 하게 해서 결국 국가 장학생으로 키운 얘기 등을 썼다. 그리고 마지막엔 "대학 때 교육학 기말고사로 '내가 만약 부모라면'이라는 리포트를 써서 좋지 않은 학점을 받았는데 30년이 지나고 내가 직접 아이들을 키워보니 내 생각이 맞았다는 것을 알게 되었다. 그때 내게 안 좋은 학점을 주셨던 그 교수님은 어디서 무엇을 하고 계실까?"라고 써서 제출해버렸다. 될 대로 되라는 도발이었다. 그런데 두 번째 기적이 일어났다. A+ 학점이 나온 것이다. 아마 교수님이 나의 치기 어린 글을 재밌게 읽으셨던 모양이었다.

작가이자 문학 에이전트인 노아 루크먼은 『플롯 강화』라는 책에서 '배경과 의상과 소품은 아름답지만 내용이 없는 영화, 문장은 섬세하지만 아무 일도 일어나지 않는 책'에 대해서 말한다. 그런 작품을 대하면 그 모든 장점에도 불구하고 우리는 불만족스러운 상태로 영화관에서 나오거나 책을 덮는다는 것이다. 맞는 말이다. 아무리 훌륭한 작품도 재미가 없으면 안 보고 안 읽게 된다. 재미가 없으면 의미도 없다.

나는 사과문 전문 카피라이터였다

광고대행사를 다닐 때 가장 일이 고된 팀을 둘만 꼽으라고 하면 단연 자동차와 항공사 팀이었다. 자동차는 헨리 포드Henry Ford가 승용차를 대량 생산할 때부터 자본주의의 총아였고 또 가격이 비싸기도 했으므로 광고 역시 함부로 만들 수 없었다. 항공사도 마찬가지였다. 그때 우리나라는 두 개의 항공사가 있었는데 국적기를 가진 항공사는 사기업이면서도 공기업 같은 위엄과 지위를 자랑했다. 광고비용도 컸으므로 목소리에 힘이 들어가는 게 당연했다. 그 항공사는 두 개의 대행사를 정해놓고 모든 사안을 경쟁시키는 방식을 채택했다. 그것만으로도 비인간적이었는데 그보다 더 악랄한 것은 저녁에 불러들여 오리엔테이션을 하고 나면 다음 날 아침 8시 30분까지 시안이 본사 담당자 책상 위에 올라와 있어야 한다는 것이었다. 1980년대 MBC에서 〈3840유격대〉라는 반공 드라마를 방영한 적이 있는데 우리 팀은 그 드라마의 제목을 변형한 '0830부대'라 불렸다. 나중에 경쟁 광고대행사 팀을 만났더니 그들도 팀명이 0830부대라고 해서 서로 쓴웃음을 짓기도 했다.

하루는 새벽에 나와서 그날 쓸 카피를 쓰고 있는데 기획팀 표 차장이 오더니 빨리 TV를 켜라고 했다. 괌에서 항공기 사고가 난 것이었다. 많은 사망자가 생겼고 희생자 명단엔 우리와 늘 같이 일했던 광고 성우 분들도 있었다. 가슴 아픈 사고였다. 표 차장은 하던 일을 다 멈추고 빨리 사과문 카피를 써야 한다고 했다. 사과문조차 두 대행사를 경쟁시킨다는 말에 헛웃음이 나왔다. 그때 내가 썼던 사과문이 대한민국의 모든 신문에 실렸다.

아마 그때부터 나의 사과문 실력이 빛을 발했던 것 같다. 다른 회사로 옮겨 휴대폰 광고를 만들 때의 일이다. 감독이 가져온 아이디어 중에 멜로드라마 주인공들이 툭하면 백혈병에 걸리는 게 너무 작위적이라는 내용의 광고를 만들었는데 그게 백혈병 환우회의 노여움을 샀다. 당연히 사과를 해야 했다. 팀장을 비롯해 카피라이터들이 총동원되어 사과문을 작성했고 이번에도 내 것이 뽑히고 말았다. 전에도 몇 번 이런 일이 있었기에 "아니, 어떻게 사과문을 이렇게 잘 쓰세요?"라는 칭찬인지 비난인지 모를 이야기를 들은 나는 바보처럼 웃기만 했다. 기업의 사과문은 '두루뭉술'해야 통과가 된다. 잘못한 걸 다시 한 번 드러내는 건 기업의 입장에서는 피하고 싶은 일이기에 사과문을 신문에 실을 때는 심지어 기업 로고도 쓰지 않고 레이아웃이나 타이포그래피도 일부러 세련되지 못한 걸 고른다. 소비자들의 눈에 띄지 않으면서 사과는 했다는 증거를 남기려는 꼼수인데 이는 제대로 된 사과와는 거리가 먼 '정치적인 사과'다.

카이스트 정재승 교수와 커뮤니케이션 전문가 김호 코치가 함께 쓴 『쿨하게 사과하라』에는 내가 썼던 사과문과는 정반대인 에피소드가 등장한다. 1982년에 독극물이 들어 있던 타이레놀 때문에 사망자가 발생하는 일이 벌어졌다. 존슨앤존슨은 이를 감추지 않고 오히려 적극적으로 알리는 태도를 취했고 결과적으로 기업에 대한 신뢰도는 오히려 상승했다. 35퍼센트로 떨어졌던 타이레놀의 시장 점유율이 채 1년도 걸리지 않아 예년 수준으로 돌아간 것이다. 진심을 다하는 사과가 얼마나 중요한가를 알려주는 사례다.

최근에 문예창작과 출신들이 아르바이트 삼아 흉악범들의 반성문을 대신 써준다는 얘기를 TV 뉴스를 통해 들었다. 반사회적 범죄자들이 문장만 번지르르한 가짜 반성문 덕분에 부당하게 감형까지 받고 다시 사회로 나올 수도 있다는 생각을 하면 기가 막힌다. 대학에서 힘들게 글쓰기 배워서 그딴 짓이나 하다니, 창피하지도 않은가? 사과문을 너무 쉽게 썼던 과거를 가지고 있는 나부터 반성을 해야겠다. 먹고사는 게 힘들어도 진실한 글을 쓰자.

감방에서 글쓰기를 가르치는 이유

영국 작가 그레이엄 그린Graham Greene은 말했다. "때때로 나는 궁금합니다. 글을 쓰거나 작곡을 하거나 그림을 그리지 않는 사람들은 도대체 인간의 삶에 내재된 광기나 우울, 고통, 두려움 등을 어떻게 피하는 걸까요?" 그의 말대로 창조적인 일을 하는 사람들은 '이쪽' 말고도 '저쪽'에 영혼의 일부분을 맡겨두고 있어서 그나마 세상을 견디며 사는 것인지도 모른다. 글을 쓰는 건 표현의 본능 때문이지만 동시에 상처를 치유하는 효과도 있다. 넷플릭스에서 제작한 다큐멘터리 〈창의적인 뇌의 비밀〉은 뇌를 연구하는 학자가 각 분야의 천재들을 만나 그들이 특별한 업적을 이루기까지 다른 사람들과 어떻게 달랐는지를 조사해보는 기획이다.

"어렸을 때부터 이상하다는 말을 많이 들었는데 저는 그게 칭찬으로 들렸어요. 지금도 그래요"라고 말하는 어느 여성 뮤지션의 말엔 남다른 개성과 비주류에 대한 자부심이 들어 있었다. 그래, 세상의 인정을 받는 사람은 어려서부터 뭔가 조금은 이상하다는 소릴 듣는 법이지, 이런 생각을 하고 있는데 뜻밖의 이야기가 펼쳐졌다. 범죄를 저지르고 수감 생활을 하고 있는 사람들에게 글쓰기를 가르치는 사람이 있었던 것이다.

재커리 라자르Zachary Lazar라는 작가는 교도소에서 정기적으로 글쓰기 프로그램을 운영하는데 그 이유는 범죄자들이 글을 쓰면서 인생이 변하는 걸 목격했기 때문이라고 한다. 한 번도 글을 써보지 않은 사람도 차분하게 앉아 글을 쓰고 그 글에 대한 생각을 나누다 보면 새삼 자신이 중요한 존재임을 인식하게 되고 앞으로의 인생에 대해서도 진지하게 긍정적으로 생각하게 된다는 것이다. 구치소 안에 있는 회의실에 모여 작가의 말을 듣고 종이 위에 글을 써보는 수감자들의 표정은 진지하기만 하다. 글을 쓰고 나서 그들은 입을 모아 말한다. 내가 어리석었어요. 이제는 어떻게 살아야 할지 알 것 같아요.

이는 글쓰기뿐 만이 아니다. 〈쇼생크 탈출〉로 유명한 영화배우 팀 로빈스Tim Robbins는 캘리포니아 교도소에서 연기 워크숍을 진행하는데 그가 그렇게 하는 이유는 누구나 창의적인 과정에 참여함으로써 인생이 바뀐다는 것을 알게 되었기 때문이다. 단지 창의적 과정을 함께 했을 뿐인데 인생이 변한다는 게 잘 안 믿어질 수도 있겠지만 놀랍게도 프로그램 참여 이후 재범 확률이 80퍼센트나 감소했다고 한다. 팀 로빈스는 말한다. "우리 삶에 찾아오는 공허함과 우울 같은 부정적 요소들은 어쩌면 창의적인 불꽃이 결여되어 있어서는 아닐까?"

나는 생활 속에서 창의적인 일을 경험하는 가장 빠르고 손쉬운 방법이 글쓰기라고 단언한다. 당장 빈 종이와 연필, 그리고 글을 쓰겠다는 마음만 있으면 가능하다. 종이가 없으면 스마트폰을 꺼내 메모를 해도 된다. 뭔가 떠오르는 생각이나 단어를 메모해놓고 그걸 한두 시간 정도 끈질기게 들여다보면서 살을 입히고 이리저리 자유롭게 고쳐보라. 어렸을 때의 꿈을 써도 되고 학창시절 즐거웠던 추억을 불러와도 좋다. 지금 하고 싶은 일을 써도 상관없고 어제 TV 뉴스에서 봤던 사건을 실마리로 칼럼이나 짧은 픽션을 써봐도 좋다. 어떤 글이든 거기엔 자아가 들어가게 되고 글이 완성되고 나면 당신은 거기서 옳거나 재밌거나 좀 더 똑똑해진 자신을 발견하게 될 것이다. 이게 바로 글쓰기의 효용이다. 글은 쓰면서 생각을 발전시키는 특징이 있는데 이건 직접 해보기 전엔 알 수 없는 일생일대의 발견이다. 쓰는 사람과 아닌 사람의 차이는 생활 속에서 팀 로빈스가 말한 '창의적인 불꽃'을 경험하느냐 못하느냐의 차이인 것이다. 당신이 쓴 글은 당신 안으로 들어와 내면의 변화를 가져온다. 감방은 몸을 가둘 순 있지만 영혼까지 잡아둘 순 없다. 우리는 생각하는 대로 살아가게 된다. 그리고 그 생각은 글을 통해 더 단단하고 아름다워진다.

글을 쓸수록 괜찮은 인간이 되어간다

혼자 글을 쓰겠다고 청주로 내려갔을 때 걸어서 30분 거리에 있는 충북교육도서관에 가서 책을 읽거나 빌려오곤 했다. 하루는 도서관 올라가는 언덕길에서 무심코 배낭 뒤쪽을 만져보니 지갑이 덜렁덜렁 나와 있었다. 나는 배낭 뒤에 달린 작은 주머니에 지갑을 넣어 다니는데 세로로 나 있는 지퍼가 반쯤 열려 하마터면 지갑이 바닥으로 떨어질 뻔했던 것이다. 지갑이 떨어졌더라도 나는 뒤를 돌아보는 일 없이 그대로 도서관까지 갔을 것이다. 생각이 거기에 미치니 길을 가다가 뒤를 돌아본다는 게 좀처럼 하기 어려운 일이라는 깨달음이 왔다.

글쓰기의 좋은 점 중 하나는 과정 자체가 끊임없이 자신을 돌아보는 행위라는 것이다. 일단 글을 쓰려면 내가 하고 싶은 얘기가 무엇인지, 그것에 대해 얼마나 알고 있는지, 그리고 정말 궁금한 점은 무엇인지 등을 찬찬히 돌아보아야 한다. 그러고 나서 글을 썼는데도 횡설수설하고 말이 안 되는 것처럼 느껴진다면 그것에 대해 충분히 고민하지 않았다는 뜻이 된다. 다시 말해 글을 쓴다는 것은 어떤 주제에 대해 깊이 사고하고 스스로를 의심하는 힘을 키우는 일이다. 한 편의 글을 쓰려면 주제의식을 가져야 하고 충분한 자료 조사와 기획이 필요하다. 물론 이 모든 걸 완벽하게 준비하고 글을 쓰는 사람은 없다. 하지만 어느 정도는 준비를 해야지 아무것도 없이 무조건 쓰려고만 들면 첫 줄부터 막히는 것은 물론 결론도 이상하게 난다.

이렇게 시작을 하고 나면 쓰면서 계속 고쳐나가는 것 또한 글쓰기의 묘미다. 오탈자는 없는지 확인하고 지금 쓰고 있는 문장이 비문은 아닌지, 부사를 지나치게 쓰고 있는 건 아닌지 하나하나 확인하는 과정이 글쓰기의 전부라고 해도 과언이 아니다. 글을 쓰려면 자신이 바로 전까지 쓴 글을 찬찬히 반복해서 읽어봐야 한다. 그래야 다음 문장이 나오고 자기가 하려던 이야기에서 벗어나지 않고 끝까지 갈 수 있다. 우리가 태어나서 지금까지 읽고 있는 수많은 책들이 다 이런 과정을 반복해서 얻은 결과다. 그 어떤 작가도 아이디어가 섬광처럼 떠올라서 단번에 글을 쓰는 경우는 없다.

문장이 또 다른 문장으로 이어지면 어느새 당신은 세상의 모든 것을 잊고 글쓰기에만 집중하게 된다. 그리고 그 집중 속에서 모호하던 안개가 걷히고 글이 써지기 시작하는 순간의 희열을 느끼게 되는데 이것이야말로 글쓰기의 최대 매력이요 보상이다. 얼마전 타계하신 이어령 전 이화여대 석좌교수는 "우리는 모두 천재로 태어나서 둔재가 되어간다"라고 했지만 이 순간 당신은 다시 천재가 된다. 1970년대 베스트셀러 작가 최인호는 열심히 쓰다가 어느 지점이 되면 자기는 가만히 있고 누가 불러주는 이야기를 그대로 받아쓰는 느낌을 받을 때도 있었다고 한다. 몰입이 만든 황홀경이 아닐 수 없다.

내가 쓰는 글을 가만히 살펴보면 "……하기 때문이다"라는 표현을 자주 쓴다는 것을 알 수 있다. 어떤 글을 쓰더라도 왜 썼는지에 대한 이유를 명확하게 뒷받침하면 허튼소리를 면할 수 있고 설득력이 커지기 마련이다. 평소에 실없는 농담을 자주 하는 나는 이렇게 글을 통해 진지한 면을 키워나가고 있는 것이다.

글을 쓰면서 자신이 뭘 하고 싶었고 뭘 잊고 살았는지를 깨닫는 사람도 많다. 한번은 인천에 있는 초등학교 선생님들과 글쓰기 워크숍을 한 적이 있는데 그때 오신 선생님 중 한 분은 왠지 모르게 비 오는 날을 좋아했는데, 글을 쓰다 보니 농사일을 내려놓고 김치전을 부쳐주던 엄마 때문에 비 오는 날을 유독 좋아하게 되었다는 사실을 비로소 인식하게 되었다고 했다. 그리고 그 글을 쓰면서 '지하수 펌프 끝에 매달려 시소 타던 동생'의 모습까지 기억해내고는 새삼 추억에 잠겼다며 행복해했다.

글을 쓴다고 다 옳은 삶을 살게 되는 것은 아니지만 적어도 옳은 삶을 향해 나아가려고 노력하게 된다. 글을 쓰면서 '이제부터 거짓말을 해야지'라고 결심하는 사람은 없다. 글을 쓰려면 생각을 가다듬어야 하고 자신을 돌아보아야 한다. 그 과정에서 좋은 사람이 좋은 글을 쓰게 한다는 것도 알게 된다. 글을 쓸수록 괜찮은 사람이 될 수밖에 없는 이유다.

주제를 먼저 정할 필요는 없다

내가 글쓰기를 위해 청주로 내려갔던 결정적 이유는 아내와 내가 주도하고 있는 '소행성 책쓰기 워크숍' 멤버인 김해숙 선생이 거기 살았기 때문이다. 아내의 부탁을 받은 김해숙 선생은 내가 지낼 곳을 알아봐준 것은 물론 하루에 한 끼는 꼭 자신이 운영하고 있는 해인네(해성인문학네트워크)에 와서 먹을 수 있도록 배려해줬다. 해인네는 청주에 사는 여성들이 모여 인문학을 공부하고 토론과 세미나도 준비하는 공간인데 회원들이 돌아가며 식사 당번을 정해 밥을 하고 반찬도 만들었다. 한 끼에 2,500원을 받았다. 거의 공짜 수준이다.

첫날 저녁, 해인네에서 밥을 먹고 작은 밥상과 전기밥솥 등 내가 사용할 가재도구들을 얻었는데, 이를 김해숙 선생이 숙소까지 실어

다주겠다고 했다. 김 선생은 운전을 하며 "도대체 글을 어떻게 써야 할지 모르겠어요"라고 지나가는 말처럼 물었다. 글을 아주 못 쓰는 분도 아니고 늘 공부하는 분인데 그런 소리를 하다니 요즘 고민이 많으시구나, 하는 생각이 들었다. 평소에 잘 쓰던 사람도 막상 새로운 주제로 글을 써야 하거나 책을 낼 생각을 하면 아득해지는 순간이 있는데 김 선생도 그런 경우인 것 같았다.

"글을 쓸 때 기획을 하고 쓰시나요?" 하고 내가 물으니 "아니요"라는 대답이 돌아왔다. 그저 메모해놓은 소재만 하나씩 물고 쓰기 시작하기 때문에 주제에 맞춰 쓸 생각은 엄두도 못 내고 있다는 것이었다. 나는 "그럼 주제를 정해야 한다는 강박에서 벗어나 자유롭게 글을 써보면 어떨까요?"라고 말했다. 세상에 '자유'나 '사랑' 따위의 주제를 미리 정해놓고 글을 쓰는 사람은 별로 없다. 그냥 '나에겐 이런 기억이 있었다' 또는 '내 친구 중에 이런 사람이 있었는데……' 같은 작은 이야기로 시작하다 보면 주제의식은 자연스럽게 따라오게 되는 것이다.

빈부 격차가 만들어내는 두 가정의 희비극을 그린 봉준호의 영화 〈기생충〉은 우리나라에만 있는 독특한 주거 형태인 '반지하'를 전 세계에 소개한 작품이다. 나는 봉준호 감독이 기획 단계에서 '이번 영화에서는 빈부 격차에 대해 그려봐야지'라는 생각을 가지고 시나리오를 쓰지 않았으리라 생각한다. 그저 '반지하에 사는 사기꾼 정신으로 똘똘 뭉친 가족이 있는데 그들이 한 명씩 김 사장 집으로 위장

취업해 들어가 사기를 친다면 어떨까? 거기 지하엔 매일 밤 주방에 올라와 음식을 훔쳐 먹는 가정부의 남편이 살고……' 하는 식으로 재미있는 이야깃거리부터 생각해냈을 것이다. 그런데 이야기를 만들다 보니 부자와 가난한 사람을 가르는 선이나 '냄새' 같은 소재가 떠오르고 그것들이 '빈부 격차'라는 주제의식을 자연스럽게 만들어 준다는 것을 깨달았을 것이다. 어떤 게 먼저였는지는 모르지만 단언컨대 모든 이야기의 요소를 한꺼번에 떠올리며 쓰는 작가는 없다.

내가 차 안에서 이런 이야기로 열변을 토하는 동안 김해숙 선생은 어느덧 내 숙소 앞에 차를 세우고 가재도구 등을 내렸다. 다시 한 번 고맙다는 인사를 하고 헤어지려는데 김 선생이 말했다. "어떤 글은 시작을 어떻게 해야 할지 몰라서 못 쓰기도 해요." 듣고 보니 그랬다. 글을 쓰지 못하는 이유는 너무나 많다. 그래도 뭔가 얘기를 해드려야 할 것 같았다.

"선생님. 그럼 이건 어때요? '내 얘기 좀 들어볼래? 내가 예전에 이런 일이 있었는데 말이야……' 하고 시작해보는 거죠." 내 얘기에 고개를 갸우뚱하던 선생은 스티븐 킹, 켄 리우Ken Liu, 가네시로 가즈키金城一紀 같은 일급 작가들도 그런 식으로 이야기를 시작할 때가 많다는 말을 듣고는 비로소 활짝 웃었다.

글쓰기로 인생을 밀고 나가는 힘을 얻자

작가가 되고 싶고 책을 쓰고 싶다가도 '글은 써서 뭐하나' 하는 회의가 밀려드는 순간이 있다. 당장 돈이 되는 것도 아니고 누가 알아주는 것도 아니다. 하지만 글을 쓴다는 것은 내가 꿈꾸었지만 아직 해보지 못했던 일들을 다시 시작하는 첫걸음이다. 곰곰이 다시 생각해본다. 글을 쓴다는 것은 나에게 어떤 의미가 있을까. 무엇보다 글쓰기의 힘은 '변화'에 있다. 무심하던 사람이 어떤 인물이나 현상에 대해 새롭게 관심을 기울이게 되고 뒤죽박죽이던 사람은 자신의 삶을 되돌아보며 생각을 가지런히 정리하게 된다. 글쓰기를 통해 새로운 삶으로 들어서는 경우도 있다. 나도 그렇고 〈똥파리〉의 감독 양익준도 그렇다.

우리 동네 고양이 서점 '책보냥'에서 우연히 알게 된 동네 주민 양익준 감독은 가부장적인 아버지의 폭력성이 너무나 싫었다고 한다. 연기자로 활동하던 양익준은 아버지의 폭력적 언행과 그로 인해 만연된 가정의 불행을 소재로 글로 쓰기 시작했다. 자신의 집안 이야기를 낱낱이 밝히고 극화하는 과정에서 그는 자신이 아버지 못지않게 가부장제를 그냥 받아들이고 사는 어머니도 미워하고 있다는 사실을 깨닫게 되었다. 그는 쓰는 내내 괴로웠지만 그 글을 끝내지 않고서는 더 이상 아무것도 할 수 없을 것만 같았다. 그런 고통과 깨달음이 뒤섞인 시간을 거친 뒤에 그 시나리오는 〈똥파리〉라는 영화로 탄생했다.

〈똥파리〉가 가져온 파급력은 대단했다. 그때까지 대한민국의 작은 인디 영화가 그토록 전 세계의 주목을 받으며 수백 개의 상을 휩쓴 경우는 없었다. 양 감독은 우리 집에 와서 저녁을 먹으며 당시 대기업에서 제작비를 투자해주겠다는 걸 마다했던 것을 회상했다. 돈이 없어 쩔쩔매던 시절이었지만 달콤한 자본의 유혹을 거절함으로써 자기가 의도했던 대로 영화를 찍을 수 있었던 것이다.

아내와 나는 IPTV로 영화 〈똥파리〉를 보았다(아내는 PC나 노트북으로 영화 보는 걸 힘들어한다. 초창기 PC의 조악한 음향 시스템에 대한 안 좋은 기억 때문이다). 10년 만에 다시 보는 영화였지만 각본, 촬영, 연기에 이르기까지 어느 것 하나 놀랍지 않은 구석이 없었다. 지금은 어떤 영화에도 빠지지 않고 출연하는 '인기 배우' 정만식과 어떤 영화나 연극에 출연하더라도 놀라운 연기력을 보여주는 이승연의 모습이 싱그러웠다. 극장에서 볼 때는 몰랐던 다큐멘터리 같은 촬영도 있었다(재래시장 스케치 장면). 양익준과 함께 영화의 주연을 맡았던 배우 김꽃비는 제주도에서 게스트하우스를 운영하고 있다고 들었다.

양익준 감독은 부산영화제에서 "생각만 하는 것은 시냇물 위에 글을 쓰는 것이고, 시나리오를 쓰는 것은 바위 위에 글을 새기는 것과 같다"는 대만 감독 허우샤오시엔侯孝賢의 말을 듣고 시나리오를 쓰기로 결심했다고 한다. 〈똥파리〉를 찬찬히 다시 보면서 깨달았다. 글쓰기가 한 사람의 인생을 바꾸어놓은 것이다. 굳이 하늘에 수십 대의 헬리콥터를 띄우고 집채만 한 파도를 불러일으키는 시나리오가 아니더라도 글쓰기는 이처럼 무궁무진한 힘을 가지고 있다. 글쓰기는 자신을 변화시키고 나아가 세상을 변하게 한다. 글쓰기는 나를 과거가 아닌 현재에 살게 한다. 글쓰기에는 인생을 밀고 나가게 하는 힘이 있다.

은유 작가에게 빚지다

다른 일은 하나도 하지 않고 한 달 반 동안 오직 책 읽고 글만 쓰는 자유가 주어진다면 이는 거의 꿈에 가까운 행운이다. 만약 그런 상황이 주어진다면 정말 하루 종일 책 읽고 글만 쓸 것 같았다. 아니, 잠도 안 자고 빵만 뜯어먹으면서 하루 종일 읽고 쓰는 것도 괜찮을 것 같았다. 그러나 막상 나한테 그런 시간이 주어지니 기쁘고 벅찼지만 내가 꿈꾸던 그런 순백의 상태는 오지 않았다. 나름 신경 쓸 게 많았고, 피곤했고, 바빴다.

하루 종일 글을 쓴다는 건 머릿속에서만 가능했다. 청주에 내려갔을 때 그나마 내가 고수했던 건 하루 한 시간씩 산책하는 것이었다. 청주 지리를 모르니 시내로 나가는 건 싫었고 바로 집 뒤에 있는 뒷산 등산로를 걸었다. 산책 중 만나는 사람들은 시끄러웠다. 큰 소리로 대화를 나누는 사람도 있었고 혼자 걸을 땐 통화를 하거나 라디오를 들었다. 혼자 듣기 아까워서인지 늘 볼륨을 높여놓고 걸었다. 이어폰이나 헤드폰을 사용하는 사람은 없었다. 아내가 새로운 스마트폰을 개통하면서 생긴 아이팟을 주었기에 나는 음악을 들을 수 있었다. 처음에는 정말 음악만 들었다. 가요나 팝송을 듣다가 심란해져서 조성진이 연주한 쇼팽의 〈녹턴〉을 들었다. 조성진을 듣다가 장류진의 『일의 기쁨과 슬픔』에서 주인공이 마지막에 "조성진이라도 들으며 위안을 해야지" 하던 게 생각나서 웃었다.

그러다가 네이버 오디오 클립을 찾아봤다. 〈은유의 글쓰기 상담소〉가 있었다. 은유 작가는 『글쓰기의 최전선』으로 만났다. 스무 살 조금 넘어서부터 글쓰기로 밥벌이를 하던 은유는 숨기는 게 없고 현실감과 솔직함이 충만한 글이 특징이었다. 나는 『쓰기의 말들』과 『다가오는 말들』을 사서 심심할 때마다 아무 데나 펴서 읽었고 『올드걸의 시집』도 도서관에서 빌려 읽었다. 그러나 오디오로 그의 목소리를 듣는 건 처음이었다. 글쓰기 수업을 오래 했던 은유 작가는 학인들이 수업 시간에 물어보거나 따로 보내온 질문들을 모아 상담을 해주고 있었다. 나는 산길을 걸을 때마다 〈은유의 글쓰기 상담소〉를 들었다(다른 작가가 개설한 오디오 클립도 들어보았지만 예쁜 척하는 억양과 과다한 자기애가 느껴지는 목소리가 부담스러워서 꺼버렸다).

편당 10분 남짓의 짧은 오디오로 글쓰기에 대해 떠드는 게 무슨 도움이 될까 생각하겠지만 막상 집중해서 들으면 머릿속에 쏙쏙 들어왔다. 다 아는 내용 같아도 자신의 구체적 경험과 평소 메모해놓은 '통찰'들을 짚어주니 알고 있는 것이라도 다시 깨닫는 기분이었다. 나는 오디오를 듣다가 뭔가 생각나는 게 있을 때마다 가던 길을 멈추고 메모지를 꺼내 얼른 옮겨 적었다. 그가 하는 얘기를 그대로 받아 적는 게 아니라 그의 이야기가 촉발하는 또 다른 아이디어들을 휘갈기는 것이었다. 예를 들어 은유 작가가 "인터뷰어 역할을 오래 하다 보니 어느 순간부터 인터뷰이들을 붕어빵처럼 다 똑같이 대하고 있더라"라는 얘기를 하면 나는 '왜 빵을 만들 때 하필 붕어 모양으로 했을까? 붕어빵은 존재 자체가 신기한 메타포다. 사람들은 붕어빵에 만족하지 않고 크기가 더 커진 잉어빵도 만들었다' 같은 식으로 다른 측면에서 접근하는 것이다.

시간은 쏜살 같이 흘러가고 글은 잘 써지지 않아 괴로웠는데 청주의 산속에서 뜻밖의 귀인을 만난 것이다. 은유 작가는 무엇보다 잘난 척하지 않고 소박한 목소리로 얘기해 마음이 편했고 뭔가 살짝 자랑할 일이나 충고를 할 일이 있으면 "하하하" 하고 문어체로 어색하게 웃는 것도 좋았다. 결국 은유는 내게 맞는 사람이었고 고마운 글쓰기 선생님이었다. 은유에게 큰 빚을 졌음을 고백한다. 그러나 기분 좋은 빚이었다.

P.S.

청주에서 돌아와 글을 마무리하다가 〈한겨레21〉 '21 WRITERS 2'

에서 은유의 인터뷰를 읽었다. 그는 글쓰기도 '깊은 대화'라고 새로이 정의했다. 누군가의 생각을 곱씹어보고 자신의 정렬된 생각을 사려 깊은 언어로 골라 세상에 내놓고 다른 사람들과 만나는 게 글쓰기라는 것이다. 그는 자신의 글쓰기 목표가 정치적 글쓰기를 예술로 만드는 거라는 얘기도 했다. 당위를 말하는 글은 많지만 잘 안 읽힌다고 말하면서 도덕적 정당성으로 세상은 바뀌지 않으니 아름답고 설득력 있게 쓰는 일이 중요하다고 강조했다.

은유의 글쓰기 수업에 참여했던 한 학인은 집으로 돌아가는 길에 기자에게 "은유 작가는 글쓰기 기술이나 책 내는 방법을 가르치지 않는다"고 말했다. 대신 글쓰기는 '자기 삶의 해석권을 내가 가져오는 행위'라고 일러준다. 삶을 좀 더 촘촘히 들여다보고 더 나은 사람으로 잘 살아보고 싶다는 마음을 갖게 하는 것이 은유의 글쓰기 수업이다. 인터뷰 기사를 읽으며 또 메모를 하고 있는 내 모습을 발견한다. 글쓰기는 나를 좀 더 나은 사람으로 만들고 좀 더 잘 살고 싶게 만들어주지. 음, 은유 작가에게 자꾸만 빚을 지는군. 언젠가는 갚을 날이 오겠지.

2장

안 써질 땐
다 방법이 있다

아무거나 쓰세요,
아무렇게나 쓰진 말고요

한동안 강사 신분과 학생 신분으로 '이중생활'을 한 적이 있다. 2021년 가을에 서울시민대학에서 뽑는 강사 공채에 응모해서 글쓰기 강사가 되었을 때 마침 페이스북에 '무료 시 강연' 공고가 뜬 것이었다. 출판사 '난다'의 김민정 대표가 페이스북에 공유해서 알게 되었는데 청운문학도서관에서 이근화 시인이 여섯 번에 걸쳐 시작법을 강의한다는 소식이었다. 나는 제꺼덕 강의 신청을 하고 등록했다. 정원이 스무 명 남짓이었는데 다행히 나도 포함되었다. 그래서 매주 화요일 아침마다 나는 서대문에 있는 서울시민대학에서 〈편성준의 유머와 위트 있는 글쓰기〉라는 제목의 강연을 하고 오후 두 시부터는 자하문로에 있는 청운문학도서관에 가서 〈시, 뭐하러 쓰니? 시, 몰라서 쓴다!〉라는 이근화 시인의 강의에 참석했다. 국문학을 전공했지만 대학원을 다닐 때까지도 공부만 했던 이 시인은 뒤늦게 시를 쓰고 시인까지 되었다며 "아무런 문학적 경험이 없어도 시를 쓸 수 있다는 것을 알려주고 싶었다"라는 겸손의 말로 강의를 시작했다.

아울러 그는 강의를 들으러 온 사람들에게 영화 〈찬실이는 복도 많지〉의 대사 "아무거나 쓰세요. 아무렇게나 쓰진 말고요"를 들려줬다. 영화 초반에 난생처음 글을 배운 할머니(윤여정 분)가 찬실이(강말금 분)에게 글 쓰는 법을 좀 가르쳐달라고 하니까 찬실이가 이렇게 대답했던 것이다. 명언이 아닐 수 없다. 이 얘기를 듣고 윤여정이 쓴 "사람도 꽃처럼 돌아오면 얼마나 좋겠습니까" 하는 시는 애잔하면서도 감동적이었다. 나는 한글을 처음 배운 할머니들이 낸 시집을 읽으면서도 똑같은 감동을 느꼈다. 그분들은 시는커녕 한글도 처음 써본다면서 어떻게 이런 기가 막힌 시를 쓸 수 있었을까. 그들은 시를 쓰려 애쓰지 않고 그냥 자신이 살아온 이야기를 썼을 뿐인데 그 진솔함이 읽는 사람을 울고 웃게 만든 것이다. 아무리 생각해봐도 그것 말고는 다른 이유를 찾을 수가 없었다. 역시 본질은 힘이 세다.

글을 쓰고 싶어서 내 강의에 찾아온 분들 중 상당수가 막상 무엇부터 써야 할지 몰라 당황스럽다고 말한다. 그때마다 나는 웃으며 이렇게 말씀드렸다. "그건 글쓰기가 직업인 사람도 마찬가지예요." 내가 아는 소설가 K는 10년 넘게 'SNS 스타'로 통한다. 그녀는 소설도 잘 쓰지만 페이스북 담벼락에 올리는 글들이 정말 감칠맛 나고 유머러스해서 많은 사람들에게 '좋아요'와 '최고에요'를 받는다. 그런데 막상 소설책을 펴내면 유명세(?)에 비해 그렇게 많이 팔리지 않는다. 자신도 "페이스북에 쓰는 글이 금방 써지고 내가 봐도 재미있는데 소설을 쓸 땐 왜 그게 안 되는지 모르겠다"는 글을 푸념처럼 올린 적도 있다. 물론 소설은 돈을 내고 사거나 도서관에 가서 빌려야만 읽을 수 있으니까 페이스북 담벼락보다는 접근하기 힘든 게 사실이다. 그러나 그보다는 '잘 써야 한다'는 강박관념이 그녀의 글을 경직시키고 있는 건 아닐까. 생각해보면 나도 그렇다. SNS에 글을 쓰는 것은 쉬운데 책을 쓰거나 매체에 글을 쓰는 것은 훨씬 어렵다. 고정관념 때문이다. 책에 들어갈 글은 뭔가 완성도가 있어야 하고 정확해야 하고 감동적이거나 심오해야 할 것 같은 그 이상한 의무감 말이다.

어떤 얘기부터 써야 할지 모르겠다고 하는 사람들에게 나는 이종철 작가의 『까대기』라는 만화 얘기를 해준다. 만화가 지망생이었던 이종철 작가는 서울로 올라와 선배 집에 얹혀살았다. 생활비를 벌기 위해 구인구직 사이트를 헤매던 중 그는 '까대기'라는 직종을 발견한다. 지옥의 알바라고 불리는 까대기는 트럭에 짐을 싣거나 내리는 일을 말하는데 일이 얼마나 고된지 중간에 도망치는 사람이 많아서 매일 주민등록증을 맡기고 일을 할 정도다. 일이 고된 만큼 벌이는 괜찮은 편이었지만 일과를 마치고 집으로 돌아오면 손에 힘이 하나도 없고 떨려서 만화를 그릴 수가 없었다. 게다가 하루 종일 물류센터 안에서 상하차 작업만 하다 보니 그림을 그릴 소재를 만들 틈도 없었다. 이렇게 일만 하다 청춘이 다 가나 보다 생각하고 있던 어느 여름날, 작은 사건이 하나 생겼다. 누가 수박이 든 박스를 떨어트리는 바람에 수박이 깨져버린 것이다. 일꾼들은 이왕 이렇게 된 거, 하고는 다들 둘러앉아 뜨거운 수박을 먹으며 잠깐 웃음꽃을 피웠다. 그 순간 이종철은 깨달았다. '그래, 바로 이 얘기를 그리면 되잖아!' 그렇게 해서 『까대기』라는 뛰어난 만화책이 세상에 나올 수 있었다.

장담하건대, 지금 밖으로 나가 뭘 써야 하느냐고 붙잡고 물어봐도 속 시원히 대답해주는 사람은 없을 것이다. 써보기 전엔 어떤 글이 나올지 아무도 모르니까. '전당포 노파 살해 사건'이라는 소재만으로 『죄와 벌』을 상상할 수 있는 사람은 없다. 그러니 역설적으로 당신 마음이 가는 대로 자유롭게 쓰는 게 상책이다. 좀 들쑥날쑥해도 된다. 글쓰기가 다른 무엇보다 좋은 점은 정답 비슷한 것은 많아도 진짜 정답을 댈 수 있는 사람은 없다는 것이다. 찬실이의 충고대로 "아무거나 쓰자. 아무렇게나 쓰진 말고". 엎치락뒤치락, 이게 중요하다.

'story in story'가 답이다

한국출판마케팅연구소 한기호 소장이 응원차 청주로 놀러 오신 적이 있다. 그는 함께 온 황산 작가와 함께 저녁을 먹으며 스토리 속에 작은 스토리가 들어 있으면 독자들에게 접근하기 더 좋다고 말했다. 'story in story'가 답이 될 수 있다는 것이다. 그러면서 예전에 한국일보에 자신이 썼던 칼럼 이야기를 들려주었다.

> 고대 로마제국 3대 황제인 독재자 카이사르는 멋 부린 차림새와 유난히 공들여 손질한 머리 모양이 자신의 심기를 거슬렀다는 이유로 로마의 기사 파스토르의 아들을 감금합니다. 파스토르가 아들의 목숨을 살려달라고 애원하자 그는 마치 생각났다는 듯이 사형 집행을 명하고는 곧바로 그의 아버지를 만찬에 초대합니다.

> 궁에 들어온 파스토르는 카이사르가 커다란 잔을 들어 자신의 건강을 위해 건배를 제의하자 아들의 피를 마시는 것처럼 이를 악물고 술을 마십니다. 카이사르가 향유와 화관을 하사하자 기꺼이 받습니다. 통풍에 걸린 늙은 아버지는 아들을 땅에 묻지도 못한 채 자식들의 생일에도 그렇게 많이 마시지 않았을 포도주를 들이키면서도 눈물 한 방울 흘리지 않았으며 털끝만큼도 슬픔을 내색하지 않았습니다. 그는 마치 아들의 목숨을 살려달라는 탄원이 받아들여진 것처럼 흔연히 식사했습니다. 왜냐고요? 그에게는 또 한 명의 아들이 있었습니다.
>
> _〈경향신문〉 칼럼 〈한기호의 다독다독〉 '우리가 그래도 살아야 하는 이유' 중에서

한 소장은 '아들을 잃은 아버지가 이를 악물고 술을 마신 것은 또 다른 아들이 있었기 때문'이라는 이야기 뒤에 우리가 이명박 정부의 부조리를 견뎌야 하는 이유도 "저마다의 아들이 있기 때문"이라고 말하고 있다. 그냥 당대의 부조리들을 제시하며 "견뎌야지 별 수 있겠느냐?"라고 자조적으로 말하는 대신 2000년 전에 살았던 세네카의 책 『화에 대하여』를 인용하니 이야기가 훨씬 설득력 있고 페이소스까지 느껴지는 고급스러운 글로 변했다. 이야기 속의 이야기가 빛을 발하는 순간이다.

중세 영국의 작가 제프리 초서Geoffrey Chaucer가 쓴 『캔터베리 이야기』도 자신이 풀어놓은 이야기에 입심 좋은 사람들을 잔뜩 등장시

킨다. 총 서른 명 내외의 사람들이 런던의 어느 여관에 모여 순례를 떠나려 한다. 여관집 주인은 순례길이 지루하지 않고 재미있는 여행이 되기를 바라는 마음으로 한 사람이 두 가지씩 이야기를 할 것을 제안한다. 이리하여 순례자들은 각자 자기 나름대로의 재미있는 이야기로 웃음꽃을 피우게 된다.

코로나19 팬데믹이 몇 년째 기승을 부리니 이탈리아 작가 조반니 보카치오Giovanni Boccaccio의 『데카메론』도 가끔 생각난다. 『데카메론』은 페스트가 창궐했을 당시 젊은 남녀 열 명이 열흘 동안 피렌체 교외에 모여서 100편의 이야기를 주고받는 내용으로 구성되어 있다. 죽음의 그림자가 어른거리는 시대에 서로의 야한 이야기에 탐닉하며 시간을 견디는 그들의 모습은 우스우면서도 처연하다.

일본 드라마 〈심야식당〉도 'story in story'의 전형적인 구조다. 마스터가 늘 자리를 지키고 있고 사람들이 바뀌면서 저마다의 이야기를 풀어놓는다. 마스터는 친절하지만 눈썹에 칼자국이 있어서 뭔가 비밀스러운 과거가 있음을 짐작케 한다. 밤 열두 시부터 새벽 여섯 시까지 열리는 이 식당엔 남들이 잠들어 있을 때 깨어 일을 해야 하는 사람들의 사연들이 날마다 펼쳐진다. 이렇게 안정적인 구조를 가지고 있기에 시청자들은 다음 이야기가 궁금해 자꾸 TV 앞에 모이는 것이리라. 나는 개인적으로 가끔 엑스트라처럼 출연하는 오다기리 조小田切譲의 무심한 태도가 너무나 좋다. 내 책 『부부가 둘 다 놀고 있습니다』가 드라마로 제작되면 동네 친구 박호산 배우가 이런 식으로 출연해주기로 약속했는데, 정말 약속을 지키는지 어디 한 번 지켜볼 일이다.

리사 크론Lisa Kron은 『끌리는 이야기는 어떻게 쓰는가』에서 "이야기는 아름다운 글을 이긴다, 언제나"라고 말했다. 그렇다. 문체는 중요하지 않다. 우리는 저마다 재밌거나 슬프거나 기구한 자신의 이야기를 쓰며 살고 있는 것이다. 그리고 그걸 작가가 글로 쓰는 순간 이야기는 또 다른 차원으로 이동한다. 아무리 생각해도 이야기는 삶 그 자체다.

새벽에 쓰면 잘 써진다면서요?

전 세계 작가들이 독자들을 만나면 빼놓지 않고 반드시 듣는 질문이 바로 "작가님은 언제 글을 쓰세요?"라고 한다. 미국 최초의 흑인 여성 SF 작가였던 옥타비아 버틀러도 그런 얘기를 한 적이 있다. 이건 학생 때 친구들에게 "너 시험공부 많이 했냐"고 물어보는 것과 비슷한 심리가 아닐까?

작가들은 언제 글을 쓰는지 찾아본 적이 있다. 어니스트 헤밍웨이Ernest Hemingway는 아침 여섯 시에 눈을 뜨면 타자기 앞에 앉아 정오까지 썼다고 한다. 그는『무기여 잘 있거라』의 결말 부분을 47가지 버전으로 쓴 후에야 최종 문장을 결정했으니 하루 종일 써도 시간이 모자라는 날이 많았을 것이다. 허리가 안 좋았던 그는 높은 책상을 놓고 서서 글을 쓴 것으로도 유명하다. 앨리스 먼로Alice Munro는 아침 여덟 시에 시작해서 열한 시까지 매일 글을 썼다. 잠깐 쉬고 종일 쓸 때도 있었다.

조지프 콘래드는 글을 쓸 때 식사 시간을 제외하고는 자신의 방에서 나오지 않았다고 한다. 하루는 그의 아내가 점심 식사를 차려주면서 "오전 내내 무슨 글을 썼어요?"라고 묻자 콘래드는 "쉼표를 하나 뺐어"라고 대답했다. 저녁때가 되어 다시 식탁 앞에 앉은 그에게 아내가 물었다. "글은 잘 써져요?" 콘래드는 대답했다. "아까 뺀 쉼표를 다시 넣었어."

가즈오 이시구로石黑一雄는 소설은 물론 시나리오와 TV 드라마까지 썼다. 그는 오전 열 시부터 오후 여섯 시까지 직장인처럼 성실하게 쓴다. 오후 네 시 전까지는 이메일이나 전화도 안 받는다. 버지니아 울프Virginia Woolf는 보통 오전 열 시에 쓰기 시작해 오후 열두 시 반이나 한 시까지 아무에게도 방해받지 않고 글을 썼다. 그렇다면 과연 그녀는 하루에 몇 자를 썼을까? 1,000자는 썼을까. 1926년 5월 9일자 『등대로』의 초고를 살펴보면 약 535자를 썼고 그중 73자에 줄을 그어 생략한 것을 알 수 있다고 한다. 그러니까 삭제한 부분까지 포함해 하루에 약 187자를 쓴 셈이다. 당시 그녀는 창작 능력이 최고조에 달할 때였다. 『호밀밭의 파수꾼』을 쓴 제롬 데이비드 샐린저Jerome David Salinger는 매일 아침 여섯 시에 글을 쓰기 시작해 아무런 방해도 받지 않고 종일 썼다. 『시녀 이야기』를 쓴 마거릿 애트우드는 오전 열 시부터 오후 네 시까지 글을 썼다.

많은 작가들이 자신만의 리추얼을 가지고 있다. 그러나 작가들도 개인 사정이 있고 여행을 가기도 한다. 자신이 정한 대로 리추얼에 맞춰 쓰면 좋겠지만 그렇지 못한 날이 더 많은 것이다. 그러니까 평소엔 아침부터 쓰던 사람도 사정이 생기면 밤에 쓰는 수밖에 더 있겠는가. 물론 글이 제일 잘 써지는 시간은 각자가 다를 것이다. 하지만 중요한 건 언제 일어나 몇 시간을 썼느냐가 아니라 얼마나 끈질기게 썼냐는 것이다.

나는 회사를 그만두고 6개월 동안 술을 끊은 적이 있는데 순전히 아침에 일찍 일어나 책을 읽거나 글을 쓰고 싶어서였다. 아무에게도 방해받지 않는 시간에 가장 좋은 컨디션으로 있으려면 전날 밤 음주나 격한 운동을 하지 않아야 하는 것은 기본이다. 나는 새벽에 일어나 책을 읽고 글을 쓰는 게 가장 좋다. 제일 집중력이 좋은 시간이기 때문이다. 어느 시간이 좋은지 강요하거나 맹신하는 건 옳지 않다. 예전에 잘 나가던 독립 광고대행사가 하나 있었는데 이 회사에서 하는 '공포의 저녁 회의'가 화제였다. 대표가 '속이 비어야 신선한 아이디어가 나온다'며 밥을 굶고 회의를 하는 바람에 직원들도 모두 쫄쫄 굶으며 일을 했던 것이다. 명백한 폭력이다. 지금 그런 회사가 있다면 다들 단체로 사표를 냈을 것이다. 일하기 가장 좋은 시간은 사람마다 다르다. 꾸준히 할 수만 있다면 새벽 세 시든 오후 세시든 그게 옳은 시간인 것이다.

얍삽해도 좋다,
독자들은 모르니까

글을 쓰려고 책상 앞에 앉으면 첫 문장부터 막혀서 몇 시간을 끙끙대는 경우가 많다. 이는 글을 처음 쓰는 사람뿐 아니라 책을 여러 권 쓴 작가들도 마찬가지다. 『우아하고 감상적인 일본 야구』를 쓴 다카하시 겐이치로는 『연필로 고래 잡는 글쓰기』의 '나만의 이야기를 쓴다'라는 짧은 글에서 소설의 첫 문장을 어떻게 여는지에 대해 이야기한다. 그런데 그 방법이 여간 웃기고 치사한 게 아니다.

그는 학생들에게 날씨가 좋아서 잠깐 산책을 다녀오겠다고 말하고는 자기가 나가 있는 동안 얼른 소설을 써보라고 말한다. 혹시 자신이 늦게 돌아오면 다 쓴 소설을 책상 위에 놓고 집에 돌아가도 좋다고 말한다. 자세한 독후감은 나중에 편지로 보내도록 하겠다면서.

그러면서 한 가지 선물이 될 만한 팁을 제시한다. 첫 행을 어떻게 써야 할지 모르겠다면, 이렇게 해보라는 것이다.

"아들아, 생일 축하한다!" 아버지가 말했다.

그러면서 그는 외투 호주머니에서 한 권의 책을 꺼내 건넸다.

학생들이 그 첫 행은 지난번 수업 시간에도 했던 것이라고 항의하자 그는 "뭐, 괜찮지 않을까요?"라고 농을 친다. 누구나 처음 쓰기 시작할 때는 다들 긴장해서 어깨에 힘이 들어가게 되는데, 그럴 때 첫 부분만 누군가 쓴 글의 힘을 빌리고, 다 쓰고 난 뒤엔 감사의 마음을 담아서 잠시 빌렸던 첫 문장을 돌려주면 아무 문제가 없다는 것이다. 나는 무슨 소설가가 이렇게 뻔뻔한가 하며 웃었다.

참으로 얍삽한 창작론이 아닐 수 없다. 그러나 겐이치로는 얍삽하든 구리든 상관없다고 말한다. 그러면서 마지막에 이렇게 말한다. "자신의 이야기를 써보십시오. 아주 조금 즐거운 거짓말을 섞어서."

천재 편집자 맥스 퍼킨스Maxwell Perkins는 작가들에게 "일단 쓰고 싶은 걸 전부 종이 위에 적어보라. 그러고 나면 그걸 어떻게 써먹을지 깨닫게 된다"라고 했다. 글을 쓸 때는 전체 구조를 먼저 생각하지 말고 일단 뭐라도 써보라는 것이다.

그런데 이것과 똑같은 이야기가 존 맥피John McPhee의 『네 번째 원고』라는 책에도 나온다. 프린스턴 YMCA에 초빙돼 작가로 참여했던 그는 회색 곰에 대해 쓰고 있는 조엘이라는 제자를 상정한 뒤 그에게 보내는 가상의 편지를 낭독하는데 대략 내용이 다음과 같다.

> 친애하는 조엘 군. 자네가 이번엔 회색 곰에 대해 쓰게 되었다고 치세. 그런데 뭐라고 써야할지 한 문장도 떠오르질 않는다고? 벽에 부딪혔군. 막막하고 가망이 없다 느껴지겠지. 그렇다고 포기할 텐가? 아니지. 그럴 땐 이렇게 한 번 해보게. 일단 '사랑하는 어머니에게'라고 써보게. 어머니에게 지금 글을 쓰다가 막혀서 괴롭다고 징징대보게. 저는 글쓰기는 틀린 인간이라고 쓰게. (중략) 거기다가 곰 얘기도 슬쩍 넣어보게. 곰의 허리둘레가 55인치이고 목둘레는 30인치가 넘는 놈이지만 날쌔기는 세크러테어리엇(경주마의 이름)과도 경쟁할 수 있을 정도로 빠르다고 써보게. 그 곰은 달릴 때를 제외하고는 그냥 누워서 게으름 피우는 걸 좋아한다고도 쓰게. 어떤 날은 자그만치 열네 시간이나 누워 있다고. 그런 식으로 최대한 길게, 쓸 수 있는 데까지 수다를 떤 뒤 다시 처음으로 되돌아가서 '사랑하는 어머니에게'와 징징대던 부분을 싹 다 지우고 곰만 남겨보게나. 자네 앞에 그럴 듯한 글이 하나 완성되어 있을 걸세.

기가 막힌 노릇이다. 이 사람도 얍삽하기가 사기꾼 저리 가라다. 그리고 나서 맥피는 말한다. 당신이 첫 번째 초고를 작업 중이라면 불행한 것이 당연하다고. 자신은 재능이 없고 이번 작품은 실패할

게 뻔하다고 생각한다면 당신은 작가임이 틀림없다고. 반면에 사물을 남달리 본다고 자부하며 당신의 일을 긍정적으로 묘사한다면, 스스로 '글 쓰는 일을 사랑한다'며 떠들고 다닌다면, 당신은 망상에 빠져 있을 가능성이 있다고.

겐이치로가 맥피의 아이디어를 훔친 건지, 맥피가 겐이치로를 베낀 건지는 잘 모르겠다. 아무튼 작가들은 글을 쓰기 위해서라면 어떤 미친 짓도 서슴지 않고 어떤 얍삽한 행위도 마다하지 않는다는 사실을 알게 되었다. 그들은 글을 써야 하니까. 마감은 다가오는데 첫 문장이 안 써질 땐 깜빡이는 아래한글의 커서가 타들어가는 폭탄의 심지처럼 느껴지는 경험을 해봤을 것이다. 어떡하든 시작하면 글은 써진다. 골프를 치는 사람은 어깨의 힘을 빼는 데만 3년이 걸린다고 하는데, 내가 터득한 어깨의 힘 빼기를 지금부터 가르쳐주겠다. 방법은 간단하다. 책상 앞에 앉아서 '내가 뭐, 나라를 구할 것도 아니고. 일단 나만 보는 글을 쓰는 건데……'라고 중얼거리는 것이다. 어떤가. 이제 글쓰기가 조금은 만만해진 것 같지 않은가.

예를 잘 드는 사람이 잘 쓰는 사람이다

"우리나라랑 일본이랑 사이가 안 좋아도, 외계인이 침공하면 힘을 합해야 하지 않겠습니까."

고 노회찬 전 의원이 2012년 19대 총선 때 방송국 토론회에 출연해 당시 여당 의원이 '야권연대'에 대해 비판하자 일갈했던 명언이다. 노 전 의원은 정말 '촌철살인'이라는 말에 딱 들어맞는 표현을 하는 사람이었다.

소설가이기도 한 양선규 교수가 『글쓰기 인문학 10강』이라는 책 첫 장에서 "설명 잘하는 사람이 글 잘 쓰는 사람이다"라고 쓴 구절을 읽고 나는 바로 노회찬 전 의원을 떠올렸다. 노 전 의원 같은 경우엔 말로 설명했지만 글도 마찬가지다. 글을 잘 쓴다는 것은 결국 어려운 것을 쉽게 설명하고 막연한 것을 구체적인 이미지로 정확하게 전달해준다는 얘기 아니겠는가.

그러려면 무엇보다 예를 잘 들어야 한다. 뭔가 슬픈 마음이 들 때 '나는 슬프다'라고 쓰면 읽는 사람은 심심하다. 아무것도 머릿속에 그려지지 않기 때문이다. 그 한 줄로는 아무런 상상도 일어나지 않는다. 에세이스트 이윤주의 『어떻게 쓰지 않을 수 있겠어요』엔 말끝마다 '짜증나'를 달고 사는 고등학생들 이야기가 나온다. 국어 선생님이었던 이윤주는 그들에게 안톤 슈낙Anton Schnack의 에세이 『우리를 슬프게 하는 것들』처럼 '나를 슬프게 하는 것들'에 대해 한 번 써보라고 한다. 그냥 짜증난다 하지 말고 구체적인 예시를 들어보라고 한 것이다. 그런데 수업 시간에 학생들이 써서 제출한 글들을 보고 작가는 잔소리를 했던 자신이 부끄러워질 지경이라는 고백을 했다.

아이들의 예는 구체적이고도 적확했다. '엄마와 대판 싸우고 나서 냉장고 문을 열었더니 거기 나를 위해 사다 놓은 간식들이 보일 때' 같은 긴 글도 있지만 '엄마의 새끼발가락'처럼 짧고 주관적인 글도 있었다. 나는 특히 '엄마 아빠가 부부싸움을 할 때 가만히 자는 척하는 나의 모습'과 '손님이 없는 분식집'을 읽고 가슴이 철렁했다. 이윤주 작가는 그 후 학교를 떠났지만 그때 그 학생들이 낸 과제물을 지금까지 간직하고 있다고 한다. 그만큼 울림이 컸던 것이다.

글을 안 써본 사람이 제일 자주 하는 실수는 슬픔에 대해 쓰면서 '슬프다'는 말이 들어가는 문장을 구사하는 것이다. 하지만 이렇게 직접적으로 슬프다고 써서는 감흥도 없고 발전도 없다. '슬프다'가 글에서 전달되어야 할 감정이라면 구체적으로 쓰는 문장엔 다른 표현을 사용함으로써 자신이 가진 슬픔의 종류와 빛깔, 무게 등을 새롭게 만들어내야 한다. 그래야 읽는 사람이 '이 사람, 정말 슬프고 서운했겠구나' 하고 공감하게 된다.

요즘은 SNS나 온라인을 보면 '매일 아침 글쓰기' 같은 글쓰기 수업이나 스터디 그룹이 많이 보인다. 글을 잘 쓰고 싶은 사람들의 바람이 모여 만든 것일 텐데, 막상 많이 쓰는 게 글쓰기에 도움이 되는지 안 되는지에 대한 갑론을박도 여전하다. 똑같은 사안에 대해 각자 다른 논지를 펼치고 있는 유명 작가들의 글을 우연히 찾았다. 박연준 시인과 소설가 장강명이 그들이다. 먼저, 박연준 시인은 많이 쓰기가 도움이 된다며 수영 선수의 예를 들고 있다.

"수영 선수는 매일 엄청난 거리를 반복 훈련합니다. 연습을 통해 기량을 늘리고 단점을 보완해나가겠지요. 연습은 수영에 최적화된 몸을 만들어줍니다. 마찬가지로 시를 날마다 쓰는 사람은 시 쓰기에 최적화된 몸을 가질 수 있겠지요. 언어 감각을 키우고 시적인 것을 포착하는 능력을 갖게 될 겁니다."

그런가 하면 장강명 소설가는 아무런 준비나 통찰 없이 그냥 문장 쓰는 것만 반복해도 글쓰기 실력이 는다고 하는 것은 "슈팅 연습을 많이 하면 축구 선수가 될 수 있다거나, 부품을 하나하나 조립하다 보면 비행기를 만들 수 있다"고 하는 것과 같다고 주장한다. 어떤 이의 주장이 맞는 건지 쉽게 판단을 내리지 못하겠다. 그러나 두 사람

모두 '예를 잘 드는 사람이 잘 쓰는 사람이다'라는 나의 믿음을 글로 써 확인해주고 있다는 사실만은 분명하다.

친절하고 단순하게 써라

페이스북이나 인스타그램에 글을 쓰다 보면 "님의 글은 길지만 이상하게 잘 읽혀요"라는 반응을 받을 때가 있다. 왜 같은 길이의 텍스트인데도 어떤 글은 에너지를 잔뜩 끌어올려 집중해야 겨우 이해할 수 있고 어떤 글은 술술 잘 읽히는지 알고 싶다는 질문이 따라온다. 그럴 때 내가 해줄 수 있는 대답은 뻔하다. 쉽게 써라, 구체적으로 써라 같은 익숙한 것들이다. 그러나 아무리 꾸며내고 돌려 말해도 본질은 같으니 더 이상 설명할 재주가 없다.

친절하게 쓰라는 건 길고 세밀하게 묘사를 하라는 게 아니라 얼른 알아들을 수 있도록 쓰라는 것이다. 나탈리 골드버그는 『글쓰며 사는 삶』에서 자동차가 등장하는 글이라면 그냥 자동차라고 하지 말고 캐딜락이라고 정확히 쓰라고 한다. 희귀병을 앓고 있는 등장인물을 묘사할 땐 '동반의존적인 신경과민의 남자'라고 하는 대신 '해리라는 사람은 아내가 담뱃불을 붙이러 가스레인지로 가는데 그녀가 사과를 먹으려는 줄 알고 냉장고로 달려가는 남자'라고 구체적으로 쓰라는 것이다.

세밀한 묘사 없이도 친절하다는 느낌을 주는 글이 있다. 내가 썼던 첫 책 『부부가 둘 다 놀고 있습니다』에 들어 있는 '회사 관두면 꼭 해보고 싶었던 일'이라는 아주 짧은 글이 큰 사랑을 받았다.

〈회사 관두면 꼭 해보고 싶었던 일〉

> 회사를 그만두고 비 오는 날 집에서 혼자서 책 읽으면 참 좋겠다는 생각을 많이 했다.
> 회사를 그만두었다. 마침 비가 온다. 책을 읽는다.

책을 사서 이 페이지를 읽은 고등학교 동창이 진정으로 부럽다는 메시지를 전해왔다. 일부러 수식어를 배제하고 상황과 행동만 심플하게 묘사한 것이 오히려 공감의 폭을 넓혔던 것 같다.

그런가 하면 어려운 과학적 개념을 누구나 이해하기 쉬운 우화로 친절하게 설명하는 사람도 있다. 뇌과학자 김대식 교수는 인공지능이 인간보다 앞서는 특이점, 즉 싱귤래리티Singularity 개념을 설명하면서 추수감사절의 칠면조를 예로 들었다. 평소 주인이 칠면조를 정성껏 잘 돌보고 먹이도 꼬박꼬박 챙겨주면 칠면조는 그런 상태가 계속될 거라고 생각한다. 하지만 시간이 지나고 추수감사절이 다가오면 칠면조는 어느 날 갑자기 목이 날아간다. 과거의 경험만으로 세상사를 판단하면 미래를 볼 수 없다는 것을 비유적으로 설명한 것이다. 나는 이 예가 너무나 적절해서 감탄을 거듭하고 있었는데, 알고 보니 이건 나심 니콜라스 탈레브Nassim Nicholas Taleb가 "일어나지 않을 거라고 생각되던 일이 실제로 발생하게 되면 엄청난 파급효과를 일으킨다"라는 블랙스완 개념을 설명하기 위해 먼저 쓴 것이었다. 그리고 더 충격적인 것은 나심 또한 철학자 버트런드 러셀Bertrand Russell에게 신세를 졌다는 사실이다. 러셀의 '닭 이야기'에서 닭을 칠면조로 바꾸어 자신의 책에 인용한 것이었다. 저명한 학자들께서 왜 이러시나, 하는 마음도 들었으나 생각해보면 누가 먼저 썼느냐는 그리 중요하지 않았다. 그런다고 해서 비유의 힘이 사라지지는 않았으니까.

작가 제프리 유제니디스Jeffrey Eugenides는 "서사를 간결하게 하면서 여전히 이야기로서 기능하게 하려면 어떻게 해야 할까? 장편 소설 쓰기와 비교해 단편 소설 쓰기의 주된 문제는 무엇을 생략할 것인가를 아는 것이다. 남겨진 것은 반드시 사라진 모든 것을 함축해야 한다"라고 했다. 짧은 글이더라도 그 속에 생략된 것들이 느껴지면 텍스트의 질감이 더욱 풍부해진다는 것이다. 생략과 도약의 스토리텔러로는 공자나 예수, 부처 같은 현인들을 따를 자가 없다. 글쓰기에 대해 공부하고 강연을 거듭할수록 이야기를 풍성하게 해주는 건 아름다운 문장이 아니라 스토리텔링이라는 걸 깨닫는다.

우리가 글을 쓰는 이유가 무엇인가. 내 생각을 글로 옮겨서 타인에게 동의를 얻거나 감동시키거나 행동을 유발하는 게 목표가 아닐까. 그러기 위해서는 인간의 마음을 들여다볼 줄 알아야 하고 독자를 설득할 수 있는 예를 잘 선정해야 한다. 물론 나도 글을 쓸 때마다 예를 잘 들고 싶다. 그런데 자료를 찾거나 보유하는 데도 한계가 있으니 우연히 그때 내 곁에 있던 책이나 생각났던 영화 들을 거론할 뿐이다. 나는 이런 것도 운이라고 생각한다. 그때그때 손에 잡히거나 제때 떠오르는 게 글 쓰는 사람의 운이다.

'만약에'라는 요술 방망이를 휘둘러라

글을 쓰고 싶은데 아무것도 생각이 안 날 때 내가 즐겨 쓰는 방법은 '만약에'라는 가정법이다. 만약에 내가 일제 강점기에 태어났다면, 만약에 내가 1960년대 경상도 시골 초등학교에 파견된 총각 선생님이라면, 만약에 서울시내 신호등이 한꺼번에 다 고장난다면……. 이런 설정 하나만으로도 흥미로운 사건이 생겨나고 새로운 캐릭터가 만들어진다. 광고 아이디어를 낼 때도 마찬가지였다. 외국 광고를 보면 '만약 우리 부모가 외계인이라면', '만약 타임머신을 타고 미래로 갔는데 거긴 코카콜라는 없고 펩시콜라만 마신다면' 같은 아이디어들이 실제 광고로 만들어졌다.

하루는 꽃말이 쓰여 있는 책을 넘겨보다가 꽃말을 가지고 재밌는 글을 쓸 수 있겠다는 아이디어가 떠올랐다. '만약에 꽃들이 말을 할 수 있다면'이라는 기본 아이디어가 떠오르자 '그런데 꽃들은 인간이 만들어놓은 꽃말에 동의할까?'하는 의문으로 이어졌다. 그걸 기사문처럼 써보았다.

> 최근 학계의 연구 발표에 따르면 꽃들도 언어를 구사하는 것으로 밝혀졌다. 연구진은 '꽃말 청취 프로젝트'를 진행하면서 꽃들의 말을 번역하는 '꽃말 번역기: 스피킹 플라워스'까지 함께 개발했는데 이미 완성 단계에 이르렀다고 한다. 이에 꽃들이 전한 말들이 화제가 되고 있다. 아직 공식적인 발표는 아니지만 연구진이 발행하는 웹진에 올라온 글들을 조합해보면 수선화는 "내가 언제 고결과 자만을 얘기했다고 그러냐? 억울하다"라는 심정을 토로했고 국화는 "시대에 뒤떨어지게 정조, 순결이라는 꽃말이 웬말이냐"며 엄중 항의했다고 전해진다.
>
> 한편 개나리는 "내가 희망을 얘기한 것은 맞다"라며 기자회견을 열고 입장을 밝혔는데 옆에서 듣던 백합이 "나는 순결이라는 단어 속에 들어 있는 남성 중심 이데올로기를 극히 혐오한다. 내 꽃말이 순결이라는데, 꽃말협회를 상대로 고소를 준비하고 있다"라고 화를 낸 것으로 밝혀졌다. 한편 이 소동을 전해들은 해당화는 "이기고 지는 일은 다 허무한 것인데 피고 지는 것만 알던 꽃들까지 인간에게 물들어 이제 이기고 지는 것을 논한다"며 개탄한 것으로 전해진다.

이 글을 페이스북 담벼락에 올렸더니 많은 친구들이 "정말 꽃들이 말을 할 수 있다면 좋겠다"는 반응을 보이며 좋아했다. 그리고 얼마 전 꽃샘추위가 올 때쯤의 어느 토요일 아침에 문득 이 글이 다시 떠올라 에버노트를 찾아보았다. 좋긴 한데 너무 긴 것 같아 이번엔 더 짧게 써보기로 했다.

〈꽃들이 말을 할 수 있다면〉

꽃들이 말을 할 수 있다면
이기고 지는 것보다는
피고 지는 것에 대해 얘기할 것이다.

꽃들이 걸을 수 있다면
울긋불긋 쇼핑센터보다는
녹색 물든 강가로 나갈 것이다.

꽃들이 읽을 수 있다면
자기계발서보다는
시집을 읽을 것이다.

꽃들이 사람이라면

지구는 지금보다

훨씬 더 아름다운 별이었을 것이다.

이 글을 SNS에 올렸더니 "너무 아름다운 시다"부터 시작해 "정말 사람들이 꽃처럼 살았으면 좋겠다" 같은 따뜻한 반응들이 올라왔다. 환경에 대한 관심이 높아지는 추세를 생각해 처음에 썼던 '세상'을 '지구'로 바꿨더니 공감하는 사람들이 더 많아진 것 같았다.

'만약에'를 뜻하는 영어 단어 'IF'는 얼핏 보면 1F(일층) 같다. 즉 만약이란 단어엔 1층이 들어 있는 것이다. 나는 이걸 '만약에'라는 가정으로 시작하는 상상력은 1층이 튼튼하지 못하면 쉽게 무너진다는 경고 아닐까?'라고 멋대로 생각해버렸다. 이스라엘의 역사학 교수이자 베스트셀러 작가 유발 하라리Yuval Noah Harari는 '꾸며낸 이야기를 믿는 능력'이 호모 사피엔스를 만물의 영장 위치에 오르게 했다고 말한다. '만약에 국가라는 게 있다면', '만약에 회사라는 게 생겨난다면'은 물론 '만약에 인간이 날 수 있다면', '만약 존 F. 케네디가 죽지 않았다면'처럼 만약이라는 단어로 시작하는 상상력 덕분에 그동안의 정치와 역사, 문학 작품 들이 탄생할 수 있었던 것이다. 그러나 그 어떤 놀라운 생각도 탄탄한 이성과 합리성이 뒤받침되지 않으면 모래 위에 지은 집처럼 쉽게 허물어질 수 있다. 만약을 뜻하는 영어 IF가 1F, 즉 1층으로 보이는 것도 내가 이런 생각을 하고 있었기 때문일 것이다.

나에게 기초를 쌓는 건 남들이 쓴 책과 글을 읽는 것이다. 그래서 오늘 아침에도 일찍 일어나 이런저런 책을 읽었다. 물론 인터넷과 페이스북, 인스타그램을 뒤지며 때때로 메모도 했다. 당장에는 큰 도움이 되지 않겠지만 그래도 내 마음속에 잔근육이 한 가닥은 더 늘어났겠지 생각하면서. 좋은 글을 쓰고 싶다면 책을 읽고 메모하라. 그리고 막연해질 때마다 '만약에'라고 써보라. 그게 글을 쓰게 만드는 요술 방망이니까.

산책을 나갈 때는 메모할 종이를 챙겨라

산책은 글을 쓰거나 연구를 하는 사람에겐 영감의 원천이나 다름없다. 아무런 목적 없이 천천히 길을 걷다 보면 머릿속이 맑아져 무념무상이 될 때도 있고 걷잡을 수 없이 상념이 몰려오기도 한다. 아내와 교토에 갔을 때 '철학자의 길'이란 곳을 간 적이 있다. 일본의 철학자이자 대학 교수인 니시다 기타로西田幾多郞가 이 길을 산책하며 사색을 즐겼다 해서 붙은 이름이다.

청주에 혼자 내려가 있을 때는 습관처럼 아침마다 뒷산 산책로를 따라 걸었다. 새벽에 일어나 나갈 때도 있고 저녁이 되기 직전에 나서는 경우도 있었다. 칸트처럼 정확한 시간에 나가서 동네 사람들이 나를 보고 시계를 맞추게 하는 짓 따위는 할 수도 없고 하고 싶지도 않았다(칸트는 강박증이 있었던 것 같다).

산책을 나갈 때는 가벼운 크로스백 안에 두 번 접은 A4지를 챙겨 넣었다. 혹시나 산책 중에 떠오르는 생각들을 메모하기 위해서다. A4지를 두 번 접으면 졸지에 8페이지의 메모지가 생겨난다. 즉, 여덟 개의 메모를 할 수 있는 것이다. 물론 그중에 한 면에라도 괜찮은 아이디어를 담을 수 있다면 다행이겠지만 그렇지 않은 경우가 대부분이다. 그리고 뭔가 건져 왔다고 좋아했던 그 메모가 나중에 어떤 글로 발전할지는 신만이 안다. 그러나 나는 무신론자이므로 결국 '아무도 모른다'. 그래도 이런 행위를 반복하다 보면 뭔가 건지는 게 분명히 있다. 아무것도 떠오르지 않을 때는 그게 당연하다 생각하고 돌아오면 된다. 매번 뭔가를 얻어 와야 한다는 의무감이 생기면 그때부터 산책은 휴식이 아니라 고역으로 변한다.

그냥 머릿속에 담아오면 되지 구질구질하게 뭐 그런 짓까지 하냐고? 머릿속에 떠오른 것들은 한순간에 나타났다가 빛의 속도로 사라진다. 적어야 한다. 그리고 적은 뒤엔 반드시 그날 저녁에 다시 펴 보아야 한다. 안 그러면 내가 왜 그걸 적어놨는지 이유를 까먹는다. 종이 대신 스마트폰에 메모를 하면 된다고 생각하는 사람도 있겠지만 손으로 쓰는 게 절대적으로 유리하다. 우리는 어려서부터 종이 위에 글씨 쓰는 걸 익혀왔기에 필기는 아주 자연스러운 몸짓이 되었다. 몸은 정신이나 마음과 연결되어 있다. 그래서 손으로 쓰던 감각은 머릿속에만 쓰거나 스마트폰의 자판을 눌러 기록하는 것보다 더 오래 기억되고 응용된다.

〈한겨레21〉이 창간 28돌 특대호로 낸 '21 WRITERS 2'에서 강원국 작가의 메모 노하우를 읽었다. 그는 일차적으로는 스마트폰으로 네이버 메모장에 메모한다. 잠들기 전이든 반신욕을 할 때든 아이디어가 떠오르면 수시로 단어, 키워드 수준으로 메모한다. 그렇게 일단 씨를 뿌려놓는 것이다. 여기서 멈추는 사람이 많은데, 그러면 아무 소용이 없다. 싹을 틔워야 한다. 그는 아내나 지인에게 말로 해보거나 혼자 산책하며 살을 보태고 정리를 할 때가 많다. 이와 함께 블로그나 SNS에 2차 메모를 한다. 그때 아이디어가 문장이나 문단 수준으로 발전하게 되는 것이다. 지난 8년 동안 1만 2,000개의 2차 메모를 했는데 이게 결국 그가 쓴 모든 책과 강연의 기초가 되었다. 레고 블록처럼 메모를 쌓아놓지 않으면 글쓰기도 강연도 할 수 없다. 『강원국의 글쓰기』는 네이버 블로그에 2년 반 동안 쌓아 놓은 1,700개의 메모를 토대로 쓴 책이다.

나도 매번 걷는데 왜 글이 안 나오느냐고 볼멘소리를 하는 사람들의 목소리가 들리는 듯하다. 걸으면 전두엽이 자극되고 그 자극으로 도파민이 나오고 그 물질이 생각을 하게 만든다. 결국 걷는 건 쓰는 거나 마찬가지다. 그러나 쓰겠다는 간절함이 없으면 전두엽도 도파민도 다 소용없다. 만약 산책에서 돌아올 때마다 두 번 접은 종이가 지폐로 변한다고 한다면 다들 눈이 빨개져서 나를 따라할 것이다. 그러나 모든 아이디어가 다 돈으로 변한다고는 할 수 없지 않은가. 다만 나를 따라 하면 당신의 글쓰기가 조금 더 쉬워지고 다채로워진다는 말 정도는 해줄 수 있다. 아, 참. 볼펜도 함께 챙기기 바란다. 산이나 길에서 좋은 아이디어가 떠올랐다고 성질 급하게 혈서를 쓸 순 없지 않은가.

아포리즘의 유혹에 빠지지 마라

초등학교 졸업하는 날 상을 하나 받았는데 그때 상장과 함께 선물로 받은 책이『마음의 새샘터』라는 명언집이었다. 손에 딱 들어오는 작은 사이즈의 양장본이어서 책꽂이 끝에 꽂아 놓고 생각날 때마다 펼쳐보기엔 제격이었다. 물론 그때는 명언, 격언, 잠언, 금언이라는 뜻의 '아포리즘'이라는 단어조차 몰랐다. 거기엔 소크라테스나 플라톤, 나폴레옹, 벤저민 프랭클린, 톨스토이 등 어디선가 한 번쯤 이름을 들어본 위인이나 작가, 철학자들이 남긴 명언으로 가득했다.

중학교 1학년 때 국어 과목을 가르쳤던 담임선생님의 권유로 처음 일기를 쓰기 시작했다. 나는 하루치 일기를 쓰고 나면 맨 끝에 동서양 위인들의 아포리즘을 하나씩 덧붙이기 시작했다. 나에겐『마음의 새샘터』라는 보물 같은 책이 있었기 때문이다. 뭔가 강렬하게 느낀 게 있는 날엔 "나는 생각한다. 고로 나는 존재한다"라는 데카르트의 명언을 쓰는 식이었다. 그런데 하루는 할머니가 편찮으시다는 매우 우울한 가정사를 쓰고 나서 일기 마지막에 "신이시여, 불쌍한 영혼을 거두소서"라는 에드거 앨런 포Edgar Allan Poe의 명언을 썼더니 선생님이 나를 교무실로 부르셨다. 어린놈이 무슨 걱정이 그리 많아서 영혼을 거두어달라고 했냐는 꾸중이었다. 내가 가지고 있는 명언집의 정체에 대해 밝히자 선생님은 약간 어이없어 하면서도 더 이상 야단을 치지는 않으셨다. '일기장 명언 사건'은 그렇게 싱겁게 마무리가 되었다.

· 사람은 사랑할 때 누구나 시인이 된다 - 플라톤

· 나는 생각한다. 고로 나는 존재한다 - 데카르트

· 습관은 제2의 천성으로 제1의 천성을 파괴한다 - 파스칼

· 가장 뛰어난 예언자는 과거다 - 바이런

· 지성이란 그것을 갖고 있지 않는 사람에게는 보이지 않는다
- 쇼펜하우어

· 안다는 것은 전혀 중요하지 않다. 상상하는 것이 가장 중요하다
- 아나톨 프랑스

그때 읽은 아포리즘들은 내 삶에 많은 영향을 끼쳤다. 어쩌면 저리 한결같이 멋진 말들을 남겼을까, 하고 매일 감탄을 하면서 그 책

을 펼치고 또 펼쳐보았으니까. 부작용도 있었다. 어린 데다가 어리석기도 했던 나는 '아무것도 하지 않고 빈둥거리다가도 기가 막힌 말 한마디만 남기면 누구나 유명한 사람이 될 수 있다'는 근거 없는 착각에 빠져 한동안 정말 꼼짝 안 하고 누워서 지냈던 것이다. 무기력증에 빠진 아들을 바라보는 어머니의 심정은 어떠했을까. 아주 오랜 시간에 흐른 뒤에야 그런 아포리즘은 수없이 많은 글을 쓰거나 작품을 만들어본 사람만이 쓸 수 있다는 것을 알게 되었다. 또한 인터넷을 뒤져보면 나오는 수많은 명언들이 사실은 매우 교조적이고 남성적이거나 지배자적인 시각으로 이루어져 있다는 것도 알게 되었다.

나는 오랫동안 카피라이터로 일했다. 광고 카피는 짧은 시간에 소비자의 눈길을 사로잡아야 하기에 짧고 함축적인 메시지로 만들어져야 한다. 잘했건 못했건 20여 년간 카피를 쓰면서 짧은 글 쓰기 테크닉을 익혀온 셈이다. 그러나 정작 나는 이제 카피가 싫어졌고 카피와 닮은 아포리즘도 싫다. 아포리즘은 어떤 통찰을 줄이고 줄여 한 줄로 만든 문장이다. 이렇게 압축된 문장에는 통찰력은 있을지 몰라도 구체성이 없다. 구체적인 사연이나 스토리텔링이 없는 진리는 결국 하나 마나 한 소리가 되어버린다. 그래서 우리는 시나 소설을 읽는다. 시나 소설을 아포리즘으로 줄일 수는 있다. 그러나 아포리즘은 시나 소설이 될 수 없다.

글쓰기 교실에서 강연을 하다 보면 모든 문장을 아포리즘처럼 힘주어 쓰는 학인들이 있다. 이런 분들의 글은 호흡이 짧고 서사가 없다. 심지어 문단을 구성하는 방법도 몰라 한 문장 쓸 때마다 줄을 바꾸기도 한다. 글을 쓸 때 중요한 건 문장이 아니라 문단이다. 한 문단에 한 가지 내용만 쓰고 다시 다음 문단으로 넘어가는 걸 아는 사람이 의외로 적어 놀랄 때가 많다. 아마도 '인터넷 글쓰기' 때문일 것이다. 스티븐 킹도 "나는 문장이 아니라 문단이야말로 글쓰기의 기본 단위라고 생각한다. 글이 생명력을 갖기 시작하는 순간이 있다면 문단의 단계가 바로 그것이다"라고 한 적이 있을 정도다. 당신도 짧은 아포리즘을 좋아하는가? 그러나 좋은 글을 쓰고 싶다면 아포리즘의 유혹에 빠지지 말기 바란다. 아포리즘을 좋아하는 사람들 중에는 '어쩌면 내가 하고 싶은 말을 이렇게 미리 다 해놓았을까!'라며 그걸 줄줄 외우고 다니는 사람들도 있다. 그러나 한 줄의 아포리즘은 아무리 좋아도 결국은 남의 생각일 뿐이다. 내 생각이 될 수 없다. 글을 쓰고 싶다면 문단을 구성하라는 말을 잊지 말기 바란다.

메모는 하는 것보다 뒤적이는 게 중요하다

마음산책 정은숙 대표가 출판사 창업 20년을 맞아 신형철, 김금희, 김연수, 이기호, 임경선, 손보미, 김소연, 김숨, 황인숙 등 스무 명의 문인들을 만나 이야기를 나눈 인터뷰집 『스무 해의 폴짝』을 읽었다. 소설가 이승우가 메모에 대해 얘기하던 장면에 밑줄을 그어 놨는데 아침에 일어나 다시 책을 열어보니 내가 밑줄 그은 내용이 그대로 머리말 앞 페이지에 인쇄되어 있었다. 아, 정은숙 대표도 나와 같은 마음이었구나, 하는 생각이 들어 괜히 으쓱했다.

소설가 이승우는 메모를 뒤적이는 건 무엇을 쓸지 찾는 과정이고 메모 상태는 부화 전 알과 같다고 말한다. 메모하는 게 중요하긴 하지만 적어놓기만 하고 다시 펼쳐보지 않는다면 메모가 알아서 부화할 리가 없다는 것이다. 쓰는 것도 중요하지만 뒤적이는 게 더 중요하다는 건 평소 내 생각과 정확히 일치한다. 나는 아예 시간을 정해 매일 밤이나 아침에 에버노트든 펜으로 쓰는 메모장이든 들여다보는 걸 권장한다. 길을 걷다가 뭔가 떠오르거나 할 때는 발걸음을 멈추고 녹음을 하는데 집에 와서 녹취를 바로 풀지 않으면 좀처럼 의미 있는 문장으로 살아나지 못한다는 걸 경험상 알고 있다. 메모라는 게 참 신기해서 녹음을 했다고 해도 그걸 그대로 옮기지는 않게 된다. 내 목소리를 문장으로 옮기면서 순간적으로 다른 아이디어를 추가하거나 변형하기 때문이다. 물론 들어보면 별 거 아니라서 그대로 버리기도 한다. 그러나 메모라는 게 다 그런 것 아닌가. '이건 대단한 아이디어야!' 하고 확신하며 메모를 하는 사람이 어디 있겠나.

한번은 샤워를 하다가 만년필들이 모여 파티를 해보면 어떨까 하는 아이디어가 떠올랐다. 머리에 흰 눈을 이고 있는 몽블랑 만년필과 승진을 못해서 '만년 과장'이라 불리던 옛날 드라마의 캐릭터가 동시다발적으로 생각났던 것이다. '몽블랑—만년필—만년 과장'의 연관성이 뭔가 재밌는 글을 만들 것만 같아 일단 샤워기를 끄고 마루로 나가 그 단어들을 메모했다. 그리고 머리를 말리고 나오자마자 인터넷으로 핵무기 감축 협약식에서 사용된 만년필이 파커가 맞는지 검색했다. 영화 〈킹스맨〉에 나왔던 만년필이 뭔지도 찾아봤다. 그리고는 글을 쓰기 시작했다. 워터맨부터 편의점에서 파는 싸구려 만년필까지 모여 파티를 하며 잘난 체하는 내용이었다.

〈백 개의 만년필엔 백 개의 스토리가 있다〉

신은 우주를 창조했고
나는 만년필을 만들었지,라고
워터맨이 말하자

우주에서는 볼펜이나 만년필은
쓸 수가 없어서 연필을 쓴대,라고
우주조종사 빠이롯트가 속삭였다.

사장이 나를 싫어해서
나는 만년 과장이야,라고
파버카스텔 씨가 투덜대자

다들 여자 조심하게.
모르는 여자랑 잤더니
요즘 잉크가 자꾸 새,라고 천재 작곡가
듀오폴드 빅레드 씨가 고백했다.

이거 만년필마다
자기 자랑이 너무 심하군.

나처럼 머리에 만년설 하나쯤은
얹어야 행세 좀 하는 거 아닌가?
몽블랑이 헛기침을 하자

그래도 입문하는 사람은
다들 나를 먼저 찾더라고,라며
스타일 좋은 라미가 웃었다.

이봐, 나는 킹스맨에도
출연했던 배우라고.
콘웨이 스튜어트 경이 고개를 들자

그 정도로 감히 명함을?
나는 핵무기 감축 협약식에서
사인을 했던 펜이라네! 라고
파커 선생이 외쳤다.

자자, 싸우지들 말고
각자의 길을 가도록 하세.
우리들 모두는
각자의 닙이 있지 않나, 라고

나비넥타이를 맨 펠리컨이 두 손을 저었다.

잉크가 많이 들어가는
피스톤 필러 방식을 채용해
고시생의 만년필이라 불렸던
대인의 포스가 느껴지는 발언이었다.

"백 사람에겐 백 가지 이야기가,
만 개의 만년필엔 만 개의 스토리가!"

만년필들이
술잔을 높이 들며 외쳤다.

이제 만 년 후에나 또 모이는 건가?
다이소 만년필이 다소 저렴한 농담을 하자
모두들 와하하 웃었다.
평등하고 향기로운 밤이었다.

대학을 졸업한 해에 광화문 교보문고에서 열렸던 소설가 안정효 선생의 북토크에 간 적이 있다. 선생은 지독한 메모광이었다. 베트남전 참전 때는 행군을 하다가도 수첩에 메모를 했다. 베트남전은 미국의 막대한 돈으로 치러진 전쟁이었다. 물자는 남아돌았고 군수 장교와 하사들은 그 물품을 빼돌려 돈을 벌었다. 동료 병사 하나가 "야, 나는 빤스도 미제야"라고 말하자 선생은 수첩을 꺼내 그걸 그대로 적었다. '야, 난 빤스도 미제야.' 그런 노력이 있었기에 그는 『하얀 전쟁』이라는 걸작 소설을 쓸 수 있었다. 목적을 가지고 메모를 하지 마라. 한 번 해놓은 메모를 자꾸 들여다보면 반드시 어딘가에 쓸 일이 생긴다. 그러니 일단 당신의 발상을 모아놓은 메모장을 자주 들여다보는 게 최선이다. 지금 메모장을 열어라. 아이디어들이 당신이 찾아주기를 숨죽여 기다리고 있을지도 모른다.

카페가 작가들의 작업실이다

> 가끔 그런 생각도 든다. 밤에도 문을 여는 도서관은 없을까 하고. 한창 일할 땐 도서관 문 닫을 시간까지 일하고 나서도 교정지를 들고 새벽녘까지 카페를 전전하기도 했다. 집에 들어가면 한도 끝도 없이 늘어지는 터라 달리 방법이 없었다.
>
> _김정선의 『내 문장이 그렇게 이상한가요?』 중에서

인터뷰 기사나 책을 읽어보면 작가들 중에 카페에 가서 글을 쓰는 이들이 많다. 백수린 작가는 집에서 초고가 안 써지거나 쓰다가 막혔을 때 할 수 없이 카페로 간다. 카페의 백색 소음이 오히려 도움이 된다는 것이다. 시인 장석주 선생도 카페에 가서 책을 읽고 글도 쓴다. 아내인 박연준 시인과 함께 카페에 앉아 각자 골라온 책을 읽을

때도 있다. 아무래도 '집'이라는 공간은 일을 하기보다는 쉬거나 먹는 곳이라는 인식이 있어서 그런 것일까.

계약결혼으로 유명했던 사르트르Jean Paul Sartre와 보부아르Simone de Beauvoir는 아예 호텔에 숙소를 정해놓고 (부부가 따로 따로) 장기 투숙을 했다고 한다. 이 부부는 아침에 로비에서 만나 손님들을 맞고 글도 쓰며 평생을 그렇게 살았다.

나도 책을 쓰기 위해 제주도와 청주로 내려간 적이 있다. 물론 지방에 집필실을 마련했다고 해서 일사천리로 글이 써지는 건 아니다. 그러나 잠깐이라도 세상과 단절하고 혼자만의 시간을 갖거나 일정한 시간에 숲길을 산책을 하는 것은 새로운 구상을 하고 글을 쓰는 데 큰 도움이 된다.

고등학교 때 구독했던 〈현대문학〉에 조정래 선생이 "대하소설 『태백산맥』을 쓰는 동안 한 달에 보름 정도는 짐을 꾸려 배낭에 넣고 지방 여관을 전전하며 글을 썼다"고 하던 게 기억난다. 그 글을 읽고 어린 마음에도 '작가라는 게 보통 힘든 직업이 아니구나'라는 생각을 했던 것 같다.

아이디어는 걸어가면서도 낼 수 있고 샤워를 하는 동안에도 문득 떠오를 수 있다. 그러나 글을 쓰는 건 어딘가 앉아서 꽤 오랫동안 고민해야 하는 작업이다. 아이디어가 곧장 글이 된다면 누구나 책을 두세 권씩 썼을 것이다. 사람들은 작가가 평일 낮에도 빈둥거리며 노는 것 같아 부럽다고 하지만 사실 그들은 가만히 있을 때도 끊임

없이 뭔가를 쓰고 있는 셈이다. 그러니까 카페나 찻집은 그들의 사무실이요 회사인 것이다. 『해리 포터』 시리즈로 억만장자가 된 소설가 조앤 롤링도 난방이 되지 않는 집에서 도저히 글을 쓸 수 없어서 카페로 갔다고 한다. 분주한 런던의 카페 안에서 에스프레소 한 잔을 앞에 놓고 글을 썼던 그녀는 훗날 자신이 그렇게 성공한 작가가 될 것이라고는 상상도 하지 못했을 것이다.

사실 나는 광고회사에 다닐 때부터 한 군데 앉아서 일하기보다는 여기저기 돌아다니는 편이었다. 사무실 내 책상 앞에 앉아 고민하다가 회의실의 넓은 탁자로 옮기고, 또 회사 근처 공원 벤치에 가서 메모지에 뭔가를 끄적이는 식이었다. 어쩌면 쓸데없어 보이는 이 과정이 뜻밖에도 효과적이다. 결국엔 뭔가 아이디어를 쥐고 다시 사무실로 돌아올 때가 많았으니까 말이다. 그러니 당신도 글이 안 써지면 밖으로 나가 걸어보라. 인간의 뇌는 가만히 있을 때보다는 가볍게 움직일 때 더 활성화된다는 게 정설이니까.

당신만 울면서 쓰는 게 아니다

생각해보니 나는 우울하거나 기분이 나쁠 때는 글을 쓰지 않는다. 그런 상태에서 쓰는 글은 내용과 감정 모두 좋을 리가 없어서 나뿐만 아니라 읽는 사람까지 우울하게 만들기 때문이다. 그럴 땐 그 우울함과 나쁜 기운이 좋아질 때까지 기다린다. 그러다 보니 페이스북이나 인스타그램 같은 SNS에 올리는 글들은 모두 가볍고 유머러스해서 늘 유쾌하기만 한 사람으로 오해받기도 한다. 이 부분은 좀 억울하다. 나도 때로는 우울해하고 절망도 하고 누군가를 미워할 줄도 아는 사람이다. 믿어주시길.

사람들은 어떻게 그렇게 매일 글을 쓰고 어딘가에 올릴 수가 있느냐며 신기해한다. 첫 책을 냈던 출판사 대표님은 내가 쓴 글에 "유명한 작가들도 글 쓰는 걸 즐기는 사람은 그리 많지 않던데, 작가님은 그런 면에서 행운아인 것 같아요"라는 댓글을 남기기도 했다. 그런 분들에게 나는 "글 쓰는 사람이 매일 글 쓰는 게 당연하죠"라는 고까운 대답을 하지 않는다. 대신 나도 매번 무섭다고 고백한다. 누가 시켜서 하는 일도 아닌데 '혹시 글을 잘못 쓴 건 아닐까?', '이번엔 진짜 후진 글을 쓴 거 아닐까?' 같은 걱정을 품고 산다. 이전에 썼던 글이나 책으로 칭찬을 받았을 때도 무조건 기뻐하기보다는 '그때는 운이 좋아서 어쩌다 잘 쓴 게 아닐까? 이제 운이 다해서 실력이 탄로 나면 어떡하지?' 같은 근심에 휩싸인다. 그렇게 작고 쪼그라든 배구공처럼 된 나를 위로해주는 시 한 편을 발견했다. 천양희 시인의 〈최고봉〉이라는 시였다. 시에는 열네 번이나 최고봉에 오른 등산가가 높은 산에 오르려 장비를 챙기면서 매번 운다는 얘기가 나온다. 놀란 건 천양희 시인만이 아니다. 나도 다 큰 어른이 배낭을 챙기면서 우는 장면을 상상하고 놀랐다. 전 세계 산악인들이 하늘 같이 우러러보는 대기록의 소유자도 산에 오르기 전엔 늘 두려움에 떨다니. 하얀 백지나 빈 워드프로세서 화면을 앞에 두고 떠는 작가들과 다를 바가 없지 않은가 말이다. 뭔가를 이루어낸 전문가라고 해도 그 일을 할 때마다 여전히 힘들다는 말은 거짓이 아니었던 것이다.

나는 두려움에 떠는 등산가 이야기를 다룬 천양희 시인의 시를 읽고 말할 수 없을 만큼 큰 위로를 받았다. 그러면서 세기에 한 번 나올까 말까 하는 천재들도 얼마나 많은 실패를 경험하는지를 다시 떠올렸다. 먼저 찰리 채플린Charles Chaplin이 생각났다. 그가 아무도 몰래 '채플린 흉내내기 대회'에 출전했는데 겨우 3위에 그치고 말았다고 한다. 세상엔 진짜 채플린보다 더 채플린 같았던 사람이 두 명이나 더 있었던 것이다. 마치 〈히든 싱어〉라는 프로그램에서 아마추어 가수들에게 밀리는 오리지널 가수와 같은 경우였다. 그래서 채플린이 실망했을까? 아니다. 그는 이런 실패담조차도 유머로 승화시킬 줄 아는 진짜 천재였다. 나는 작가의 진면목은 성공담이 아니라 실패담에서 나온다고 생각한다. 독자들도 성공담만 늘어놓는 작가들에게는 흥미를 느끼지 않는다. 아주 뛰어난 사람이 뭐든지 척척 하는 것보다는 나와 비슷한 사람이 온갖 고생과 시행착오를 겪은 뒤 겨우 성공하는 이야기가 훨씬 더 재밌는 것이다.

개그맨은 무대에 서서 단 1분을 웃기기 위해 무대 아래서 며칠 밤을 우는 사람이라는 얘기를 들었다. 아무리 재밌는 글을 쓰는 사람도 그걸 쓰기 위해서는 웃는 시간보다 우는 시간이 더 많다는 걸 알아야 한다. 당연한 일이지만 세상엔 나보다 글을 잘 쓰는 사람이 너무나 많다. 어제의 내가 오늘의 나보다 더 뛰어난 작가일 수도 있다. 그래서 항상 두렵지만 아무것도 안 하고 있는 나의 모습보다는 뭔가 뒤적이거나 쓰는 내 모습이 더 좋다. 천재 타자도 열 번에 예닐곱 번은 아웃을 당한다는 걸 떠올리면서 쓴다. 당신만 울면서 쓰는 게 아니다. 작가는 다 운다.

베끼려면 제대로 베껴라

예전에 〈TED〉에 드라마 제작자이자 감독인 J. J. 에이브럼스Jeffrey Abrams가 출연한 적이 있다. 그는 관객들에게 스티븐 스필버그가 만든 최초의 블록버스터 영화 〈죠스〉의 한 장면을 틀어준다. 상어가 나타난 해수욕장을 폐쇄해야 하나 말아야 하나 고민에 빠진 경찰서장이 식탁 앞에 앉아 있다. 식인 상어가 설치고 다니니 당장 해변을 폐쇄해야 하는 게 마땅하지만 그러려니 여름 한철 장사로 1년을 먹고사는 마을 주민들과 유권자들을 신경 쓰는 시장의 반대 또한 만만치가 않다. 서장은 한숨을 내쉬며 얼굴을 손바닥으로 감싼다. 맞은편에 앉은 네 살짜리 서장의 아들도 아빠를 따라 얼굴을 손바닥으로 가린다. 깍지 낀 손을 이마에 대고 눈을 감으면 아들도 똑같이 따라 한다. 아침 식당으로 들어오던 엄마가 두 남자가 하는 짓을 신기한

듯 쳐다본다. 아들이 자신을 따라 한다는 것을 뒤늦게 깨달은 아빠가 괴물처럼 얼굴을 찌푸리자 아들도 괴물 흉내를 낸다. 아빠가 말한다. "이리 와. 아빠에게 뽀뽀해줘." "왜요?" "지금 그게 필요하니까."

'떡밥의 제왕' 제프리 에이브럼스는 〈죠스〉에서 이 장면을 가장 좋아한다고 말하면서 정말 성공하고 싶다면 이 장면이 암시하는 것처럼 작품의 전체 흐름과 캐릭터를 읽고 그걸 훔쳐야 하는데 서툰 사람들은 그저 상어나 괴물만 훔치려고 한다고 말한다. 〈죠스〉가 히트한 이유는 상어를 제대로 보여주지 않으면서 관객들에게 상어를 상상할 수 있도록 한 것 때문이라는 말도 한다.

파블로 피카소Pablo Picasso는 "좋은 예술가는 모방하고 위대한 예술가는 훔친다(Good artists copy, great artists steal)"는 유명한 얘기를 남겼는데 실제로 그는 젊었을 때 파리 살롱을 돌아다니며 "내가 똑같이 그리지 못하는 화가는 세상에 없다"고 큰소리를 쳤다고 한다. 입체파라는 새로운 사조를 만들어낸 천재 예술가도 알고 보면 남의 작품을 베끼면서 성장했던 것이다. 천재들의 특징 중 하나가 베끼기를 부끄러워하지 않는다는 것이다. 스티브 잡스Steve Jobs는 애플 맥북을 출시할 때 케이블이 발에 걸리면 노트북이 바닥으로 떨어져 파손되는 상황을 보완하기 위해 케이블 연결 부위가 자석으로 된 일본 전기밥솥을 모방해 전원 부분이 쉽게 떨어지도록 만들고 맥세이프Magsafe라 이름 붙이지 않았던가. 그러나 아무도 잡스를 도둑이라 부르지 않는다.

스티븐 스필버그가 리들리 스콧Ridley Scott 감독의 〈글래디에이터〉 촬영장에 놀러 갔다가 경기장 문이 열리자마자 검투사가 철퇴에 맞아죽는 장면을 보고는 그걸 자기 영화에 가져다 써도 되겠느냐고 묻고 〈라이언 일병 구하기〉의 명장면을 만든 것도 유명하다. 물론 그대로 베끼지 않을 것을 알기에 리들리 스콧 감독도 흔쾌히 허락한 것이다. 이렇듯 명장들은 베낄 때도 창조적인 능력을 과시한다. 누벨바그의 거장 장 뤽 고다르Jean Luc Godard는 "어디서 가져왔느냐가 아니라 어디로 가져가느냐가 중요하다"라고 말했을 정도다.

글이 안 써지면 필사를 해보는 것도 방법이다. 김훈이나 헤밍웨이처럼 짧게 끊어지는 문장을 써보기도 하고 살만 루슈디Salman Rushdie나 필립 로스Philip Roth처럼 수다스럽게도 써보라. 그들도 자신의 문체나 스타일이 확립될 때까지 당신처럼 선배들의 작품을 수없이 베꼈을 것이다.

나도 베끼기로 톡톡히 덕을 본 적이 있다. '커피에 반하다'라는 커피 브랜드의 슬로건을 쓸 때 일이다. 후배 카피라이터의 팀이 광고 아이디어를 다 내고 마무리를 할 때 '다 좋은데 슬로건이 좀 약하다'면서 내게 도움을 요청했다. 나는 혼자 고민을 좀 하다가 영화 〈봄날은 간다〉 포스터에 쓰여 있던 카피를 떠올렸다. "사랑이라고 생각하는 순간, 봄날은 간다"라는 카피엔 영화 제목이 들어 있는데도 자연스러웠다. 그 카피를 베끼면 될 것 같아서 "커피가 착해서 커피에 반하다"라는 슬로건을 썼다. 광고주는 커피 값이 저렴하다는 내용과 브랜드 이름이 모두 들어간 슬로건이 마음에 든다면서 수정 없이 곧바로 채택했다. 물론 영화 카피에서 베꼈다는 말은 하지 않았다.

창조의 과정이란 기존의 지식과 작품을 먼저 습득하고 난 후 자신만의 세계를 만드는 일이고 글을 쓴다는 것도 결국 그 생각들의 결과물이다. 기존에 어떤 생각들이 있었는지 모르면 쓸 말도 없는 것이다. 그러므로 너무 독창적인 문장을 쓰는 데만 목숨 걸 필요는 없다. 랠프 월도 에머슨은 "좋은 문장을 쓰는 사람 다음 가는 것은 맨 처음 그것을 인용하는 사람이다"라고 했다.

죽어도 안 써지는 날엔

이창동 감독의 영화 〈밀양〉의 촬영 현장을 담은 코멘터리 동영상을 본 적이 있다. 신애(전도연 분)가 저수지에서 발견된 아들 준이의 시체를 처음 목격하는 장면이었는데 계속 NG가 났다. 스태프들의 표정은 심각해졌고 반복되는 촬영에 전도연의 얼굴은 파리했다. 옆에서 지켜보던 이창동 감독은 어느 순간 모든 카메라를 멈추게 하더니 전도연에게 다가가 그녀의 작은 어깨를 감싸 안으며 말했다. "자, 오늘은 우리 모두가 운이 없는 날입니다. 그러니까 그만 찍읍시다. 괜찮아요."

촬영은 그렇게 하루가 밀렸지만 결국 전도연은 다음 날 그 장면을 성공적으로 연기해낸 것 같다. 그녀는 그 영화로 칸영화제에서 여우주연상을 받았으니까.

안 될 때 억지로 하는 것보다 잠시 멈추는 게 낫다는 것을 이창동 감독은 가르쳐준다. 독일 감독 플로리안 헨켈 폰 도너스마르크Florian Henckel von Donnersmarck의 영화 〈작가 미상〉을 볼 때도 똑같은 걸 느꼈다. 영화의 주인공인 천재 화가 쿠르트는 미술대학에서도 잘난 척하지 말라는 말을 들을 정도로 그림 실력이 뛰어났는데 어느 순간부터 빈 캔버스를 앞에 두고 아침부터 밤까지 아무것도 그리지 못하다가 그냥 집으로 돌아간다. 매일 빈 캔버스만 뚫어져라 바라보다가 집으로 돌아가서는 아내에게 잘 지냈다고 거짓말을 하는 그를 보고 나도 모르게 눈물이 찔끔 났다. 새벽에 출근해서 카피는 한 줄도 못 쓰고 하루 종일 빈 종이나 컴퓨터 화면만 노려보다가 집으로 돌아오던 나의 모습이 오버랩되었기 때문이다. 그런데 쿠르트의 이 거짓말은 역설적으로 나에게 가장 많은 위로를 준 장면이기도 했다. '아, 나만 그러는 게 아니구나' 하는 안도감이랄까. 일종의 동료 의식 같은 게 생기는 것이었다.

아무리 글을 쓰려고 해도 안 써지는 날이 있다. 그런 날은 정말 어쩔 수가 없다. 이창동 감독 말대로 그냥 운이 없는 날인 것이다. 그런 날은 미련 없이 접고 쉬거나 다른 일을 하는 게 더 낫다. 헤밍웨이가 『무기여 잘 있거라』의 마지막 부분을 그렇게 여러 번 고친 것도 써지는 날보다 안 써지는 날이 더 많아서 그러지 않았겠는가. 요즘 많은 독자를 확보하고 있는 정세랑 작가가 인터뷰에서 안 써지는 문제에 대해 했던 이야기를 기억한다. 그는 쓰다가 막히는 건 글 문제가 아니라 아직 덜 읽은 거라고 진단한다. 자기가 쓰려는 것에 대해 더 많이 읽고 자료 조사를 더 하고 사람도 더 만났어야 했는데 그걸 못해서 막히는 거란다. "아웃풋이 안 될 땐 아웃풋만 어떻게 해보려고 하지 말고 인풋을 조정해보라"는 말도 덧붙였다.

원인은 둘 중 하나다. 사전 스터디가 덜 됐거나 사람을 덜 만난 것이다. 그러니 당장 쓰겠다는 생각을 버리고 좀 묵혀둬라. 마감을 연기해라. 그리고 쓸 수 있는 다른 글을 써보는 것도 방법이다. 쓰려고 했던 소재를 다룬 유튜브나 전시회, 뉴스를 찾아보라. 이렇게 말하는 정세랑도 각종 투고와 공모전에서 열댓 번이나 떨어졌다. 글을 너무 잘 쓰는 작가라 처음부터 잘 썼을 것만 같았는데 "열댓 번 떨어졌다"라고 아무렇지도 않게 말하는 것을 보고 나는 약간의 부끄러움을 느꼈다. 자기가 원할 때마다 자리에 앉아서 완벽한 글을 척척 써내는 사람은 이 세상에 없다. 다들 끙끙대고 스스로를 미워하며 한 자 한 자 억지로 써내려가는 작가들의 모습을 상상하다 보니 나의 답답한 마음도 조금은 나아지는 것 같았다.

이 글을 쓰기 위해 도서관에서 문학잡지와 단행본들을 들춰보다가 국내외를 막론하고 많은 작가들이 안 써진다고 하는 사람들에게 똑같은 얘기를 했다는 사실을 알게 되었다. 너무 뻔하고 비슷한 얘기지만 언제나 통하는 진리, 쓰기 전에 충분히 공부하고 안 써질 땐 조금 기다리라는 얘기다.

마라토너와 프로 작가의 공통점

키친테이블노블Kitchen Table Novel이라는 단어가 있다. 직장에 다니거나 생계를 위한 일을 하는 작가 지망생이 퇴근 후 식탁에 앉아 고독하게 쓰는 소설을 말한다. 물론 '노블'이란 말이 붙었다고 해서 꼭 소설로만 한정되는 것은 아니다. 소설이든 시나리오나 수필이든 글쓰기로 세상의 인정을 받고 싶은 사람이라면 누구나 여기에 해당된다고 봐야 한다. 무라카미 하루키도 '카피 캣'이라는 재즈바를 운영할 땐 밤늦게까지 일하다가 청소까지 마치고 들어와 키친테이블노블을 썼으며 가난하고 애 딸린 이혼녀였던 조앤 롤링도 마찬가지였다. 그들에게는 가난과 노동이 글쓰기의 가장 큰 장벽이었을 것이다. 그런데 아무 일도 하지 않고 당분간 글만 쓰기로 작정한 나는 어째서 이렇게 글 쓰는 게 힘들까.

청주로 글을 쓰러 내려갔던 첫날에 '하루 여덟 시간씩 글쓰기'를 목표로 세웠다. 오전에 네 시간, 오후에 네 시간. 아하, 까짓 거 이 정도면 컨디션에 따라 얼마든지 더 쓸 수 있겠는걸. 그러나 불행히도 현실은 그렇지가 않았다. 아무도 방해하는 사람이 없는데도 시간은 늘 모자랐고, 자주 변수가 생겼고, 무엇보다 내 몸은 부단히 글을 안 쓰고 놀 핑계만 찾고 있었다. 졸리고 피곤한 증상은 주로 전날 술을 많이 마시거나 가족끼리 싸움을 해야만 일어나는 일이었는데 청주에서는 멀쩡한 정신에도 자주 피곤하고 졸렸다. 처음엔 '창작의 고뇌' 때문에 그런 줄 알았다. 그러나 며칠 지나고 나자 그보다 하찮은 이유들 때문에 내 몸이 제대로 작동하지 않는다는 것을 알게 되었다. 열심히 일하던 나는 글을 쓰다가 잠시 쉬는 시간에 페이스북, 인스타그램, 브런치 등 SNS에 올린 글의 반응을 확인해야 했고 카카오톡이나 이메일이 오면 뭔지 읽어보고 즉시 답장을 하거나 지워야 했다.

가즈오 이시구로는 오후 네 시 이전에는 전화나 이메일도 받지 않고 독하게 글만 쓰며 산다고 했지만 나는 가즈오 이시구로가 아니었으므로 카톡이나 이메일이 오면 실시간으로 확인하고 답장을 보냈다. 대부분은 쓸데없는 내용이거나 '네가 지금처럼 나태하게 살면 언젠가는 금전적으로 큰 불이익을 당할 수도 있다'는 뜻을 내포한 협박 편지였다. 카드 결제일이 되면 돈이 있든 없든 괜히 불안해져 잠을 설치는 현상이 다시 일어났다. 재작년 퇴직 후 아침에 눈만 뜨면 통장 잔고가 '0원'으로 표시되던 끔찍한 경험을 몇 번 한 뒤로는 아직도 매달 25일만 되면 괜히 무섭고 심장이 쫄깃해진다.

화장지나 라면 같은 생필품이 거의 떨어져가면 이상하게도 바로 채워넣어야 한다는 강박이 생겼다. '이래서 미국 사람들이 팬데믹 초기에 제일 먼저 화장지부터 샀구나' 하는 쓸데없는 글로벌 감각이 생겼다. 아무튼 이런 건 나중에 사러 가도 되는데 괜히 마음이 불편하고 내가 뭔가 중요한 걸 안 하고 있는 것 같은 느낌이라 신경이 쓰였다. 글쓰기에 방해가 되는 건 물론이었다. 매일 이런 일이 반복되다 보니 세상 모든 나쁜 것들이 내 글쓰기를 방해하려고 모여 광화문에서 단합대회를 하고 있는 것은 아닐까, 하는 착란에 빠지게 되었다. 오죽하면 미국의 작가 앤 라모트Anne Lamott는 "작가들이 세상에서 가장 하고 싶은 게 글쓰기지만 가장 하기 힘들어 하는 일 역시 글쓰기다"라고 말했을까. 그날은 '소행성 책쓰기 워크숍'이 있는 날이라 새벽에 일어나 청주에 사는 김해숙 선생의 차를 얻어 타고 서울로 가 수업을 하고 다시 청주로 내려왔다. 아내는 헤어지면서 "이게 사는 거냐, 도대체"라는 과격한 말을 남겼다.

저녁에 숙소로 돌아와 책상 앞에 앉았다. 아무도 없는 곳이지만 그렇다고 당장 글이 써지는 건 아니다. 글쓰기에는 언제나 방해 요소가 있다. 하지만 내가 여기서 당신에게 전하고 싶은 것은 '그러니 당신도 방해받을 땐 어쩔 수 없다'는 위로가 아니라 '그럼에도 불구하고 프로 작가들은 쓴다'는 사실이다.

마라토너들을 TV로 보면 굉장히 천천히 뛰는 것처럼 느껴진다.

그런데 알고 보면 그들은 100미터 당 18초의 속도로 42.195킬로미터 내내 뛰고 있는 것이다. 글쓰기도 마찬가지다. 유명한 작가들을 보면 쓸 때마다 번번이 히트작을 내는 것 같지만 사실은 마라톤을 하듯 늘 빠르게 쓰면서 동시에 많이 쓰기도 한다. 출근을 안 해 남들 눈엔 한가해 보일지 모르지만 가만히 있을 때도 그들은 늘 쓰고 있다. 그렇다고 세월아 네월아 하며 느릿느릿 쓰는 것도 아니다. 천천히 생각날 때마다 찔끔찔끔 써서는 책 한 권 출간하기도 어렵다는 걸 잘 알고 있는 사람들이다. 아쉽지만 글쓰기가 어려운 당신에게 전해줄 뾰족한 방법이란 없다. 그저 쓰고 또 쓰라는 말밖에는.

저자가 몇 퍼센트나 써야 책이 돼요?

첫 책을 내고 얼마 되지 않았던 어느 날 새벽에 책상 앞에 앉아 뭔가를 쓰고 있는데 미국에서 전화가 왔다(내가 새벽에 깨어 있지 않았으면 어쩌려고). 예전에 이민을 떠난 광고계 선배였다. 선배는 유튜브를 통해 내 책을 알게 되었다면서 내용이 재밌다고 인사를 했다. 그러면서 자신도 책을 한 권 내고 싶은데 가능성이 있는지 들어봐달라고 했다. 나는 작가이고 아내는 출판기획자이니 내용을 들어보고 괜찮으면 책을 내줄 수 있지 않겠냐는 것이었다.

선배의 사연은 절절했다. 광고 아트디렉터 일을 그만두고 나이 마흔여덟 살에 무작정 가족들을 데리고 미국으로 갔다. 처음 한 일은 닭 공장에서 닭털을 뽑는 것이었다. 너무나 힘이 들어 몸무게가 반으로 줄었다. 자신이 고생하는 동안 아들은 열심히 공부해서 프린스턴 대학교 입학 허가를 받았다. 몇 달 만에 얼굴이 반쪽이 된 아버지를 만난 아들은 닭똥 같은 눈물을 흘렸고 부자는 서로를 껴안고 흐느꼈다.

나는 “감동적인 스토리이긴 한데 타깃을 어떻게 잡고 책을 써야 할지, 구성을 어떻게 해야 할지 등등은 생각을 좀 해봐야겠다”고 대답했다. 그러면서 초고를 써둔 게 있느냐고 물으니 아직 글은 쓰지 않았다고 했다. 그러면서 그는 “근데…… 원고를 얼마나 써야 해요? 보통, 작가가 원고를 몇 퍼센트나 쓰나요?”라고 물었다(선후배지만 서로 존댓말을 하는 사이다). 귀를 의심했다. 몇 퍼센트라뇨? 백 퍼센트 다 써야지. 그는 보통 초고를 어느 정도 써서 보내면 나머지는 출판사가 알아서 다 만들어준다고 생각했던 것이다. 내 책 원고를 나 혼자 다 썼느냐고 묻길래 그렇다고 대답했다. 잠시 서로 말이 없었다. 나는 일단 초고를 좀 써보고 출간기획서도 한 번 작성해보는 게 좋겠다고 말하고 전화를 끊었다. 아내에게 얘기를 해보겠다고 했지만 아마 다시 연락이 오지 않을 거라 생각했다. 내 예상대로였다. 그 선배는 다시 연락해오지 않았다.

흔히 하는 착각 중 하나가 편집자나 기획자를 무에서 유를 창조하는 슈퍼맨쯤으로 여기는 것이다. 만나서 ‘딥 인터뷰’를 하며 두서없이 내 안에 들어 있는 콘텐츠들을 쏟아내면 편집자가 알아서 ‘두서’를 만들고 콘셉트와 키워드를 잡아내줄 거라는 환상이 있다. 그러나 편집자는 당신이 가지고 있는 재능을 읽어낼 수 있는 독심술가도 아니고 그걸 끄집어내서 독자가 먹기 좋게 요리하는 셰프도 아니다.

출판사와 회의를 하다가 좋은 아이디어를 얻는 경우도 있지 않느냐고 묻는다면, 그건 당신이 완벽하게 다 쓰고 어느 정도 정리까지 마친 원고를 읽어보고 그때부터 할 수 있는 일이라고 대답하겠다. 물론 원고를 혼자 다 쓰지 않는 경우가 가끔 있다. 유명 정치인이나 스타 강연자 같은 경우엔 원고를 100퍼센트 다 쓰지 않는다. 골방에 틀어박혀 글을 쓰느니 그 시간에 자신의 분야에서 활동하는 게 훨씬 더 효율적이니까. 그러나 그런 경우에도 중요한 내용은 그들이 다 써줘야지 핵심 내용을 다른 사람이 잡아주는 경우는 없다. 만에 하나 그런 소문을 들었다고 하더라도 그건 80~90퍼센트 완성된 초고를 뒤집어 콘셉트를 바꿨다는 얘기지 20퍼센트 정도의 단서만으로 새 살을 붙여 책을 만들었다는 얘기는 아니다.

출판계의 뒷소문을 믿지 마라

간혹 베스트셀러 작가들을 폄하하는 소리들이 들려온다. 처음 원고는 정말 '개판 5분 전'이었는데 출판사에서 편집자들이 싹 다 뜯어고쳐서 지금 모습이 된 거라는 스토리가 흔하다. 왜 이런 일이 벌어질까 생각해보았다. 자신이 근무하던 곳, 특히 일반인들의 접근이 차단된 '특권을 누릴' 기회를 가진 사람은 자신도 모르게 과장과 도착에 빠진다. 그 첫 번째 증세는 헐뜯기다. 내가 정말 잠깐 만났던 한 여성은 압구정동의 유명한 헬스클럽에서 운동을 했는데 월드스타가 된 한 유명 남성 배우와 같이 운동을 했다고 한다. 그런데 그 뒤로 그녀는 기회가 있을 때마다 그 배우의 얼굴이 크다느니, 키가 작다느니 트집을 잡았다. 쓴웃음이 나왔다. 그럼 평소엔 크던 머리가 방송이나 영화에 나올 때만 작아진단 말인가. 아무튼 그 친구의 말대로라면 그 배우는 월드스타가 될 수가 없었다. 광고 촬영장에서 만난 어느 여성 탤런트도 자신과 함께 더블 MC를 보는 아나운서의 얼굴이 얼마나 큰지 나에게 털어놓았다. 다 '카메라빨'이라는 것이다. 이런 비방은 듣는 사람을 묘하게 안심시키고 동질감을 느끼게 한다. 그들도 나와 별반 다르지 않구나, 또는 운이 좋아서 그랬구나, 하는 식으로 위안을 하게 되는 것이다.

하지만 "처음 원고는 정말 개판 5분 전이었는데 출판사에서 싹 다 뜯어 고쳐서 지금 모습이 된 것"이라는 소문은 말이 안 된다. 출판사 안에 있는 전문가라면 편집자나 기획자, 또는 교정교열을 보는 사람을 말하는 건데 그렇다면 그들은 왜 자신의 책을 안 쓰고 남의 글을 뜯어 고치고 있다는 말인가. 솔직히 편집자나 기획자는 책을 쓰기 힘들다. 월급을 받고 일을 하는 사람들이기 때문이다. 하루 여덟 시간 이상 열심히 일을 하고 나면 진이 빠져서 책을 쓸 힘이나 의욕이 남지 않는다. 그러니 이건 타고난 능력을 떠나 당연한 일인 것이다. 그리고 원고를 쓰는 데엔 작가가 최고 전문가 아닌가. 이래저래 말이 안 된다. 출판계의 뒷소문은 안 믿는 게 낫다.

하이쿠 수업에서 '아이쿠!' 하고 맞은 날

광고 프로덕션에서 기획실장을 할 때 대학생들에게 한 학기 동안 카피라이팅 강의를 한 적이 있다. 국내의 성공 캠페인 사례와 카피라이팅 방법 등을 강의했는데 광고와 홍보를 전공하는 학생들이라 강의는 늘 뜨거웠고 참여도가 높았다. 그중에서도 기억에 남는 강의가 '하이쿠 실습' 시간이었다. 하이쿠는 세상에서 가장 짧은 시를 일컫는 말이다. 사전을 찾아보면 '5, 7, 5의 운율로 읊는 일본의 정형시'라고 되어 있다. 내가 하이쿠를 제대로 접한 것은 류시화 시인이 펴낸 『한 줄도 너무 길다』라는 책을 통해서였다. 나와 같은 팀에서 일하던 후배 카피라이터 J가 생일선물이라며 전해준 얇은 책이 바로 그 시집이었다. 한 페이지에 딱 한 줄씩만 쓰여 있는, 당시로서는 꽤 신기하고 파격적인 책이었다. 이게 무슨 종이 낭비란 말인가. 나는 촌스럽게도 이런 생각부터 했다. 그러다 급한 업무가 끝나고 나서야 다시 정신을 차리고 시집을 천천히 읽어나갔다. 거기엔 세상에서 가장 짧은 시라는 하이쿠에 대한 간단한 설명과 함께 100여 년 전 자유로운 새들처럼 세상을 떠돌아다니며 하이쿠를 짓다가 스러져간 전설적인 하이쿠 시인들의 작품들이 적혀 있었다.

이 숯도 한때는
흰 눈이 얹힌
나뭇가지였겠지
_타다토모

아마 하이쿠를 이야기할 때 가장 많이 거론되는 시가 바로 이 작품일 것이다. 시커멓게 타버린 숯을 보고 그 위에 흰 눈이 얹혔던 한 겨울의 푸른 나뭇가지 시절을 상상하는 시인의 눈은 위대하다. 숯이라는 사소한 소재에서 '인생의 덧없음과 회한'이라는 거대한 드라마를 뽑아낸 작품이다.

얼마나 운이 좋은가
올해에도
모기에 물리다니!
_이싸

이 시도 굉장하다. 하이쿠를 쓰는 사람들은 대부분 방랑시인이었기에 건강이 좋지 못했을 건 뻔한 일이고 당시엔 의술도 발달하지 않았으니 다들 언제 죽을지 모르는 인생이었을 것이다. 여름에 모기에 한 방 물리고 나서 "아, 올해도 안 죽고 또 한 계절을 맞았구나"라고 기뻐하는 모습에서 소탈하면서도 유머러스한 시인의 심성을 엿볼 수 있다.

> '난 혼자요'라고 말하자
> 여인숙 주인이 숙박부에 그렇게 적었다
> 이 추운 겨울밤
>
> _이싸

내가 알고 있는 하이쿠 중 가장 좋아하는 작품이다. 정말 쓸쓸하기 그지없는 시다. 몇 글자 안 되는데도 순식간에 북풍한설처럼 쓸쓸한 정조가 공간을 가득 채우는 멋진 시 아닌가. 나는 이 시들을 읽어주면서 학생들에게 직접 하이쿠를 써보라고 했다. 춘천에 있는 학교라 기숙사나 하숙집에서 생활하는 친구들도 많았고 마침 초겨울을 앞두고 있어서 하이쿠 짓기엔 적합하다 생각했기 때문이었다. 내가 그들에게 주문한 것은 되도록 짧게 세 줄 안에 내용을 담되 자연이나 계절, 시간적 요소를 집어넣으라는 것뿐이었다. 한 시간 강의를 하고 두 시간 동안 쓰게 한 그들의 시는 놀라웠다. 하이쿠 수업에서 '아이쿠!' 하고 맞은 날이었다.

흘러가는 시간아
저 물처럼
좀 얼어봐라
_장유X

온몸을 꽁꽁 싸매고 잤더니
모기가 발만 무네
양말도 신고 자라고
_박진X

집에서 보내준 김치가
딱 맛있게 익었다
엄마 보고 싶다
_방슬X

눈이 오는 날엔
경춘선 끝칸으로 간다
혹시라도 너가 있을까
_안기X

잔여 무료통화 350분
잔여 무료문자 220건
안 생겨요
_강지X

작년 겨울 내내 입었던 코트에
무심코 손을 넣었다가
네가 준 감기약을 발견했다
_강지X

시간이나 엄마, 고향, 연애 등에 대한 짧은 단상들이 스무 살의 감성으로 춤을 추고 있었다. 학생들에게 쓰라고 해놓고 그냥 놀 수 없어서 나도 교탁에 기대 서서 몇 편을 써보았다.

신호등이 바뀌어도
급할 것이 없다
갈 곳이 없기에

TV를 끄고
책을 펼치니
귀뚜라미 소리 들리는구나

울리지 않는 전화기를
또 쳐다본다
눈이 오는 날 아침에

길고양이가
자동차 밑으로 들어간다
서리 내린 새벽에

거꾸로 타는
보일러도 있는데
인생은 왜

형광등이 깜빡인다
요즘 나도 그렇다
나이가 들었다

일본의 국민 작가 나쓰메 소세키夏目漱石도 정계로 나오라는 권유를 거절하는 편지에 "홍시여, 이 사실을 잊지 말게 / 너도 젊었을 때는 / 무척 떫었다는 걸"이라는 하이쿠를 썼다고 한다. 하이쿠는 세계적인 시의 형식으로 인정을 받고 있고 특히 유럽에는 하이쿠 시인임을 자처하는 사람들이 많아서 지금도 매년 영어로 쓴 하이쿠 시집들이 출간되고 있다. 〈뉴욕타임스〉는 어느 해 한 해 동안 뉴욕 시민을 대상으로 교통과 계절을 주제로 한 하이쿠 공모전을 실시해 매일 신문 한구석에 싣기도 했다니 멋진 일이다. 일본 소설을 보면 젊은 사람들이 하이쿠 짓는 모임에 들어가서 연애하는 내용이 가끔 나온다. 당신도 이번 주에 시간 내서 하이쿠 한 수 지어보면 어떨까? 참고로, 시를 지은 사람을 우리는 시인詩人이라고 부른다.

당신 안에 있는 유머 작가를 고용하라

20세기 최고의 듀오 '사이먼 앤드 가펑클Simon And Garfunkel'의 폴 사이먼Paul Simon이 어느 해인가 그래미에서 '올해의 앨범상'을 받은 직후 발언한 수상 소감은 기가 막혔다. 그는 단상에 올라가 트로피를 거머쥔 채 감사 인사를 하다가 "마지막으로, 올해에는 단 한 장의 앨범도 발표하지 않은 스티비 원더에게 감사드립니다"라고 말한 것이다. 자신보다 더 뛰어난 뮤지션 스티비 원더Stevie Wonder가 앨범을 발표하지 않은 덕분에 자신이 앨범상을 받을 수 있었다는 겸손의 표현이면서 동시에 미국 음악계에서 스티비 원더라는 뮤지션이 차지하는 위상이 얼마나 대단한가를 재치 있게 전달한 명문이었다. 그는 어떻게 이런 멋진 연설을 할 수 있었을까? 한 가지 확실한 건 그가 시상식장에 와서 즉흥적으로 한 말은 절대로 아니라는 것이다. 장담하건대 몇 날 며칠을 고심해서 쓰고 연습한 문장이었을 것이다. 아니면 전문 작가의 도움을 받았을 수도 있다.

선거 때만 되면 미국이나 유럽의 유력 정치가들이 방송국이나 언론사에서 활동하는 유머 작가를 서너 명씩 고용한다는 것은 널리 알려진 일이다. 마틴 쉰Martin Sheen이 민주당 출신 대통령으로 출연했던 정치 드라마 〈웨스트 윙〉이나 로맨틱 정치 코미디 영화 〈롱 샷〉을 봐도 알 수 있다. 대중 연설을 많이 하는 사람들은 쉽고 짧으면서도 재미있는 연설 능력을 갖출수록 유리하다. '아이스 브레이킹Ice Breaking'이라고 해서 재치 있는 농담을 서두에 꺼내 어색한 분위기에 활기를 불어넣는 것도 연설자의 중요한 덕목이다. 과거에 우리나라 정치인들 중에는 농담이랍시고 엉뚱한 음담패설을 던졌다가 구설에 오르거나 정치 생명이 줄어든 경우가 종종 있었다. 지금도 부장님, 사장님의 '아재 개그'는 직원들의 헛웃음을 유발할 뿐이다.

연설 잘하기로 유명했던 고 노무현 전 대통령의 연설문을 도맡아 썼고 『대통령의 글쓰기』라는 베스트셀러를 내기도 했던 강원국 작가에 따르면 노 전 대통령은 군더더기가 있는 문장을 싫어했다고 한다. 보고서도 웬만하면 한 장짜리를 요구했고 전달하려는 내용의 핵심을 잘 짚으면서 감동까지 있는 글이 나올 때까지 계속 독려하고 야단도 쳤다. 연설문 작성자로서는 죽고 싶을 만큼 괴로운 나날들이었겠지만 그 시련 덕분에 노 전 대통령의 연설은 지금도 신화로 남은 게 여러 편이고 강원국 작가도 베스트셀러 작가로서 성공할 수 있었던 것이다.

일본의 한 유명한 광고 크리에이티브 디렉터가 우리나라에 왔을 때 있었던 일이다. 세미나장에 들어선 그는 청중에게 인사를 한 뒤 "날씨가 좀 덥지요?"라고 말을 건넸다. 그러면서 양복 상의를 벗어도 되겠느냐고 물었다. 사람들이 괜찮다고 말했음은 물론이다. 그는 양복 상의를 조심스럽게 벗어 옆 탁자에 개어 놓는 대신 바닥에 힘껏 패대기를 쳤다. 영문을 모른 채 그를 쳐다보는 청중들에게 그는 이렇게 설명했다. "'옷을 벗는다'가 팩트라면 '옷을 패대기친다'는 크리에이티브라고 생각합니다." 박수가 터져 나올 수밖에 없는 퍼포먼스였다. 광고 일의 본질을 이보다 더 절묘하게 설명할 수 있을까. 광고 제작에서의 창조성(크리에이티브)은 늘 소비자의 예상을 벗어나야 한다. 그날 저녁 집에 돌아가 "오늘 어떤 사람이 옷을 벗었는데…… 그걸 바닥에 팽개치더라고!" 이렇게 얘기하는 사람이 분명 있었을 것이다. 그런데 만약 그가 옷을 점잖게 개어 놓았다면 옷 벗은 얘기가 저녁 식탁의 화제로 오를 가능성은 제로에 가깝지 않았을까. 그는 어떻게 이런 이야기를 생각해낼 수 있었을까? '천재니까 그렇겠지' 하고 생각하면 속이야 편하겠지만 내 생각은 좀 다르다. 그는 어떻게 하면 자신의 역량을 잘 보여줄 수 있을까 몇 날 며칠을 궁리했을 게 틀림없다. 천재로 소문난 아인슈타인도 자신이 뭘 이루었을 땐 천재라서가 아니라 남들보다 거기에 시간을 더 많이 썼을 뿐이라고 고백했다. 지금 당장 당신 안에 있는 유머 작가를 불러내보라.

얼마나 성의 있게 대우하느냐에 따라 작가의 역량 또한 달라질 것이다.

글쓰기의 영양주사 같은 여덟 권의 책

글쓰기에 도움을 주는 책은 셀 수 없이 많아서 평생 글쓰기 책만 골라 읽어도 시간이 모자랄 지경이다. 그래서 우리는 또 한 번 운에 의지해야만 한다. 내가 매일 글쓰기에 대한 생각들을 메모하고 노트를 뒤적일 때 내 몸 가까이에 있던 책이나 문득 떠오른 책 중 여덟 권을 골랐다. 예전부터 반복해서 읽던 책도 있지만 되도록 최근작 중에서 고르려 노력했다. 박연준 시인이나 김이나 작사가의 책이 그렇다. 다독가들에 비하면 내가 읽은 책은 한 줌도 되지 않지만 어차피 책을 만나는 것은 운이라고 반복해서 우겨본다. 나는 이 책들에 많은 도움을 받았기에 당신도 같이 읽었으면 좋겠다.

앤 라모트 『쓰기의 감각』

"소설 쓰기는 한밤중에 운전하는 것과 비슷하다. 당신은 오로지 헤드라이트가 비추는 만큼만 볼 수 있지만, 그런 방법으로도 여행지까지 다다를 수 있다." 이 글은 E. L. 닥터로E. L. Doctorow의 말이지만 나는 앤 라모트의 책에서 읽었다. "모든 미국 작가들이 데뷔 전에 앤 라모트가 쓴 책을 읽었다"라는 말이 있을 정도로 이 책엔 글쓰기에 필요한 자세는 물론 실용적 방법론과 경험담으로 가득하다. 때로는 솔직하게, 때로는 유머러스하게 글을 쓰는 길로 안내한다. 이 책의 원제 'Bird by Bird'는 새에 관한 보고서를 쓰느라 애를 먹고 있던 오빠에게 아빠가 들려준 "하나씩 하나씩. 새 한 마리 한 마리 차근차근 처리하면 돼"라는 충고에서 나왔다. 책 뒤표지엔 뮤지션이자 작가인 요조의 짧은 추천사도 있다.

이성복 『무한화서』

구립도서관에서 이 책을 우연히 발견하고는 눈을 뗄 수가 없어서 빌려와 읽다가 결국은 서점으로 달려가 새 책을 구입했다. 이성복 시인은 "거창하게 운명 같은 거 얘기하지 말고 우리 집 부엌에 숟가락 몇 개인지부터 쓰라"고 말한다. "도서관과 책 대신 도서관과 팬티를 연결하라"고도 한다. 비슷한 것끼리 연결해서는 새로움이 나오기 어렵다는 진리를 이렇게 쉽게 설명하고 있는 것이다. 대학교에서 학생들에게 시작법 강의했던 것을 아포리즘 형식으로 엮은 이 책은 어느 페이지를 열어도 글쓰기에 대한 간결하면서도 깊은 메타포들로 그득하다. 글쓰기와 관련 있는 사람들을 만나면 늘 원픽으로 추천하는 책이다.

박연준 『쓰는 기분』

'시란 무엇인가?'라는 질문 앞에서 정답을 얘기할 방도는 없다. 그러나 좋아하는 시를 얘기하고, 시적인 순간을 얘기하고, 시인들의 습관을 얘기하다 보면 어렴풋이 시가 뭔지 짐작할 수 있다. 박연준의 『쓰는 기분』은 그런 책이다. 좋은 글은 니트 소매에서 올이 한 가닥 풀리듯 무리 없이 자연스럽게 시작해 라면 가닥 같은 이야기가 술술 풀어져 나오듯 써 내려가는 글이라고 한다. '대단한 것, 훌륭한 것을 써보자'고 마음먹으면 늘 실패한다는 충고도 잊지 않는다. 그는 "시를 빤스처럼 항상 입고 다녀야 돼"라고 말하는 스승에게 배웠고 정말 그렇게 살고 있는 듯하다. 최근에 읽은 그 어떤 글쓰기 책보다 좋았다. 천천히 읽을수록 얻는 게 많은 책이다.

무라카미 하루키 『직업으로서의 소설가』

하루키는 새벽 네 시에 일어나 대여섯 시간을 일하고 오후에는 수영이나 조깅을 한 뒤 밤 아홉 시면 잠자리에 든다. 이런 생활 패턴을 유지했기 때문에 그는 평생 '즐겁게' 소설을 쓸 수 있었다. 자신의 평생 직업인 소설가에 대해서, 그리고 소설이라는 것을 쓰는 이유와 자세, 독자에 대한 생각 등을 아주 성실하면서도 쉽고 다정한 문체로 기술하고 있다. 당연히 데뷔 전 운영하던 재즈바 얘기와 데뷔 초기 에피소드도 많이 나오고, 인터넷에 올라오는 독자들의 반응과 온갖 구설을 피하기 위해 유럽으로 가 일생일대의 히트작『노르웨이의 숲』을 쓰던 얘기도 나온다. 글쓰기에 관한 책도 재밌을 수 있다는 사실을 증명해주는 놀라운 에세이다.

김이나『김이나의 작사법』

책을 읽기 전 시인도 소설가도 아닌 작사가가 어떻게 문학동네에서 책을 냈을까 궁금했다. 의문은 쉽게 풀렸다. 문학 전문 출판사에서 출간을 하고 싶을 정도로 작가의 공력이 셌던 것이다. 어떤 경지에 오른 사람들에게 공통적으로 느끼는 것이지만, 이 책도 작사가는 노랫말만 짓는 사람이 아니라는 걸 가르쳐준다. 콘셉트 추출하는 방법부터 필드에서의 바람직한 대인관계에 이르기까지, "작사가가 이런 것까지 알아야 해?"라는 말이 나올 때 비로소 작사가가 되고 전문가로 우뚝 서는 것이다. 그가 오디션 프로그램에서 늘 감탄할 만한 심사 소감을 내놓은 건 다 이런 고민과 통찰을 거쳤기 때문이리라.

다카하시 겐이치로『연필로 고래 잡는 글쓰기』

『사요나라, 갱들이여』,『우아하고 감상적인 일본 야구』 같은 소설로 널리 알려진 작가 다카하시 겐이치로는 에리히 캐스트너의 글을 빌려 머릿속에 떠올린 생각이나 기억이라는 것은 '흠씬 두들겨 맞은 개 같은 존재'라고 말한다. 얻어맞은 개는 몹시 겁에 질려 있기 때문에 누군가 사랑해주려는 마음으로 다가가도 냅다 도망쳐버린다. 그래서 잡으려 하지 말고 곁에서 같이 놀아주어야 한다. 즉 어깨의 힘을 빼고 상상력과 함께 드러누워 놀아야 좋은 글이 나온다는 얘기다. 글쓰기에 대한 책인데도 한 편의 중편 소설처럼 읽힌다. '작가들의 작가'라는 평이 괜히 나온 게 아니었다.

김정선『내 문장이 그렇게 이상한가요?』

김정선 작가는 20년 넘게 단행본 교정교열 일을 하며 남의 글을 고치고 다듬던 사람이다. 어느 날 그에게 "내 문장이 그렇게 이상한가요?"라는 항의성 이메일이 도착한다. 작가이자 번역가인 함인주가 보낸 편지였다. 김정선은 이 실제 인물을 책에 등장시켜 마치 소설처럼 이야기를 펼쳐나간다. 그는 "당신 문장은 이상합니다"라는 답장을 쓰면서 자신이 손댄 표현에 대한 설명을 파일로 첨부한다. 어찌 보면 참 시시콜콜한 스펙터클이 아닐 수 없다. 하지만 그 사심 없는 친절함과 직업적 단호함이 글 쓰는 사람들 사이에서 출판사 '유유' 돌풍을 일으켰다. 이 책은 맞춤법은 맞더라도 문장 전체를 읽어보면 뭔가 께름칙했던 '비문'의 정체를 밝혀주는 쪽집게 과외 선생이다.

앨리스 먼로 『미움, 우정, 구애, 사랑, 결혼』

글쓰기 책은 아니지만 이야기를 구성하는 힘과 인간에 대한 통찰을 만날 수 있는 소설집이다. 앨리스 먼로는 단편 소설 작가 최초로 노벨 문학상을 탔다. 『미움, 우정, 구애, 사랑, 결혼』에 실린 단편들은 대부분 캐나다의 작은 마을에서 벌어지는 이야기들인데도 시공간을 넘어 누구나 공감하고 감탄하게 만든다. 표제작을 비롯해 전 작품이 뛰어나다. 개인적으로 「물 위의 다리」에서 리키가 지니에게 키스하던 장면을 잊을 수 없다. 만약 외계인이 지구에 지금 막 도착해서 인간에 대해 빨리 알고 싶다고 요청하면 제일 먼저 읽어보도록 권하고 싶은 책이다.

3장

독자에게 선택받는 글쓰기

제목은 한 줄의 페로몬 향수다

진화생물학자인 최재천 교수를 다시 봤던 것은 출판사 메디치미디어가 주관했던 '힘의 역전'이라는 세미나에서였다. 그는 하버드에서 공부하던 시절 배웠던 토론법으로 '숙의'라는 개념을 소개했다. 숙의는 익을 숙熟, 의논할 의議 자를 쓴다. 그러니까 '숙의의 토론'이라는 것은 남의 얘기를 귀담아들은 뒤에 내 생각을 가다듬는 토론법인 것이다. 그는 "토론이 내 의견을 관철하는 게 목적이 되어서는 안 된다"라고 말하면서 이렇게 덧붙였다. "토론하러 갑니다. 오늘도 지러 갑니다. 지는 게 더 유리하니까. 지면서 내 생각이 더 크고 넓어지니까. 깨달음이 더 가까워지니까."

토론을 시작하면 어떡하든 이기는 게 미덕이라고 배웠던 나에겐 충격이었다. 서로 상대방의 말을 잘라먹으며 열심히 자신의 의견을 내세우는 토론에 익숙해져 있던 사람들에게 시사하는 바가 컸다. 나중에 책으로 다시 정리된 걸 읽어보니 애초 최재천 교수에게는 환경이나 동물권에 대한 이야기를 부탁하려다가 '대화와 토론'으로 주제를 바꾸었다고 한다. 그만큼 커뮤니케이션의 새로운 발견이었다.

이런 최재천 교수도 유학 시절 〈네이처〉의 논문 등재에 세 번이나 실패했다는데, 그 이유는 제목 때문이었다. 여왕개미가 다른 종種 개미와 힘을 합쳐 천하를 평정하는 게 논문의 내용이었으나 제목을 '개미의 종간種間 협동과……'처럼 고지식하고 길게 붙여서 보냈으니 심사를 맡은 사람들의 흥미를 끌지 못한 것이다. 최재천 교수가 왜 내 연구를 알아주지 않느냐고 화를 내고 있을 때 옆자리 동료가 웃으며 "차라리 '개미 세계의 베네통'처럼 쉽고 직관적인 제목을 붙였으면 어땠을까?"라고 충고를 하더란다. 개미의 협동 정신과 당시 파격으로 화제를 불러 모았던 패션 업체 베네통 광고 콘셉트를 연결한 참신한 아이디어였다.

이렇듯 제목은 글을 만나는 첫 번째 관문이요, 그 글을 읽게 만드는 강력한 낚싯바늘이다. 나의 첫 책 『부부가 둘 다 놀고 있습니다』를 출간할 때도 제목을 결정하기까지는 오랜 시간이 걸렸다. 처음 콘셉트는 '늦은 연애는 없다'였는데 그걸 제목으로 가져가기에는 이미 김이 빠진 상태였고 내가 그즈음 썼던 글 중 조회 수가 가장 많았던 글이 '오빠, 우리 모텔 갈까?'였는데 그걸 제목으로 쓰자니 너무 야하고 가벼웠다. 고민에 고민을 거듭하다가 출판사에서 회의를 하는데 출판사 대표님이 "요즘 무슨 얘기를 제일 많이 하고 다니세요?" 라고 묻기에 "부부가 둘 다 놀고 있습니다, 라는 말을 제일 많이 하지요. 하하"라고 대답했다. 나는 그냥 농담 삼아 한 말이었는데 회의가 끝날 때쯤 "아까 얘기한 '부부가 둘 다 놀고 있습니다'가 재밌는데요? 그걸로 가죠"라고 하는 것이었다. 나는 너무 도발적이고 무책임해 보이지 않을까 걱정을 했지만 평범한 제목보다는 스캔들이 일어나는 제목이 낫다고 판단해 그렇게 결정했다. 책이 나오고 나서 "책 제목이 그게 뭐냐", "부부가 둘 다 놀면 소는 누가 키우냐" 같은 반응들이 나왔지만 다행히 책은 잘 팔렸다. 보름 만에 2쇄 발행에 들어갔고 4개월 만에 6쇄를 찍었다. 처음엔 제목을 탐탁지 않게 생각했던 사람들도 책이 잘 팔리니까 나중엔 "내용보다 제목 덕을 보는 것 같다"는 말까지 해서 쓴웃음을 지었다.

제목은 책의 운명을 좌우하기도 한다. 공전의 베스트셀러였던 『칭찬은 고래도 춤추게 한다』의 원제는 『Whale done』이었는데 번역본의 첫 제목은 『You Excellent: 칭찬의 힘』이었다. 판매가 부진해서 팔다가 말았다. 출판사는 고심 끝에 제목을 『칭찬은 고래도 춤추게 한다』로 바꾸었고 책은 초베스트셀러가 되었다. 바뀐 것은 단지 제목뿐이었다. 베스트셀러 중엔 뛰어난 제목이 많다. 『죽고 싶지만 떡볶이는 먹고 싶어』나 『무례한 사람에게 웃으며 대처하는 법』 같은 책 제목은 얼마나 많은 독자들의 심금을 울렸던가. 이런 책이 히트하면 아류작이 쏟아지기도 한다. '죽고 싶지만 ~하고 싶어'라는 제목이 이미 많이 나왔고 '~에게 ~하는 법' 같은 건 거의 공식 수준이 되었다. 제목에 대한 출판사의 열망을 짐작하게 해주는 대목이다. 내가 일했던 광고계에서 비슷한 일이 많았다. '갈아만든 배'라는 제품이 히트하자 '갈아부순 배' '갈아마신 배' 등이 나왔는데 그중에서도 압권은 '샤샤 간 배'였다.

제목은 한 줄짜리 페로몬 향수다. 그런데 제목을 아무렇게나 지어도 되는 사람이 있다. 이미 사랑받는 위치에 선 유명 작가들이다. 조정래나 김훈처럼 문단의 거성들이라면 제목으로 단어 하나만 써놔도 그의 공력을 믿기에 독자들이 기꺼이 책을 사지만 무명 작가나 작가 지망생들은 어림도 없다. 김훈조차도 『칼의 노래』의 처음 제목이었던 '광화문 그 사내'를 버리고 '칼의 노래'로 제목을 바꾸어 밀리언셀러가 되었다. 반면에 내용은 좋은데 제목이 아쉬운 경우도 있다. 1920년대 이 땅의 사회주의자들의 활약을 그린 조선희의 대하소설 『세 여자』 같은 경우엔 제목이 너무 평범해 주목을 못 받은 비운의 작품이다. 친한 친구들과 함께 하는 독서모임 '독하다 토요일'을 핑계로 조선희 작가를 만나 물어보니 처음 정한 원고 파일명이 '세 여자'였는데(주세죽, 허정숙, 고명자 세 사람이 중심인물이다) 10년 넘게 원고 파일명을 그렇게 반복해서 사용하다 보니 나중엔 다른 제목은 아예 생각할 수도 없었다고 한다. 엄청나게 재밌는 소설인데, 주목받지 못한 것이 너무 안타깝다. 스케일 큰 역사 대하소설 좋아하시는 분은 지금이라도 꼭 읽어보기를 권한다.

제목이 매력적이면 독자들이 그 책을 집어 들 확률이 높아진다. 나도 '착 붙는' 제목으로 덕을 본 적이 있다. 코로나19 팬데믹으로 글쓰기 강의도 다 끊기고 생활비 마련이 막연해서 동네 고등학교에 방역 지원 아르바이트를 다니던 때였다. 아내가 '한식문화공모전'이라는 게 있으니 한 번 응모해보라고 했다. 나는 아내가 김치와 장을 담그기 시작하면서 달라진 나의 식생활에 대해 썼다. 새벽에 일어나 집에서도 쓰고 방역 아르바이트를 마친 뒤엔 동네 커피숍에 가서도 썼다. 사흘에 걸쳐 다 쓴 글을 아내가 읽어 보더니 '내용은 좋은데 제목이 좀 평범하다'는 피드백을 주었다. 나는 고민을 거듭하다가 카피라이터 시절에 썼던 카피 '저, 일냈어요!'처럼 중의적인 문장을 쓰기로 했다. 그렇게 해서 〈나는 어떻게 '장醬한 아내'와 살게 되었나〉라는 제목이 태어났고, 이 글은 한식문화공모전에서 우수상을 탔다. 상금은 50만 원이었다. 짭짤했다.

강원도에 힘을 준 건 홍상수였다

영화 역사상 가장 유명한 데뷔작은 장 뤽 고다르의 〈네 멋대로 해라〉였다. 쿠엔틴 타란티노Quentin Tarantino의 〈저수지의 개들〉이 나오기 전까지는. 그렇다면 국내 영화감독의 데뷔작으로 가장 놀라웠던 작품은 무엇이었을까. 내 생각엔 홍상수의 〈돼지가 우물에 빠진 날〉을 이길 만한 영화가 없을 것 같다. 존 치버John Cheever의 단편 소설에서 제목을 따온 이 영화는 제목부터 모든 게 새로움 그 자체였다. 이후 홍상수 감독은 내용과 형식은 물론 제목에서조차도 독창적인 감각을 선보였다. 몇 년 전 그가 만든 영화인 〈지금은 맞고 그때는 틀리다〉의 제목은 수많은 칼럼과 방송 멘트, 자막 등으로 활용되었는데 아마도 그런 현상의 원조는 영화 〈강원도의 힘〉이 아닐까 싶다. 내가 새벽에 일어나 아침 대용으로 먹는 어느 식품회사의 낫또 이름은 '실의 힘'이었다. 물어볼 것도 없이 영화 〈강원도의 힘〉이 아니었으면 생겨나지 못했을 네이밍이다. 낫또뿐이 아니다. 지금도 마트에 가보면 '국산의 힘', '자연의 힘' 등 비슷비슷한 느낌의 힘 시리즈가 차고 넘친다. 그래서 홍상수가 그 영화 제목을 지을 당시엔 상황이 어땠을까 상상해보았다. 주변 사람들에게 "'강원도의 힘' 어때?"라고 물어보았다면 어떤 반응이었을까. "글쎄, 조금 이상하지 않아? 강원도에 무슨 힘이 있어? 아무래도 조금 이상한 것 같은데……"라는 대답이 압도적이지 않았을까. 아마도 이 제목은 분명히 홍상수 감독 혼자서 지었을 것이다. 안 그래도 홍상수는 데뷔작을 찍을 때부터 세트가 마음에 안 들면 발로 차고 다녀서 인부들이 "저 놈은 제 마음에 안 들면 꿈쩍도 안 하니까 힘들어도 해달라는 대로 다 해주자"라며 고개를 흔들었다는 소문까지 있었으니까.

글쓰기 책인데 왜 영화나 책 제목 이야기를 자꾸 하느냐면 시나리오든 기획서든 책이든 '새로운 생각'이 가장 중요하기 때문이다. 그런데 새롭다는 것은 늘 낯설기도 한 것이어서 그 분야에서 좀처럼 받아들여지기 힘들다. 광고나 마케팅 회사에서는 FGI[Focus Group Interview] 같은 집단 설문조사를 실시해 중요한 지표로 삼기도 하지만 스티브 잡스처럼 일부러 시장조사를 하지 않는 CEO도 있다. 가끔 SNS를 보면 새로운 책을 내거나 잡지 표지를 정하기 전 제목이나 표지 시안을 사지선다형으로 보여주며 의견을 묻는 경우가 있다. 조금이라도 더 나은 선택을 하고 싶어서일 것이다. 그런데 새로운 글을 쓰거나 아이디어를 낼 때 다른 이들의 의견은 과연 얼마나 참고해야 적당한 것일까? 남들에게 얘기할 때는 '전적으로 의지하진 말고 그냥 참고만 하라'라고 하는데 그 참고가 어디까지인지는 참 애매하다. 결과에 따라 늘 말이 달라지니까.

영화 얘기로 시작했으니 마지막 힌트는 연극 작품으로 해야겠다. 대학로에서 장진 감독의 〈꽃의 비밀〉이라는 연극을 봤을 때 리플릿에서 읽은 얘기가 생각난다. 장진 감독은 어떤 아이디어가 떠오르면 그게 완벽한 작품으로 변할 때까지 아무에게도 보여주지 않는단다. 완성도가 떨어진 상태에서 누군가에게 보여줬다가 비난을 받으면 기가 꺾이거나 엉뚱한 방향으로 갈까 봐 그런 것 같았다. 가끔 아이디어 단계에서 '이거 어떠냐?'며 주변 사람들에게 묻고 다니는 사람이 있는데, 그렇게 해서 좋은 결과를 얻는 경우를 본 적이 없다. 때로는 초고를 가슴에 칼처럼 품고 오랜 시간 갈아보자. 결국 글을 어떻게 완성할지에 대한 최종 결정권은 자기 자신에게 있으니까.

첫 문장으로 독자의 멱살을 잡아라

만날 때마다 기분이 좋아지는 사람이 있다. 아마 그 사람은 처음 만났을 때부터 그랬을 것이다. 얼굴이 특별히 잘생긴 것도 아닌데 유난히 호감이 가는 사람은 자신만의 매력을 가지고 있기 때문이다. 글이나 책도 마찬가지다. 소설이든 산문이든 잘 쓴 글에는 사람을 끌어당기는 힘이 있다. 그리고 그 끌어당기는 힘은 대개 인상 깊은 첫 문장에서 나온다. 이성복 시인은 이를 '다음 문장을 끌고 올 작살총 같은 첫 문장'이라 표현했다. 나는 고래 사냥에는 반대하지만 길게 밧줄이 달려 있는 '작살총' 비유는 정말 적확한 비유라고 생각한다. 모름지기 첫 문장은 독자의 멱살을 잡고 끌고 오는 박력이 있어야 한다. 유명한 첫 문장들을 살펴보자.

버려진 섬마다 꽃이 피었다.

_김훈 『칼의 노래』

행복한 가정은 모두 비슷하지만 불행한 가정은 저마다의 이유로 불행하다.

_레프 톨스토이 『안나 카레니나』

나는 지금 우물 바닥에 시체로 누워 있다.

_오르한 파묵 『내 이름은 빨강』

"버려진 섬마다 꽃이 피었다"는 이순신 장군 일인칭으로 이루어진 김훈의 소설 『칼의 노래』를 여는 유명한 첫 문장이다. 솔직히 문장 자체로는 그리 특별하지 않다. 그런데 소설을 쓴 김훈이 "버려진 섬마다 꽃이 피었다"와 "버려진 섬마다 꽃은 피었다" 두 개의 문장을 두고 며칠 밤을 고민했다는 비하인드 스토리가 전해지면서 어느덧 우리나라에서 가장 유명한 첫 문장이 되어버렸다. '꽃이 피었다'라고 하면 무심한 서술이지만 '꽃은 피었다'로 쓸 경우 어떤 의도가 들어나는 입장이 되기에 김훈에게는 소설 전체를 끌고 갈 태도를 정하는 중요한 순간이었던 것이다.

그렇다면 세계에서 가장 유명한 첫 문장을 꼽으라고 하면 무엇을 들 수 있을까? 아마 톨스토이의 『안나 카레니나』를 드는 데 이견이 없을 것이다. "행복한 가정은 모두 비슷하지만 불행한 가정은 저마다의 이유로 불행하다"는 말 역시 이 소설의 핵심을 꿰뚫는 문장은 아니다. 그러나 문장 자체가 워낙 동의할 수밖에 없는 강력한 통찰력을 가지고 있어서 오랜 시간이 흘러도 유효한 것이다. 오르한 파묵의 "나는 지금 우물 바닥에 시체로 누워 있다"라는 첫 문장은 또 어떤가. 다음 문장을 읽지 않고는 견딜 수 없게 만드는 시작이다. 이는 미국 드라마 〈위기의 주부들〉에서 변용된다. 위스테리어 가에 사는 주부 하나가 첫 회에서 권총으로 자살하는데 그 이후 드라마가 시작할 때마다 이 여성의 음성으로 내레이션이 들려오는 것이다. 첫 회에 자살한 여자가 유령이 되어 매번 소개하는 마을 이야기라니, 시청자들은 궁금하지 않겠는가.

영화계도 별다르지 않다. 내가 정말 좋아하는 웨스 크레이븐Wes Craven의 영화 〈스크림〉은 첫 장면에서 할리우드 스타 드루 배리모어Drew Barrymore가 나오자마자 죽는다. 주인공 니브 캠벨Neve Campbell보다 훨씬 유명한 여배우가 단 한 장면만 나온 뒤 단역처럼 사라지는 오프닝은 충격 그 자체였다. 관객들이 영화 초반부터 흥미진진함을 잃지 않고 스토리에 집중했음은 물론이다.

『살아있는 글쓰기』를 쓴 존 트림블John Trimble은 좋은 글은 첫 페이지만 봐도 안다면서 만약 우리가 병원에 갔을 때 대기실에서 잡지를 뒤적인다면 어떤 글부터 읽을지 상상해보라고 말한다. 결국은 재밌고 계속 읽을 만한 글, 신선한 글이면 읽을 것이고 그렇지 못하면 당장 다른 데로 눈을 돌릴 것이란 결론이다. 독자를 잡아두는 방법은 하나뿐이다. 도망가지 못할 정도로 흥미로운 글을 써야 한다. 그것 말고는 다 불법적인 방법일 것이다.

그리고 잊지 말아야 할 사실 하나. 첫 문장은 독자가 맨 처음 읽는 문장을 말할 뿐이다. 첫 문장이라고 해서 가장 먼저 써야 하는 것은 아니다. 모든 작가들은 세상에 글을 내어놓기 전 이리저리 원고를 굴려가며 여러 번 퇴고를 하는데 이 과정에서 첫 문장은 계속 수정된다. 그러니까 첫 문장을 언제 쓰느냐는 전혀 중요하지 않다. 오직 얼마나 인상적이고 흥미로우냐가 관건이다.

헤어가 있어야
헤어스타일도 있다

'소행성 책쓰기 워크숍'에 오시는 필자 중 한 분이 담소 중에 "헤어가 있어야 헤어스타일도 있다"라는 명언을 남겨 다들 한참을 웃었다. 아내와 내가 운영하는 '소행성 책쓰기 워크숍'은 책을 쓰고 싶어 하는 분들이 와서 각자의 콘셉트를 가다듬고 6개월 간 초고를 완성해 보는 모임인데 함께 글이나 책에 대한 얘기를 나누다 보면 가끔 이렇게 말도 안 되게 멋진 표현들이 튀어나온다.

가끔은 글쓰기를 하고 싶어 하는 사람 중에 문체 고민부터 하는 사람들을 본다. 자신의 글은 문체가 너무 딱딱하고 건조해서 재미가 없다는 사람도 있고, 평소에는 감성적인 글을 쓰는데 원고를 쓰려고만 하면 경직된다는 이도 있다. 그래서 그동안 쓴 글을 좀 보여달라고 하면 대부분 "아직 제대로 쓴 게 없으니 조금만 기다려주세요"라며 웃는다. 헤어가 있어야 헤어스타일도 있다는 말은 이럴 때 써야 한다. 누군가에게 보여줄 몇 편의 글도 없으면서 문체 고민이라니.

가수 중에 모창은 잘 하는데 자신의 히트곡이 없는 사람이 있다. 모창을 너무 잘하는 바람에 생긴 피해다. 〈사랑의 썰물〉로 유명한 가수 임지훈도 그런 경우였다. 그는 어렸을 때부터 송창식을 너무 좋아해 무슨 노래를 불러도 송창식과 비슷하다는 소리를 듣고 살았다. 그러다가 술을 많이 마신 다음 날 아침 목이 잠긴 상태에서 노래를 불렀는데 전혀 다른 느낌이 나는 것이었다. 그는 그날부터 자신만의 창법을 가질 수 있었다.

연예인 주식 부자 이야기가 나올 때마다 명단에 오르는 가수 양수경이 데뷔 시절 라디오에 나와서 했던 인터뷰도 기억이 난다. 그녀는 심수봉을 너무 좋아해 잠자리에서도 그의 노래를 틀어놓고 잘 정도였다고 한다. 그러면서 잠깐 모창을 하는데 정말 목소리와 창법이 심수봉과 너무나 똑같아 깜짝 놀랐다. 그 방송을 들은 며칠 뒤부터 〈바라볼 수 없는 그대〉라는 대형 히트곡이 TV에서 흘러나오기 시작했다. 심수봉 모창으로 닦은 뛰어난 가창력에 자신만의 개성을 더해 거둔 성공이었다.

우리는 천재를 부러워하지만 하늘에서 뚝 떨어지는 천재는 없다. 다들 남들이 모르는 준비 과정을 겪는다. 그러니 다른 작가들의 헤어스타일을 부러워하기 전에 자신의 헤어(!)부터 기르기 바란다. 일단 머리카락이 자라야 변형도 가능하다. 물론 머리를 빡빡 밀고 다니는 사람도 있다. 내가 아는 크리에이티브 디렉터 한 분은 머리카락이 하나도 없는 헤어스타일로 카리스마를 뽐내고 다닌다. 결국 문제는 '헤어'가 아니라 '스타일'인 것이다.

글을 쓰는 사람 중에도 자신의 문체가 마음에 안 들어 고민하는 사람이 있다. 책을 한 권 낸 에세이스트를 알게 되었는데 그는 선이 굵고 간결하게 끊어 치는 남성적 문체를 좋아하지만 막상 써보면 너무 여리고 섬세한 느낌이라 늘 심약한 모습을 들키는 기분이라는 것이다. 그의 이야기를 들으니 유독 내 글에 대해 비난을 일삼던 한 친구가 생각난다. 그는 내가 쓰는 글들이 너무 가볍고 사소해서 아쉽다는 얘기를 자주 했다. 글이 그렇게 순하고 착해빠져서 어디다 쓰겠냐는 것이다. 그런 이야기를 들으면 무딘 사람도 적잖이 상처를 받게 된다. 그러나 나는 그의 말을 들으며 웃었다. 그렇다고 갑자기 스타일을 바꿀 수는 없으니까. 그리고 그런 평가나 충고에는 좀 억울한 면도 있다. 스티븐 킹은 어려서부터 밤이나 공동묘지, 유령 같은 걸 좋아하는 바람에 어쩔 수 없이(?) 공포소설을 쓰게 되었다고 했다. 나도 헛웃음 나는 바보 같은 이야기를 좋아해서 그런 글들을 자꾸 쓰게 되는 것뿐이다. 시인이자 인문학자인 장석주는 "글쓰기는 스타일이다"라고 했다. 그렇다. 글 쓰는 사람들은 각자 자기만의 스타일을 찾으면 된다. 그건 자기가 좋아하는 차를 사는 것과 같다. 누구는 스포츠카를 사고 누구는 세단을, 또 다른 누구는 SUV를 산다. 그다음엔 시동을 걸고 달리는 일만 남는다. 신나게 달리다 보면 산

꼭대기에서 만나기도 하고 바닷가에서 만날 수도 있다. 그때 서로 손 흔들고 인사를 하면 된다. "너는 그쪽 길로 왔구나. 난 이쪽 길로 왔는데. 반가워. 다음에 또 만나자."

재일 소설가 유미리는 도스토옙스키를 원어로 읽고 싶어서 러시아어를 배웠다고 한다. 그렇다고 유미리가 지금도 한 작가의 문체에 사로잡혀 글을 못 쓸까. 그런 걱정은 하지 않아도 된다. 인간은 누군가를 그대로 흉내 낼 정도로 뛰어난 존재가 아니다. 도스토옙스키처럼 써보고 박경리처럼 써보라. 김훈처럼 써보기도 하고 레이먼드 챈들러나 주제 사라마구Jose Saramago처럼도 써보라. 그러다 보면 어느덧 그 사람들은 사라지고 당신의 문체만 남을 것이다. 당신만의 자동차가 생긴 것이다. 그럼 차 문을 열고 들어가 시동을 걸어라. 그리고 달려라. 당신이 달리면 그게 바로 길이 된다.

그 사람이 궁금해지는 자기소개서를 써라

"대학 졸업할 때까지 사귀었던 남자친구가 24명입니다."

이 문장은 이노션월드와이드라는 광고대행사에 카피라이터로 입사한 어느 신입사원의 자기소개서 첫줄이다. 남자친구가 한두 명도 아니고 자그마치 스물네 명이었다니, 그게 가능하긴 해? 하는 생각이 드는 동시에 웃음이 터져버린다. 물론 거짓말이겠지만 그래도 귀엽다는 생각이 들었고 만약 반의반만 사실이라고 하더라도 이 응시자는 매우 색다른 매력의 소유자이거나 대단한 '구라쟁이' 둘 중의 하나일 것 같았다. 내가 인사 담당자라면 당연히 한 번 불러서 얘기를 나눠보고 싶은 자기소개서 첫 줄이었다.

내가 생각하는 좋은 자기소개서는 '그 사람을 궁금하게 만드는' 글인데 그러려면 좋은 문장보다는 흥미로운 이야기가 필요하다. 한 교육기관에서 '자기소개서 쓰기에 어려움을 느끼는 이유'에 대해 설문 조사를 했더니 무려 69.9퍼센트가 '무엇을 써야 할지 막막해서'를 꼽았다. 두 번째는 '쓸 만한 스토리가 없어서'였고 세 번째는 '글솜씨가 부족해서'였다. 사실 자기소개서뿐 아니라 어떤 글이든 시작하려면 막막하긴 마찬가지다. 그렇다고 자기소개서를 수필 쓰는 것처럼 '펜 가는 대로' 써서는 안 된다. 당신이 쓴 글을 읽을 사람은 마음이 열려 있는 일반 독자가 아니라 짧은 기간에 많은 자기소개서를 의무적으로 읽어야 하는 심사관이기 때문이다. 그래서 자기소개서엔 반드시 자신만의 매력과 특징이 드러나야 한다.

나도 첫 취업 때 어떻게 하면 면접관의 눈에 띄는 자기소개서를 쓸 수 있을까 고민하다가 한 가지 꾀를 냈다. 헤드라인을 쓰고 본문이 시작되는 문단마다 작은 서브 헤드라인을 달기로 한 것이다. 그래서 나는 '나를 어떻게 팔지?'라는 제목 밑에 시인이 되고 싶었던 열아홉 살 소년의 이야기를 썼다.

〈시인이 되고 싶었던 열아홉 살 소년의 이야기〉

시인이 되고 싶었습니다. 대학 4년 동안 700여 병의 소주와 20여만 개비의 담배를 마시고 피우는 동안에도 술잔 옆에는 늘 시집이 놓여 있었지만 정작 마음에 드는 시는 단 한 줄도 쓸 수가 없었습니다. 그래서 저는…….

물론 시인이 되고 싶었다는 건 거짓말이었다. 그러나 처음부터 카피라이터가 되고 싶었다고 쓰는 건 너무 뻔하고 재미없는 이야기가 될 것 같았다. 거짓말이라도 개연성이 있으면 된다고 생각했다. 대학 다닐 동안 마시고 피웠던 술과 담배 숫자를 나열함으로써 나의 방황에 드라마틱한 요소를 가미하기도 했다. 결과적으로 나는 이 자기소개서 덕분에 카피라이터를 뽑는 회사에는 늘 최종면접까지 올라갈 수 있었다. 내 자기소개서를 읽은 사람들은 글이 짜임새가 있고 무엇보다 스토리텔링이 풍부하다는 평을 해주었다. 하지만 '무슨 자기소개서가 이렇게 슬프냐?'는 반응도 나왔다. 내가 너무 드라마에 힘을 준 탓이었다. 그러나 그 얘기를 듣고 풀이 죽지는 않았다. 자기소개서는 언제든 고칠 수 있는 것이니까. 나는 입사 면접을 보거나 직장을 옮길 때마다 피드백을 참조해 자기소개서를 업그레이드했다. 당신도 자기소개서를 한 번 쓰면 '불변'이라 여기는 마음부터 버리기 바란다. 자기가 쓴 글은 필요하면 언제든지 고칠 수 있다는 마음과 자세를 가져야 글이 는다.

이런 자기소개서도 있다

일본 광고회사 덴츠의 카피라이터 다나카 히로노부田中泰延가 쓴 『글 잘 쓰는 법, 그딴 건 없지만』이라는 유쾌한 책을 읽었다. 덴츠는 당시 세계 2위 규모를 자랑하던 일본의 광고대행사인데 다나카는 이 회사의 입사 시험을 보면서 자기소개서에 '전직 트럭 운전사'라고 써서 파란을 일으켰다. 트럭 운전사라고 카피라이터 지망생이 되지 말라는 법은 없지만 충분히 이례적이긴 하다. 그런데 그는 한 술 더 떠서 학생 시절에 열심히 했던 활동과 활용 가능한 것을 쓰라는 질문에는 "4톤 트럭에 대해서라면 무엇이든 물어봐주십시오"라고 쓴다. 전직 트럭 운전사의 정체성을 끝까지 밀고 가기로 한 것이다. 가장 힘들었던 일과 그 대처 방법엔 뭐라고 썼나 살펴보니 '자동차 운전면허 시험에서 세 번이나 떨어졌는데, 그 후 트럭 운전사가 되어버린 일'이라 쓰여 있다. 가장 황당한 건 존경하는 사람과 그 이유다. 그는 존경하는 인물이 아버지인데 그 이유가 결혼을 여섯 번이나 했기 때문이란다. 앞에서 예를 든 "사귀었던 남자친구가 24명입니다"와 뭔가 비슷하지 않은가.

회사에 취직하려면 누구든 이력서와 자기소개서를 내야 한다. 그 사람이 입사해서 일을 잘할 사람인지 아닌지 판단하려면 그가 어떤 인생을 살아왔는지 살펴볼 필요가 있다. 그래서 회사에서는 이력서를 요구한다. 그런데 건조하게 사실만을 표기한 몇 줄의 이력서로는 그 사람의 여정을 제대로 살펴볼 수가 없다. 그래서 본인이 직접 쓴 문장과 단락으로 이루어진 자기소개서가 필요한 것이다. 인사 담당자부터 회사의 대표까지 지원자의 자기소개서를 열심히 읽는 것은 이런 이유 때문이다. 소설가나 극작가는 신문, 인터넷에 난 단 몇 줄의 기사만으로도 두꺼운 소설을 써내곤 한다. 거기엔 사실을 기초로 가슴을 울리는 이야기가 들어 있다. 당신도 자기소개서를 쓸 때는 잠깐 소설가가 되어야 한다. 단, 적당히 거짓으로 지어낼 생각이면 처음부터 하지 않는 게 좋다. 신기하게도 사람들이 가장 잘 눈치 채는 게 바로 '어설픈 거짓말'이니까.

면접장에 파자마를 입고 가면 안 되지

어떤 글을 쓰든 글쓴이의 최종 목적은 자신의 생각이 글을 통해 다른 사람들에게 닿는 것이다. 자기소개서라고 다를까. 광고회사를 다니면서 똑똑하고 세련된 사람들을 많이 만나보았다. 내가 다닌 회사에도 늘 문장력이 좋고 아이디어가 기발한 신입이나 경력 사원들이 문을 두드렸다. 그러나 아무리 뛰어난 사람이라도 맞춤법이 안 맞거나 엉망진창 비문으로 가득 찬 자기소개서를 가져오면 의심스러운 눈으로 쳐다볼 수밖에 없었다. 그런 사람은 면접시험을 보러 오면서 파자마를 입은 것이나 마찬가지다. 지나치게 편하고 자기중심적이란 얘기다. 심지어 지원하는 회사 이름을 잘못 쓰는 경우도 있었다. 미리 써놓은 자기소개서에 회사 이름만 바꿔 넣다가 생기는 실수다. 그런 경우엔 아무리 성적이 좋아도 뽑을 수가 없었다. 자기소개서는 전체적인 짜임새도 중요하지만 디테일이 중요하다는 것을 명심하기 바란다.

결론 삼아 얘기하자면, 자기소개서를 다 쓰고 나면 입학사정관이나 인사 담당자의 입장에 서서 다시 한번 읽어보기 바란다. 쉽게 읽히면서도 하고 싶은 말이 무엇인지 분명한 자소서라면 그게 바로 '뽑아주고 싶은 자소서'다. 모두가 뛰어난 문장가가 될 필요는 없다. 그러나 자소서가 인상적일수록 합격할 확률이 높아지는 것만큼은 부인할 수 없는 사실이다. 문장력을 키우는 것은 가능성을 키우는 일이기도 한 것이다.

지네남의 전설

지난해 인터넷에 글쓰기 칼럼을 연재하면서 만났던 대학 후배는 내가 맞춤법 얘기를 꺼내자 선봤던 남자 얘기를 하며 쓴웃음을 지었다. 편지에 꼭 "잘 지네셨어요?"라는 문장을 써서 '지네남'이라는 별명을 얻게 된 그 남자는 다른 것도 그리 마음에 들진 않았지만 특히 맞춤법이 엉망인 편지를 지속적으로 보내와 그녀를 경악케 했다고 한다. 도대체 얼마나 맞춤법이 엉망이었기에 그랬냐는 나의 질문에 몇 가지 예를 들어주었는데 '안 바쁘고'를 '않바쁘고'라고 쓰는 것 정도는 애교에 불과했다. 아무리 돈이 많고 괜찮은 남자라도 '괜찮으시면'을 '괜찬으시면'이라고 쓰거나 '돈이 많으시다잖아요'를 '돈이 많으시다잔아요'라고 줄기차게 써대는 인물이라면 정 붙이기가 쉽지 않았을 것 같았다. 아니나 다를까 계속 만나고 있냐는 내 질문에 "그럴 리가요"라는 대답이 돌아왔다.

맞춤법을 틀린다고 누가 잡아가지는 않겠지만 그래도 너무 틀리면 그 사람의 이미지를 추락시키는 게 사실이다. 출판기획자인 아내는 예비 저자들이 보내온 원고 중에 맞춤법이 틀린 경우가 정말 많은데, 문제는 맞춤법이나 띄어쓰기가 틀렸음에도 전혀 부끄러워하지 않는 심보라며 혀를 찬다. 사실은 나도 맥도날드 매장을 지나칠 때마다 '오직 천 원'이라는 카피를 보면서 한숨을 쉰 적이 있다. 영어 'Only'를 '겨우'가 아닌 '오직'으로 번역한 카피라이터(또는 광고주)의 무신경 때문이다. TV를 보면 좋은 일에도 '장본인'이라는 말을 쓰는 경우가 많은데 이는 틀린 표현이다. 장본인은 뭔가 부정적인 일에 관여된 사람을 가리킬 때만 써야 한다. 사람의 이를 이빨이라고 하거나(이빨은 동물에게만 써야 하는 단어) 얇은 허벅지라는 말('얇은'이 아니라 '가는'이라고 써야 한다. '가늘은'이라고 써도 안 된다)이 아무렇지도 않게 쓰인지는 이미 오래다.

사람의 마음을 움직이는 글을 쓰고 싶다면 우선 정확한 표현법부터 익혀야 한다. 연애편지뿐 아니라 비즈니스 메일을 보낼 때도 맞춤법이나 띄어쓰기가 엉망이라면 거래처에 점수를 깎이는 건 뻔한 일이다. 하루는 글을 쓰다가 띄어쓰기를 검색해보니 '큰코다친다'라는 표현을 쓸 때 문장 전체를 붙여 쓴다는 것을 알게 되었다. 혹시

'모르는 것투성이다'라고 할 때 것과 투성이다를 붙여 쓴다는 건 알고 있는가? 사실 이런 것까지 다 알아야 할 필요는 없지만 기본적인 것들은 알아두는 게 좋다. 한 가지 주의할 것은 인터넷사전에 너무 의지하지 말라는 것이다. 틀린 사항이 너무 많다. 국립국어원에서 나오는 표준국어대사전이 가장 신뢰할 만하다. 요즘은 글쓰기 플랫폼 '브런치'에 있는 맞춤법 검사 기능도 요긴하다(그렇다고 맹신할 정도는 아니다. 참고만 하시라). 나도 지네남이 되지 않으려면 표준국어대사전을 더 자주 찾아보는 수밖에 없다. 맞춤법은 정말 어렵다. 하지만 글을 쓰는 사람에겐 기본이다. 그러니 시간 날 때마다 열심히 찾아보고 익히는 게 최선이다.

좋은 대사들은 나를 힘이 나게 만든다

2009년 퓰리처상 수상작인 엘리자베스 스트라우트Elizabeth Strout의 『올리브 키터리지』의 열렬한 팬인 나는 그 소설을 토대로 HBO에서 만든 4부작 드라마를 공개한 지 한참이 지난 뒤에 왓챠를 통해 보았다. 올리브 역을 맡은 프랜시스 맥도먼드Frances Louise McDormand가 얼마나 연기를 잘했는지, 그리고 이 드라마가 발표된 후 이런저런 상을 얼마나 많이 탔는지는 소문과 매체를 통해 익히 알고 있었고, 무엇보다 원작에 대한 믿음이 있었지만 이 드라마를 뒤늦게 시청한 것은 시간적으로나 정신적으로 여유가 있을 때 천천히 정주행하고 싶었기 때문이다. 역시 명불허전, 드라마는 최고였다. 프랜시스 맥도먼드는 소설 속에 묘사된 올리브보다 체구는 작았지만 특유의 카리스마가 넘쳤고 충분히 유머러스했다.

남편 헨리와 약국에서 일하던 드니즈와의 애처로운 '사랑의 도피 행각 불발' 에피소드도 좋았고 작가가 맨 처음 떠올렸다는 아들 크리스토퍼의 결혼식 피로연 장면도 좋았지만 나는 책 끝부분에 나오는 강변 산책길에서 벤치 앞에 쓰러져 있던 잭 케니슨(빌 머레이 분)과 올리브의 만남 장면이 특히 좋았다. 쓰러져 있는 잭에게 올리브가 가서 "혹시 죽었어요?"라고 물으면서 둘의 대화가 시작된다.

올리브는 남편이 6개월 전에 죽었다고 말하고 잭은 아내가 12월에 죽었다고 고백한다. "그럼 지옥에 살겠군요"라고 말하는 올리브. 벤치 아래 누워 있던 잭은 일어날 수 있겠냐고 묻는 올리브에게 "매일 아침 꼭 일어나야 하는 이유를 하나만 대봐요"라고 묻자 올리브는 "없는데요. 나도 개가 죽기만을 기다리고 있어요. 그럼 자살할 수 있으니까"라고 대답한다. 그녀의 퉁명스러운 대답에 비로소 마음을 여는 잭은 흐흐흐 웃더니 "이름이 올리브라고 했던가요?"라고 묻는다.

나는 고약한 유머로 점철되어 있는 이 장면이 좋아서 잠시 노트에 메모해놓았다. 그리고 다음 날 엘리자베스 스트라우트의 소설책을 꺼내 그 장면을 다시 찾아보았다. 매일 아침 일어나야 하는 이유에 대한 질문이나 개에 대한 얘기는 없었다.

엘리자베스 스트라우트 소설의 문장들도 좋지만 드라마로 만들면서 개작한 촌철살인의 대사들도 좋았다. 인터넷을 서핑하다 보면 드라마 명대사들을 모으는 사람들이 많다. 나는 그 정도는 아니지만 그래도 잘 쓴 드라마 대사들은 언제나 나를 힘이 나게 만든다.

"거절할 수 없는 제안을 했지" 같은 명대사가 난무하는 걸로 유명한 영화 〈대부〉에서 내가 제일 좋아하는 건 돈 코를리오네 역을 맡은 말런 브랜도Marlon Brando가 '미신'에 대해 언급하는 장면이다. 다혈질이던 큰아들 소니가 기관총 세례를 받아 온몸이 토마토 캐첩을 뒤집어쓴 것처럼 곤죽이 되어 죽자 돈 코를리오네는 마피아 5대 패밀리를 소집한 뒤 중대 결단을 촉구한다. 반복되는 피의 복수극을 멈추고 평화를 되찾자는 말인데, 이것은 이미 죽은 소니를 위한 게 아니라 아직 살아 있는 둘째 아들 마이클을 위한 것이기도 했다. 돈 코를리오네의 대사는 그의 캐릭터와 목소리 등에 실려 소름 끼치는 감동을 준다.

"난 미신을 믿는 사람이오. 만일 마이클에게 어떤 불행한 사고, 예컨대 경찰이 쏜 총에 머리를 맞는다거나, 감방에서 목이 매달린 채로 발견되거나, 혹시 번개라도 맞는다면, 나는 이 방에 모인 사람들에게 책임을 물을 것이고 용서치 않을 것이오."

우연을 빙자한 마이클의 살해 시도까지 미연에 방지하려는 용의주도함이 빛나는 명대사가 아닐 수 없다.

그럼에도 불구하고 제일 좋아하는 영화 대사를 하나만 꼽으라고 하면 나는 주저 없이 〈다이하드〉에서 주인공 존 맥클레인의 전 부인 홀리가 했던 한 줄을 꼽겠다. 뉴욕에서 온 경찰 존 맥클레인이 LA의 나카토미 빌딩에 잠입한 악당 중 하나를 처치하자 화가 머리끝까지 난 갱 멤버가 비명을 지르며 기관총을 난사하는데 그 소리를 들은 홀리는 "오, 그이는 살아 있어요. 누군가를 저토록 화나게 만들 수 있는 사람은 그이밖에 없어요!"라고 외친다. 이혼을 하고 별거 중이지만 아직 남편에 대한 애증은 남아 있는 여자가 할 수 있는 최적의 대사라고 생각한다. 영화 〈더 록〉에서 숀 코너리가 니컬러스 케이지에게 한 대사 "자넬 구해주는 것도 이젠 지쳤네"도 사랑하는 명대사다.

회당 대본료 1억 원을 처음 달성한 드라마의 황제 김수현 작가도 초보였을 땐 너무 못 써서 PD에게 종종 혼이 났다고 한다. 서울광고아카데미 수업에서 우리나라 카피라이터 1호이자 전 방송국 PD이기도 했던 고 이낙운 선생에게 들은 이야기이니 거짓말은 아닐 것이다. 멀리 김수현 작가까지 갈 것도 없다. 명대사 제조기로 유명한 최동훈 감독도 처음에는 대사를 잘 못 썼다고 한다. 그런데 어떻게 그런 멋진 시나리오를 쓸 수 있었냐고? 남들보다 더 오래, 더 자주 책을 읽고 영화를 보고 시나리오를 썼기 때문일 것이다. 내가 알기론 그것 말고 다른 방법은 없으니까 말이다.

초등학교 5학년 여사친이 생겼다

출판기획자인 아내는 재밌는 생각을 많이 하는 편이다. 책을 쓰고 싶어서 찾아온 연극배우 유정민 씨와 얘기를 하다가 그녀의 딸과 내가 펜팔을 할 것을 제안한 것도 그런 성향의 발동이었다. 아내는 유정민 배우의 초등학교 5학년 딸인 오유주 양과 내가 편지를 주고받으면 재밌을 것 같다는 아이디어를 냈다. 배우 생활을 하는 엄마처럼 자신도 연기를 하고 싶어 하는 유주 양에게 어렸을 때부터 글쓰기에 대한 관심을 갖게 해줄 수 있는 좋은 기회라고 생각한 것이었다. 나도 재밌을 것 같아 넙죽 그 제안을 받아들이고 편지를 쓰겠다고 했다. 펜팔의 조건은 나이와 상관없이 서로 존댓말을 하고 호칭도 '성준 씨' '유주 씨'로 통일하는 것이었다. 그 정도만 정해놓고 있었는데 어느 날 진짜로 유주 씨에게서 편지가 왔다.

안녕하세요, 저는 ××초등학교 5학년 오유주입니다.

저는 책보는 걸 좋아해요. 또 그만큼 텔레비전을 보는 것도 좋아하고요ㅎㅎ.

또 저는 운동하는 걸 좋아해요. 또 그림은 잘 못 그리지만 도자기 만드는 건 좋아해요.

동생도 두 명이나 있어요. 첫째 동생은 이제 초등학교에 들어갔어요. 둘째 동생은 여섯 살이고요. 어쩌면 아실 수도 있겠네요.

아직은 뭘 이야기하고 싶은지도, 어떤 호칭을 써야 하는지도 잘은 모르겠지만…….

답장 기다릴게요…….

(그리고 저랑 왜 메일을 하고 싶으셨는지도 궁금해요.)

오유주 드림.

첫 편지를 받은 나는 '글 쓰는 사람'이라고 자신을 소개하면서 아내가 아이디어를 내서 유주 씨에게 편지를 쓰게 되었는데 기회가 되는 대로 글쓰기에 대한 여러 가지 생각을 전하고 싶다고 썼다. 아울러 항상 서로에게 존댓말을 하고 '씨'라는 호칭을 공평하게 사용하자는 제안도 했다. 그때는 참여연대에서 갑자기 제의한 6주간의 글쓰기 수업을 준비하느라 마음이 바빴지만 유주 씨에게 답장하는 즐거움을 포기할 정도는 아니었다. 그렇게 '5학년짜리 여사친'과의 편지 역사가 시작되었다.

유주 씨는 성실한 펜팔 상대였다. 우리 집에서 기르는 고양이 순자 칭찬도 해주고 내가 쓴 책이 드라마로 만들어진다는 소식을 들었다며 함께 기뻐해주었다. 내 책을 재밌게 읽었다는 얘기도 빼놓지 않았으며, 자신이 좋아하는 영화도 하나 추천해주었다. 내가 모건 프리먼과 애슐리 주드가 나오는 〈돌핀 테일〉이라는 영화를 보게 된 것은 순전히 유주 씨 덕분이었다.

> 안녕하세요.
>
> 고양이 '순자' 영상을 봤습니다. 너무너무 귀엽더라고요!!
>
> 저는 고양이를 정말정말정말정말정말 좋아합니다!!!
>
> 학교에서 키우는 바질의 이름을 '고양이'라고 지었습니다. 물론 제가 보는 어느 만화에서 주인공이 인형 이름을 '고양이'라고 지은 데서 따오긴 했지만 정말 좋아합니다!
>
> (다른 식물의 이름은 '강아지'라고 할 겁니다)
>
> 그리고 쓰신 책이 드라마가 된다니 축하드려요!!!!! 부모님과 지내면서 방송 관련된 이런저런 얘기를 듣지만 드라마를 만드시다니! 드라마가 나오는 기간이 올해 말이기를 두 손 모아 빕니다. 그리고 추천해주신 영화는 15살이 넘어서라도 보겠습니다.
>
> 강의도 잘되시길 바랍니다!
>
> 또 직접 쓰신 책인 『부부가 둘 다 놀고 있습니다』는 정말 재밌게 읽었습니다. 물론 제 또래를 위한 책은 아니겠지만……. 부부가

함께하는 에피소드부터 성준 씨의 허당 에피소드까지 다 재밌었습니다. 저는 긴 소설은 잘 못 읽는 편인데 책장이 술술 넘어가더군요.

저는 〈돌핀테일〉이라는 영화를 좋아하는데요, 실화를 바탕으로 만든 영화입니다.

그리고 아내분이 오이소박이와 오이지를 만드셨다니. 언젠가 먹으러 가겠습니다. 그럼 건강히 지내십시오.

오유주 올림.

유주 씨.

드디어 〈돌핀 테일〉을 다 봤습니다. 어제 편지를 쓰고 싶었지만 꾹 참고 영화를 먼저 봤습니다. 유주 씨가 소개한 영화를 아직도 못 봤다고 편지에 쓰기 싫었거든요. 꼬리를 다친 돌고래 윈터를 도와주는 사람들의 이야기가 감동적으로 펼쳐지더군요. 환경에 대한 생각도 다시 하게 되었고, 무엇보다 '뭔가 좋은 일을 해보려는 사람들의 선한 의지'로 가득 찬 작품이라 좋았습니다. 너무 말도 안 되는 해피엔딩이라는 생각을 안 할 수 없었지만 이런 영화는 또 이런 맛에 보는 거지, 생각하며 즐겁게 봤습니다.

좋아하는 배우 모건 프리먼이 위너에게 꼬리를 만들어주는 의사 선생님으로 나와서 반가웠습니다(제가 쓴 책에 모건 프리먼이 50

세에 본격적으로 연기를 시작했다고 쓴 거 기억하시나요?) 소여의 엄마로 나온 애슐리 주드는 할리우드에서 미모와 연기력을 겸비한 배우로 유명했죠. 가장 놀란 것은 헤이즐의 아빠로 나온 닥터 클레이가 해리 코닉 주니어였다는 사실입니다. 저는 주요 인물 치고는 뭔가 좀 촌스럽게 생겼다고 생각하며 봤는데 엔딩 크레딧을 보니 재즈 보컬로 유명했던 가수 해리 코닉 주니어였습니다. (중략) 좋아하는 배우 얘기를 하다 보니 수다가 길어졌군요. 영화를 보기 직전에 지난 주 제주 북토크 때 만났던 분으로부터 고래 꼬리 모양의 열쇠고리를 선물로 받았습니다. 못 쓰게 된 폐해녀잠수복으로 고래 꼬리 모양의 공예품을 만드는 분인데 마침 제가 〈돌핀 테일〉이라는 영화를 볼 줄 알고 보낸 것처럼 이런 선물을 때맞춰 보내주신 겁니다. 정말 신기하죠? 뭔가 좋은 일이 있을 모양입니다.

편성준 드림.

유주 씨는 편지를 재밌게 잘 쓰는 사람이었다. 나는 답장을 보낼 때마다 유주 씨의 글솜씨를 칭찬했다. 초등학생이 이렇게 자연스럽게 일상의 이야기를 자유롭게 쓰는 게 쉽지 않은 일임을 기회가 될 때마다 얘기했더니 유주 씨도 칭찬받는 게 좋다는 반응을 보였다. 새 학년 새 학기가 되면서 전교 부회장에 당선되었다는 얘기를 지나가는 말처럼 편지에 썼기에 축하한다고 바로 답장을 보냈다. 한 번

유주 씨가 부모님, 동생들과 함께 우리 집에 놀러온 적이 있었는데 막상 얼굴을 보니(예전에 엄마가 하는 연극에 출연한 걸 본 적은 있지만) 그냥 예쁘고 평범한 어린이였다. 저런 아이가 나랑 편지를 주고받는 유주 씨라니, 하며 신기해했다. 아마도 호칭과 태도가 그 사람을 다르게 만드는 것 같다. 유주 씨와의 편지 왕래는 지금도 계속되고 있다. 요즘은 유주 씨가 좀 바빠서 답장 속도가 늦어지고 있긴 하지만 나는 끈기 있게 기다리고 있다. 이렇게 멋진 펜팔 상대를 가진 작가가 몇 명이나 될까 생각해보면, 확실히 나는 운이 좋은 편에 속한다.

광고주가 시 부문 심사위원이라면

나는 광고 카피라이터를 오래 하다가 글쓰기의 장으로 넘어온 지 얼마 되지 않은 신인 작가다. 물론 카피라이터 생활을 오래 하면서 그럭저럭 문장 연습은 한 셈이지만 그런 시간들이 글쓰기 실력을 담보해주는 것은 아니다. 그리고 나는 문학을 할 생각이 없고 그런 깜냥도 되지 못한다. 아무튼 요즘은 매일 글쓰기에 대한 생각을 오래, 많이 할 수밖에 없는 입장이 되었는데, 청주에 내려가 있을 때 문득 '광고 현장과 문학 현장의 차이'에 대해 생각해보게 되었다.

글쓰기로만 놓고 보면 광고 카피나 문학 작품이나 기본적으로 다른 이들과의 공정한 경쟁을 통해 선발되고 우수성을 인정받는 점에서는 본질적으로 같다. 그런데 당선작으로 선정된 뒤부터는 양상이 좀 달라진다. 광고계의 '경쟁 PT'를 예로 들어보자. PT는 프레젠테이션presentation, 즉 시안 설명의 준말인데 넓게 말하면 매체에 집행할 광고를 제작하기 전 여러 광고대행사들이 똑같은 조건하에서 광고 영상과 인쇄물 시안들을 만들어 차례대로 설명회를 하고 낙점받는 것을 말한다.

우여곡절 끝에 승자로 선정되면 대행사 사람들은 한 달 남짓 준비 기간의 피곤함이 순식간에 날아갈 정도로 기쁘지만, 아직 넘어야 할 산이 남아 있다. 빠른 시일 내에 광고주 담당자나 회장님에게 보여줄 '뉴 시안'을 새로 만들어야 하는 것이다. 이미 선정된 시안이 있으니 그대로 만들면 되지 않느냐고 묻고 싶겠지만 그런 일은 좀처럼 일어나지 않는다. 그건 말 그대로 '시험 삼아 만들어본 안'이기에 회장님과 시청자의 정서까지 고려한 '집행안'은 새롭게 만들어져야 하는 것이다. 이에 더하여 프레젠테이션 현장에서 느꼈던 광고주 측의 생각을 최대한 반영해야 하고, 광고주가 즉석에서 떠올린 아이디어도 넣어야 한다. 광고대행사는 보통 하나의 안만 가져오는 일이 없고 A, B, C 안을 가져오기 마련인데 어쩌다 셋 다 마음에 들어버리는 날엔 그 안들의 장점만 살린 '짬뽕' 광고를 만드는 경우도 생긴다. '에이, 설마?' 하겠지만 실제로 일어나고 있는 일이다. 왜냐하면 광고는 예술작품이 아니기에 광고주의 입장과 소비자들의 반응까지 예상한 절충안을 생각해야 하고, 까다로운 광고 심의에도 대비해야 하기 때문이다.

광고에서 벌어지는 이런 과정을 문학에 적용해보면 어떨까? 예를 들어 어떤 시인 지망생이 신춘문예에 시를 몇 편 보내 운 좋게 당선이 되었는데 심사위원장이 그 시인을 신문사로 친히 부르더니 "보내주신 시 잘 읽었습니다. 아주 좋더군요. 자, 이제 그 방향 그대로 새로운 시를 다시 써봅시다." 그러고는 놀라는 청년을 바라보며 이런 말도 덧붙이는 것이다. "아, 그리고 시가 끝날 때쯤에 인생에 대한 아포리즘을 한 줄 넣으면 정말 완벽해질 것 같은데……. 내 아이디어 어떤가, 김 이사?" "훌륭하십니다. 위원장님."

뭐, 대충 이런 그림이라고나 할까. 그럼 그 시인은 "아니, 이게 대체 뭐하는 짓거리야, 이런 무식한 것들!" 하고는 자신의 작품을 위원장의 눈앞에서 발기발기 찢어버리고 밖으로 뛰쳐나오는…… 게 아니라 "아, 예. 알겠습니다. 일단 말씀하신 사항들을 최대한 반영해서 새로운 시를 A, B, C안으로 정리해 보내드리겠습니다. 내친김에 아예 시리즈로 벌려볼까요? 하하"라고 되묻는 것이다.

여기까지 상상하며 쿡쿡 웃다가 생각했다. 에이, 그래도 광고보다는 글쓰기가 좀 나은 것 같아. 아주 조금.

가장 짧은 얘기로 긴 돈을 버는 남자

언뜻 생각해보면 짧은 글보다 긴 글이 더 쓰기 어려울 것 같지만 글을 전문적으로 쓰는 사람들은 한결같이 짧은 글을 쓰는 게 더 힘들다고 말한다. 자신이 하고 싶은 얘기를 몇 줄 안 되는 문장 속에 효과적으로 넣기 위해서는 본질을 꿰뚫는 통찰과 고도의 압축미를 발휘해야 하기 때문이다. 나는 카피라이터 생활을 오래 했으므로 다른 사람들보다는 짧은 글 쓰는 데 익숙하고 훈련도 많이 된 편이지만 쓸 때마다 여전히 힘들다. 그래서 1장에서 언급했던 "오늘은 시간이 없어서 길게 쓰네"라는 수학자 파스칼의 편지 서두는 언제 들어봐도 절묘한 표현이다.

김동식 작가의 작법서 『초단편 소설 쓰기』를 흡입하듯 읽었다. '짧지만 강렬한 스토리 창작 교실'이라는 부제가 말해주듯이 이 책은 주물공장 노동자로 일하던 평범한 독신 남성이 지루한 시간을 이기기 위해 이런저런 이야기들을 지어내고 네이버 지식인에 '글 쓰는 법'을 검색해 글을 쓰기 시작한 뒤 900편이 넘는 초단편 소설을 쓰게 되기까지의 과정과 스스로 터득한 글쓰기 노하우들을 빼곡하게 기록한 책이다.

독자로서는 행복했지만 책을 읽으면서 약간 걱정이 되었다. 자신의 영업 비밀이나 다름없는 실전 글쓰기 노하우와 초단편 소설 쓰기 비법들을 너무 아낌없이 털어놓아서다. 어쩌면 당연한 이야기고 이미 알고 있는 사실들인데도 자꾸 밑줄을 치고 책 귀퉁이를 접게 되는 이유는 그가 털어놓는 방법들이 곱씹을수록 피가 되고 살이 되는 진리에 가깝기 때문이다. 이러다가 김동식 작가의 소설에 등장하는 '피가 많고 살이 찐' 괴물이 되는 건 아닌지 걱정이 될 지경이었다. 책의 내용 중 가장 용기를 주는 말은 "주물공장 노동자에 불과했던 내가 작가가 될 수 있었던 건 글을 잘 써서가 아니라 꾸준히 썼기 때문이다"라는 고백이다. 꾸준히 쓰는 사람을 당할 장사는 없다.

그런데 생각해보면 놀랍지 않은가. 글쓰기라고는 해본 적도 없는 사람이 짧은 기간에 대한민국 독자들이 모두 알아주는 베스트셀러 작가가 되다니. 김동식 작가를 맨 처음 발굴한 사람은 『나는 지방대 시간 강사다』를 써서 화제가 되었던 김민섭 작가다. 나는 2019년 7월에 제주 서귀포에서 2박3일 간 열렸던 '장르문학 부흥회'라는 모임에 참석한 적이 있는데 그 자리에 초빙강사로 나온 김민섭 작가는

"술 마시고 늦게 들어가 인터넷 게시판을 뒤지는 습성이 있는데 그날도 늦게 들어가 '오늘의 유머' 게시판에 들어갔다가 김동식이라는 신기한 작가를 발견했다"고 자랑했다.

그러나 김민섭 작가보다 더 극적으로 김동식 작가에게 길을 열어 준 사람은 한국출판마케팅연구소의 한기호 소장이다. 한 소장은 김민섭 작가가 김동식에 대해 쓴 글을 읽은 뒤 흥분한 나머지 김민섭 작가에게 '이 대단한 작가의 소설을 스무 편만 보내달라'는 휴대폰 메시지를 보냈다. 그러고는 받은 소설을 즉시 읽어본 뒤 곧바로 소설집을 내자고 제안했다. 그것도 세 권을 한꺼번에 계약하는 파격적인 조건이었다. 신인 작가의 소설은 리스크가 큰 법인데 김동식 소설은 그런 리스크를 감당하고도 남을 정도로 좋다는 확신이 있었기에 가능한 결단이요 모험이었다. 2년 정도의 세월이 흐른 뒤 한 소장은 자신의 블로그에 이런 글을 남겼다.

"요즘 내가 가장 부러운 사람은 김동식 작가다. 그에게 두 명의 편집자가 붙어 있다. 그는 글만 쓴다. 일주일에 세 편씩 카카오에 소설을 올린다. 다른 곳에도 글을 쓴다. 그리고 그는 강연을 많이 다닌다. 그를 강연에 초청한 교사들은 말한다. 김동식의 소설들은 누구나 읽을 수 있다. 한 사람의 예외도 없이 책을 읽어내고 토론에 참여한다. 미래의 삶에 대한 통찰이 많아 토론도 성공적으로 이뤄진다. 그 바람에 김동식 작가는 늘 바쁘다. 오전에 서울에서 강연을 하고 오후에는 또 다른 강연을 위해 KTX를 타고 내려가면서 열차 안에서 소설을 쓴다."

최근에 이보다 더 센세이셔널한 '신데렐라적 작가 스토리'를 들어 본 적이 없다. 나는 김동식의 소설들을 읽으며 감탄한다. 몇 달 전 아리랑도서관에서 읽은 초단편 소설집 『일주일 만에 사랑할 순 없다』엔 「머리 위 숫자들」이라는 초단편이 실려 있는데, 사탄이 인간의 머리 위에 거짓말, 예상 수명, 번식 행위, 살인 횟수 등을 표시해 대혼란을 초래하는 내용이다. 짧은 단편인데도 각종 숫자로 인간을 너무 쉽게 평가하는 현 세태를 제대로 꼬집는 글이었다. 그의 소설을 읽으면서 언제나 드는 생각은 '이야기도 짧고 가방끈도 짧은데, 여운은 길다'라는 것이다.

자, 여기 백지 상태에서 뒤늦게 시작한 글쓰기 하나로 인생을 바꾼 남자가 있다. 어떤가. 현대의 독자들은 짧고 빨리 결론이 나는 이야기를 좋아한다. 글쓰기를 결심한 당신이라면, 시간이 없고 써본 적이 없어서 망설이는 당신이라면 초단편 소설로 시작해보는 것도 괜찮지 않을까? 살짝 힌트를 준다면 김동식의 소설들엔 억 대의 돈과 치정, 배신, 들키는 것에 대한 두려움 등이 자주 등장한다. 그런 요소들이 짧은 이야기들을 강렬하게 만들고 독자들은 그 스토리의 반전에 열광한다. 김동식이 떼돈을 벌고 있다고는 말하지 않겠다. 그러나 그는 가장 짧은 이야기로 '긴 돈'을 벌고 있다. 초단편 소설 쓰기만으로도 지속가능한 작가 생활을 영위하고 있다는 뜻이다.

'어른들 말씀 듣지 말라'는 결혼식 축사

아내와 친하게 지내는 후배 진주가 사귄지 얼마 안 된 남자친구와 결혼을 하게 되었다. 그녀는 무슨 바람이 불었는지 내게 결혼 선물로 축사를 부탁했다. 나는 살짝 고민이 되었지만 그러겠다고 흔쾌히 고개를 끄덕였다. 작가로서 후배의 좋은 날에 축사 하나 써주는 것도 나쁘지 않은 일이라는 생각이 들어서였다. 그러나 약간 걱정이 되기도 했다. 내가 워낙 사회생활을 시작할 때부터 '정무 감각이 부족하다'거나 '나이브하다'는 평을 받았던 사람이라 과연 새 삶을 시작하는 젊은이들에게 도움이 될 만한 얘기를 해줄 수 있을까 의심스러웠던 것이다.

며칠 고민을 하던 나는 뻔한 덕담을 늘어놓느니 내가 정말로 해주고 싶은 속마음을 글로 쓰기로 마음먹었다. 초안을 쓰기 전 메모해놓은 내용을 아내에게 얘기해보았더니 괜찮은 것 같다는 반응도 돌아왔다. 결혼식이 토요일이었는데 목요일에 갑자기 여행갈 일이 생겨 고속버스를 타고 통영에 갔다. 어느 지인이 통영트리엔날레 행사를 예약해놓았다가 개인 사정이 생기는 바람에 우리 부부에게 숙소까지 양도해준 것이었다. 나는 돌아오는 고속버스 안에서 스마트폰으로 축사 원고의 초고를 썼다. 그리고 토요일 아침에 일어나 두 시간에 걸쳐 퇴고한 뒤 양복을 입고 결혼식장으로 갔다. 평소와 달리 넥타이까지 맨 정장 차림이었다.

나는 주례사가 끝난 뒤 앞으로 나가 마이크를 들고 '어른들 말씀을 듣지 말라'는 내용으로 시작하는 축사를 낭독했다. 바로 전 목사님의 주례사와는 아주 상반된 얘기라 좀 걱정이 되긴 했지만 이미 준비한 글을 바꿀 수는 없었다. 다행히 신랑 신부가 아주 좋아했고 하객들도 열심히 들어주는 눈치였다. 나는 인쇄해간 축사를 신부에게 주고 집으로 돌아와 브런치에 그 글을 올렸다. 하루만에 조회수가 7만 회가 넘었다. 많은 사람들이 공감했다는 증거인 것 같아서 기분이 좋았다.

안녕하십니까.

저는 오늘 여러분이 이 자리에 모여 축하해주러 오신 결혼식의 주인공, 신부 진주 씨와 꽤 친한 어느 선배의 공처가 남편 편성준입니다. 광고 카피라이터로 오래 일을 하다가 이젠 글을 쓰고 강연을 하는 사람이죠.

일전에 진주 씨가 "내가 결혼을 하니 축사를 한마디만 해달라" 부탁하기에 그러마 대답하긴 했지만, 잘난 것 없는 제가 무슨 말을 해줄 수 있을까 고민이 많았습니다. 한 사나흘 고민을 하다가 이왕 이렇게 된 거 매끄럽게 꾸며낸 좋은 말 대신 제가 진심으로 후배에게 해주고 싶은 뚝배기 같은 말을 전하기로 결심했습니다. 어쨌든 저는 진주 씨와 허재영 씨 두 사람보다 먼저 결혼 생활을 시작한 선배이고 또 동시대를 살아가는 친구이기도 하니까요.

새로운 인생을 시작하는 두 사람에게 제가 첫 번째로 해주고 싶은 말은 '어른들의 말을 듣지 말라'입니다.

보통은 어른들의 말씀을 잘 듣고 시키는 대로 해야 한다고 하겠지만 제 생각은 좀 다릅니다. 우리 곁에 계신 어른들도 불과 몇십 년 전엔 평범한 청년이었습니다. 그분들도 결혼이 처음이었고 아이를 낳아 기르는 것도, 사회에 나가 세상 쓴맛 단맛 다 보는 것도 처음인 사람들이었습니다. 다만 이제는 두 사람보다 훨씬 경험이 많은 어른이 되었죠.

그런데 이분들의 경험과 깨달음이 모두 진리일까요?

배를 타고 먼 바다로 나가 항해를 하는 사람이 있는가 하면 나가자마자 난파를 당해 표류를 거듭하다가 겨우 살아 돌아온 사람도 있습니다. 표류만 했던 사람에게 제대로 된 항해 경험을 들을 순

없겠죠. 어른들이라고 해서 모두 정상적인 항해를 한 것은 아니라는 말씀입니다. 그래서 저는 어른들의 말씀을 그대로 따라하지 말고 다만 '참고만 하시라'고 말씀 드리는 겁니다.
가장 중요한 건 타인의 경험이 아니라 두 사람의 생각입니다. 앞으로 두 사람이 살아갈 날들은 수많은 선택의 연속일 겁니다. 그때마다 타인의 말에 현혹되기보다는 자신의 마음과 양심이 시키는 본성을 믿으시기 바랍니다. 그게 훨씬 믿을 만하고 다른 곳으로 책임을 돌리지 않는 비결이기도 합니다.

둘째로 해주고 싶은 말은 '부부일심동체'라는 고언을 잊으라는 것입니다.
아무리 사랑하는 사이고, 심지어 결혼을 했다고 해도 사람은 하나가 될 수 없습니다. 더구나 두 사람은 이제 막 결혼식을 올린 것뿐입니다. 결혼은 인격체끼리의 약속이요, 평생 수행해야 할 계약이니 무조건 일심동체가 되었다고 뭉개지 말고 숟가락 젓가락 짝 맞춰보듯 천천히 하나하나 맞춰보시기 바랍니다.
시간은 많습니다. 그리고 '너는 너, 나는 나'라는 명확한 인식이 있어야 진정으로 서로를 위하고 도울 수 있는 겁니다. 괜히 부부가 일심동체가 되어 어려운 일이 생겼을 때 동시에 당황하거나 걱정에 빠지지 말기 바랍니다.

마지막으로 해주고 싶은 말은, 내일의 행복을 위해 절대로 오늘의 기쁨을 포기하지 말라는 것입니다.

제가 알기로 진주 씨는 대범하고 새로운 아이디어를 잘 내는 벤처 사업가입니다. 허재영 씨 역시 착실하고 독립심이 강한 경영인입니다. 지금 두 사람의 자세와 추세로 보면 당신들은 누가 도와주지 않아도 세상을 잘 살아갈 게 틀림없지만, 그래도 노파심에 드리고 싶은 말씀은 '너무 열심히 하지 말라'는 것입니다.

한창 열심히 일할 때는 누가 시키지 않아도 자신을 착취하게 되어 있습니다. 그런데 이런 세계관에 중독되어버리면 스스로 청교도적인 생활을 만들 수도 있겠죠. 진주 씨와 허재영 씨는 제발 말라빠진 토스트를 씹으며 엑셀을 작성하는 일이 없으셨으면 합니다. 모든 일은 '오늘 점심은 뭘 먹을까'를 위한 것이고, '이번 여름휴가는 어디로 갈까'를 위한 사업임을 잊지 마십시오.

보이지도 않는 내일을 위해 뻔히 보이는 오늘의 행복을 포기하지 마시기 바랍니다.

선배에게 한마디 하라고 했더니 이상한 얘기만 늘어놓는다고 벌써부터 후회하고 있는 두 사람의 얼굴이 보입니다. 그래도 오늘 드린 말씀은 다 진심에서 우러난 생각입니다. 다시 한 번 말씀드립니다.

어른들의 말을 듣지 마십시오.

부부일심동체라는 기만을 잊으십시오.

그리고 너무 열심히 일하지 마십시오.

슬기롭게 사랑하고 다정하게 서로를 돌보며 사십시오.

두 분의 결혼을 진심으로 축하드립니다.

2022년 4월 2일.

두 분의 첫 번째 결혼기념일에 편성준 드림.

4장

누구나 UX 라이터가 되어야 한다

구글Google을 비롯한 글로벌 기업들이 UX 라이터를 100명 이상 고용하고 있다는 사실을 알고 있는가? 아니, 그보다 UX 라이팅이라는 게 무엇인지 알고 있는가? IT 업계 등에서 '최고의 사용자 경험'을 제공하기 위해 시작된 UX 라이팅은 이제 제품이나 서비스 사용 설명을 넘어 현대인들의 커뮤니케이션에서 빼놓을 수 없는 기본 글쓰기 덕목으로 떠올랐다. 그도 그럴 것이 UX 라이팅의 핵심은 쉽고 짧고 단순하고 통일된 글쓰기이기 때문이다. UX 라이팅은 글을 쓰려는 사람은 물론 일반 회사원, 개인사업자, 연애를 하려는 사람에 이르기까지 누구에게나 필요한 글쓰기의 신기술이다. 영어로 된 명칭이라고 겁먹지 마시기 바란다. 알고 보면 무척 쉽고 당연한 얘기들이니까. 쉽게 말하면 UX 라이팅은 한 번 읽으면 누구라도 금방 이해할 수 있고 기억할 수 있는 글을 쓰는 방법론이다. 카피라이터는 광고회사에서 근무하지만 UX 라이터는 일반 기업은 물론 1인 기업에도 필요하다. 즉, 누구나 UX 라이팅을 할 수 있어야 한다는 말이다. 자, 그럼 얼른 나와 함께 UX 라이팅의 세계로 들어가 보도록 하자. 당신도 UX 라이터가 될 수 있다.

도대체 'UX 라이팅'이 뭐냐고?

짜증나는 일이 아닐 수 없었다. 나는 카피라이터로 오래도록 일하면서 광고 카피는 물론 기업 슬로건, 네이밍, 스피치 라이팅 등 수많은 종류의 글쓰기를 해왔고 책을 내고 작가가 된 이후로는 각종 칼럼 연재와 글쓰기 강의까지 하고 있는데 아직도 배워야 할 '라이팅'이 더 남아 있다는 암울한 소식을 접한 것이다. 이름도 어려운 'UX 라이팅'이다. UX는 유저 익스피리언스User Experience, 즉 사용자 경험을 뜻한다. 그러니 UX 라이팅이 무엇인지 알고 싶다면 일단 사용자 경험이라는 말의 뜻부터 정확히 알아야 할 것이다. 언뜻 생각하면 '물건을 구입하거나 사용하는 소비자의 총체적 경험'에 불과한 말 같은데 대체 무슨 다른 의미가 있을까, 하면서 급한 대로 위키백과사전을 찾아보았다.

사용자 경험 : 사용자가 어떤 시스템, 제품, 서비스를 직간접적으로 이용하면서 느끼고 생각하게 되는 총체적 경험을 말한다. 단순히 기능이나 절차상의 만족뿐 아니라 전반적인 지각 가능한 모든 면에서 사용자가 참여, 사용, 관찰하고 상호 교감을 통해서 알 수 있는 가치 있는 경험이다. 긍정적인 사용자 경험의 창출은 산업디자인, 소프트웨어공학, 마케팅 및 경영학의 중요 과제이며 이는 사용자 니즈의 만족, 브랜드의 충성도 향상, 시장에서의 성공을 가져다줄 수 있는 주요 사항이다. 부정적인 사용자 경험은 사용자가 원하는 목적을 이루지 못할 때나 목적을 이루더라도 감정적·이성적으로나 경제적으로 편리하지 못하거나 부정적인 반응을 불러일으키는 경험을 하게 되는 경우 발생할 수 있다.

뭔가 어려운 얘기 같지만 단순화해보면 광고나 PR 업계에서 말하는 '기업 PR'의 기능과 비슷하다. 하나의 제품이나 서비스는 소비자에게 어떻게 인식되느냐에 따라 기업의 이미지와 바로 연결되므로 소비자 경험에 좋은 인상을 주면 기업은 기존 고객이나 예비 고객들로부터 높은 점수를 딸 수 있다. 친절하고 정확한 정보를 꾸준히 제공하는 기업일수록 고객들이 믿고 찾는 것과 같은 이치다. 그런데 기업 PR이 스토리텔링과 감성적인 카피로 만들어지는 것에 비해 UX 라이팅은 건조하고 직관적이다. 심지어 사용 설명서나 마이크로카피와도 다른 개념이다. 사용 설명서는 고객이 제품을 어려움 없이 사용할 수 있도록 도와주는 글이고 마이크로카피는 사용자가 앱을 사용하는 방법을 터득하도록 알려주는 앱 전반에 나타나는 짧은 카피를 의미한다면 UX 라이팅은 그것들을 포함한 상위 개념의 '대고객 메시지'인 것이다. 일방적으로 작성하던 텍스트를 고객의 관점에서 끊임없이 재정의하고 개선하는 작업이 바로 UX 라이팅이다.

UX 라이팅이라는 단어는 '테크니컬 라이팅Technical Writing'에서 왔다. 테크니컬 라이팅은 개발자와 사용자 사이의 커뮤니케이션을 목적으로 작성하는 글인데, 이 글을 통해 사용자는 디바이스나 프로그램의 사용법을 상세하게 배우고 익힐 수 있다. 가전제품을 구입하면 들어 있는 '설명서(또는 매뉴얼)'가 대표적이다. 구글은 UX 라이터를 "사용자가 목적을 쉽게 달성하도록 도울 수 있는 카피Copy를 작성해 디자인과 제품의 경험을 향상시키는 역할을 하는 사람"이라고 정의했으며, 삼성은 "제품에 들어갈 명칭과 문구를 고민하고, 적절한 정보량을 판단하는 등 '언어적 감성' 부문을 담당하는 직업"이라고 말하고 있다.

그래도 얼른 이해가 되지 않을 수 있으니 생활 속에서 경험한 '바람직하지 못한 UX 라이팅'의 예를 하나 들어보자. 예전에 렌터카를 타고 아내와 함께 전국을 돌아다니며 취재 여행을 한 적이 있다. 한창 고속도로를 달리고 있는데 내비게이션 단말기에 '경로내유고'라는 단어가 떴다. 아니 이게 무슨 소리지? 이런 용어는 처음 보는데. 아내에게 물으니 아내도 전혀 모르겠다는 대답이 돌아왔다. 궁금한 마음을 간직한 채 조금 더 달려보니 고속도로 위에 사고 차량이 보였다. 그제서야 '경로내유고'가 '경로經路 안에內 사고가 있다有故'는 뜻이라는 걸 알아차릴 수 있었다. 비로소 다섯 글자의 비밀을 알게 된 나는 무의식적으로 욕을 내뱉어버렸다. 기계적으로 한자를 한글로만 바꿔놓은 무신경도 문제였지만 '가시는 길에 사고 차량이 있습니다'라는 쉬운 말을 놔두고 암호처럼 써놓은 게 더 화나는 일이었다. 모든 글이나 메시지는 읽는 사람 입장에서 작성되어야 하고 공적인 메시지는 더욱 더 그래야 한다. 그런데 '경로내유고'를 쓴 내비게이션 업체는 그럴 생각이 전혀 없었던 것이다. UX 라이팅 개념 도입이 시급한 이유다.

기업들은 왜 UX 라이터에게 고액 연봉을 줄까?

"호황인지 불황인지 알고 싶으면 여자들의 치마 길이를 보라"라는 말도 있었지만(낭설로 밝혀졌다) 잘 나가는 기업의 행태를 살펴보는 것만큼 당대의 '핫이슈'를 제대로 파악하는 방법도 없다. KB국민은행과 신한카드가 UX 라이팅 매뉴얼을 새롭게 바꿨다는 기사를 읽었다. 이건 뭔가 시사하는 바가 크다 싶었다. 가만히 있어도 충성 고객들이 알아서 찾아가는 브랜드들이 왜 돈과 사람을 써서 UX 라이팅 매뉴얼을 손보는 걸까.

나는 은행에 가서 예금 계좌를 개설하거나 대출을 받을 때 제시받는 관련 서류들을 끝까지 읽어본 적이 없다. 일단 거기 쓰여 있는 용어들이 너무 어렵고 딱딱하기 때문이다. 게다가 내용이 너무 길다. 그런데 은행들이 바뀌고 있었다. KB국민은행은 앱으로 쉽게 자동 로그인을 할 수 있도록 UX 디자인을 개선하는 것은 물론 어려운 한자어나 일본식 표현 등 고객이 이해하기 힘든 단어들을 쉬운 말로 바꾸는 UX 라이팅에도 신경 쓰기 시작했다. 은행이 아닌 고객의 입장에서 메시지를 다시 바라본 것이다. 고품질의 UX 라이팅과 금융 콘텐츠로 고객의 마음을 끌어오고 싶어 하는 곳은 KB국민은행만이 아니었다. 금융감독원은 생명·손해보험협회와 함께 '좋은 보험 약관 만들기' 경진대회를 실시했다. 설명이 어렵기로 명성이 자자한 금융권에서 이런 일을 벌이는 것은 그만큼 세상이 변하고 있다는 얘기 아닌가. UX 라이팅으로 금융권의 문턱이 낮아지고 있었다.

신한카드는 고객 중심의 'UX 라이팅 가이드'를 만들었는데 주요 내용이 '바르게 쓰기', '친절하게 쓰기', '쉽게 쓰기', '일관되게 쓰기'라고 한다. '일관되게 쓰기' 하나만 제외하면 내가 글쓰기 강의를 할 때마다 학인들에게 하는 소리와 똑같아서 깜짝 놀랐다. UX 라이팅이라는 건 결국 모든 글쓰기에 적용할 수 있는 일반 규범인 것이다. 일관되게 쓰기는 고객에게 안정감을 주기 위해 필수적인 사항이다. 기업이 자꾸 말투를 바꾸면 고객이 당황할 테니까. 그밖에도 신한카드는 어려운 단어나 한자어, 축약어 등을 쉬운 말로 바꾸었다.

'SKT 고객언어연구소'도 재밌는 곳이다. 여섯 명 직원 전원이 국문과 출신에 카피라이터를 하던 사람들이라는 것만으로도 특이한데 더욱 놀라운 것은 연구소 소장을 신입사원에게 맡겼다고 한다. 취업 준비를 하면서 통신사 관련 공부를 할 때 용어 때문에 어려웠던 경험이 있는 사람이 고객의 불편을 더 잘 알 것이라는 발상에서 나온 파격 인사였다. 이들은 통신요금 고지서는 물론 고객센터, 홈페이지 등에 등장하는 어려운 단어나 외래어, 전문 용어 등을 고객이 이해하기 쉬운 단어로 바꾸는 일을 함으로써 소비자들에게 좋은 반응을 얻고 있다. 예를 들어 'OMD 단말'은 '전자대리점 또는 온라인 마켓에서 직접 구매한 휴대폰'으로, 'TM'은 '전화상담'으로 바꾸는 식이다. 나도 카피라이터 시절 기업에 들어가 회의할 때 기업 담당자들이 자신들만 아는 내부 용어를 거침없이 쓰는 바람에 당황했던 기억이 있다. 지금 생각해보면 정말 잘못된 일이었지만 갑과 을의 관계 속에서 오래된 관행처럼 굳은 풍경이었다.

SK텔레콤은 고객의 마음을 끌어오기 위해서는 쉽고 명확한 글을 써야 한다는 내용의 커뮤니케이션 가이드북 『사람 잡는 글쓰기』도 발행했는데 초판 700부가 당일에 모두 소진되는 바람에 4일 만에 2쇄를 찍을 정도로 사내 반응이 뜨거웠다고 한다. UX 라이팅의 기본 덕목 중 하나가 '일관된 글쓰기'이니 통일된 매뉴얼에 목말랐던 내부 고객들로부터 환영받는 건 당연한 일이었을 것이다.

불과 얼마 전까지만 해도 우리는 공인인증서 없이는 모바일 뱅킹을 할 수 없었다. 인증서 기간이 만료되거나 효력이 상실되면 그날 개인의 은행 업무는 마비 수준이었다. 기계나 컴퓨터 작동에 서툰 나는 그렇다 치고 자기는 원래 '이과 체질'인데 문과로 가는 바람에 인생이 꼬였다고 주장하는 아내 역시 공인인증서를 재발급하는 날에는 신경이 온통 곤두서서 곁에 가면 찬바람이 일 지경이었다. '도대체 인증서 하나 발급받는 데 하루를 통째로 쓰는 게 말이 되는가' 하는 회의 섞인 한숨을 내쉬어야 했던 시절이었다. 대학 공부도 하고 멀쩡히 직장 생활도 했던 우리가 왜 공인인증서 앞에만 서면 작아졌던 걸까. UX 라이팅이 안 좋아서였을 것이다. 딱딱하고 어려운 용어 앞에서 프로세스가 한 번만 막혀도 재발급 업무는 더 이상 진행되지 않았으니까. 생각해보니 UX 라이팅이 절실히 필요한 곳은 IT 업체보다 관공서나 금융기관처럼 우리가 수시로 이용하는 기관들이 아닌가 싶다. 실제로 몇 년 전 영국 정부는 공식 사이트를 통합 정리하는 과정에서 UX 라이팅을 도입한 후 국민들로부터 좋은 반응을 얻었다. 그들의 모토가 '한 번 들어와 필요한 걸 얻고 나면 두 번 다시 검색할 필요가 없도록 한다'였다고 하니 그야말로 고객의 입장에서 글을 쓰는 UX 라이팅 정신에 충실했다는 것을 알 수 있다. 우리나라도 이제 쉽고 이해하기 쉬운 용어를 놔두고 왜 어려운 말이나 내부 용어를 쓰냐는 뒤늦은 반성이 기업들 사이에서 생기면서 UX 라이터들을 비싼 값에 모셔가고 있다는 소식이다. 너무 반갑고 다행스러운 일이다.

노회찬도 UX 라이터였다

나는 고 노회찬 전 의원의 팬이다. "50년 동안 똑같은 판에다 삼겹살 구워먹으면 고기가 시커매집니다. 판을 갈 때가 왔습니다"라는 말부터 시작된 촌철살인 어록들도 좋지만 무엇보다 그가 따뜻하고 유머를 아는 문화인이었기에 더 사랑했던 것 같다. 특히 박경리 선생의 대하소설『토지』를 다뤘던 〈TV, 책을 말하다〉라는 프로그램에 나와 "3부까지는 열다섯 번을, 완간된 5부까지는 다섯 번을 읽었다"고 말했을 때는 정말 깜짝 놀랐다. 정치인이 아니라 일반 애독자로 나온 것만으로도 놀라운데, 그 바쁜 사람이 스물한 권짜리 대하소설을 여러 번 읽었다는 건 거의 불가능에 가까운 게 아닌가 하는 생각에서였다. 게다가 그가 토지의 수많은 등장인물들 중 '주갑이'를 가장 좋아한다고 밝혔을 때는 두 손 두 발을 다 들었다. 여러 번 읽지 않았다면 서희나 길상, 용이, 월선이 등등 주요 인물을 다 제쳐두고 천하태평 주갑이를 꼽을 수 없는 일이었기 때문이다.

그는 방송이나 언론 매체에 나가 토론을 할 때는 물론 일상생활에서 대화를 나눌 때도 특유의 내공을 뽐내 사람들을 놀라게 하는 진정한 고수였다. 당연히 그의 말솜씨는 갑자기 튀어나오는 임기응변이나 언어유희가 아니라 말 그대로 오래 축적된 내공의 힘에서 비롯됐다. 그의 내공을 이루고 있는 것이 독서와 영화였다는 것은 널리 알려진 사실이다. 국회의원 시절 베스트셀러이자 페미니즘 소설이기도 했던 조남주의 『82년생 김지영』을 대통령에게 선물한 사람도 노회찬이었다. 그는 읽고 싶은 책이나 보고 싶은 영화가 생기면 어떻게 해서든 시간을 내서 꼭 보러 갔다고 한다. 생전에 그와 인연이 특별했던 김민정 시인은 "내게 의원님은 처음부터 책 좋아하는 아저씨였다. 사인본을 받아 읽은 책의 경우에는 반드시 리뷰를 보내주었고, 직접 사서 읽은 책은 구매 인증을 해주시곤 했다. 그게 뭐가 어렵겠냐, 하면 나는 그게 가장 어려운 일임을 또한 아는 바여서 지금 또 눈물이 난다. 내가 만난 최고의 어른이자 친구다"라고 말했다.

얼마 전 한 출판인과 통화를 하면서 '공감의 한 줄'이 얼마나 중요한지에 대해 얘기를 나눴다. 그는 요즘은 다들 전화 통화 대신 스마트폰 메신저로 대화를 나누는데 그럴 때 상대방의 마음을 읽어주는 한 줄의 메시지는 영화 한 편 이상의 임팩트가 있다고 말했다. 그러면서 어느 날 남도 지역의 북스테이 행사장에서의 에피소드를 들려줬다. 강연과 여흥을 겸한 그 자리엔 열 명의 여성이 있었는데 한 강사와는 끊임없이 대화를 나누면서도 자신에게는 말을 잘 걸지 않더라는 것이다. '도대체 왜 나만 이렇게 외로운 걸까' 곰곰이 생각한 그는 곧 원인을 깨달을 수 있었다. 자신에겐 '감탄사'가 없었다는 것이다. 북스테이에 온 사람들이 얘기를 할 때는 주의 깊게 들어주고 한마디 한마디에 공감하면서 질문도 던졌어야 했는데 자신은 소통 의지 없이 일방적으로 지식을 전달하기에만 급급했으니 당연히 인기가 없을 수밖에 없었다는 것이다. 그는 혜민 스님의 『멈추면 비로소 보이는 것들』이나 김난도 교수의 『아프니까 청춘이다』 같은 책이 초베스트셀러가 된 것도 원인을 설명하거나 해결책을 내놓기보다는 사람들의 지친 어깨를 두드려준 감성 때문이라고 말했다. 그는 나에게 "상대방의 마음을 사로잡는 한 줄을 써내지 못하면 나처럼 평생 혼자 살다가 고독사 할지도 모른다"라고 겁을 주며 웃었다. 그러면서 노회찬 전 의원도 'UX 라이터'였다고 덧붙였다.

생각해보니 그랬다. 노회찬은 늘 듣는 사람의 입장을 먼저 생각해서 공감을 만들어낼 줄 아는 커뮤니케이터였다. 그의 말은 언제나 짧고 명쾌했으며 어려운 단어나 표현은 전혀 쓰지 않았다. "모기들이 반대한다고 에프킬라 안 삽니까?" 같은 정치 촌평은 듣는 사람을 포복절도하게 만들었고 '6411번 버스를 아십니까?'라는 명연설을 할 때는 지켜보는 사람 모두를 눈물 짓게 했다. 김구 선생은 일제 강점기에도 "내가 바라는 나라는 무력보다 문화의 힘이 강한 나라"라고 했는데 어쩌면 김구와 노회찬은 다르면서도 같은 생각을 가졌던 사람들이 아니었나 싶다. 짧은 한 줄의 힘으로 세상을 바꿀 수 있는 시대가 되고 있다. 상업적 메시지뿐 아니라 말하고자 하는 바를 짧고 감성적인 글로 정확하게 쓸 수 있는 사람이 UX 라이터라고 의미를 확장해본다면 노회찬은 유머와 임팩트를 겸비한 '정치계의 1호 UX 라이터'였다.

인스타그램이 당신의 사업장이다

우리 동네에 사는 배우 임세미는 원래부터 인기가 있는 연기자였지만 〈여신강림〉이라는 드라마에서 박호산 딸로 나와 코믹 연기를 선보인 이후 인기가 급증, 인스타그램 팔로워 수가 졸지에 100만 명을 넘어섰다. 순식간의 일이었다. 임세미는 고기와 유제품 등을 먹지 않는 비건이며 쓰레기를 최소화하는 제로웨이스트 실천가, 그리고 동물 애호가이기도 하다. 그런 그녀의 활동은 인스타그램을 통해 사람들에게 선한 영향력을 끼친다. 이른바 '인플루언서'인 것이다. 다른 SNS도 있는데 왜 하필 인스타그램을 콕 집어 얘기하느냐 하면 '인스타그램'이 바로 '취향 기반'으로 움직이는 곳이기 때문이다. 인스타그램 패션, 뷰티, 음식은 물론 비거니즘이나 페미니즘, 과학, 만화 등 시대를 반영하는 의견이나 콘텐츠들이 유난히 환영을 받는 공간이다.

인스타그램은 원래 고양이 사진으로 시작된 곳이다. 같은 관심사를 가진 사람들끼리 자유롭게 사진을 교류하던 이 플랫폼은 해시태그(#)라는 방법을 통해 서로의 관심 분야를 정보로 만들고 비즈니스로 키워낸다. 숏폼 드라마(1~10분 이내의 짧은 영상으로, 언제 어디서나 모바일 기기를 이용해서 콘텐츠를 즐기는 대중들의 소비 형태를 반영한 드라마)로 대박을 치고 OTT로도 진출한 〈며느라기〉라는 작품은 열 컷짜리 인스타툰에서 시작된 프로젝트였다.

아내는 인스타그램에 그날 먹은 밥상을 꾸준히 올리고 '매일매일 밥상'이라는 해시태그를 달아 제법 유명세를 탔고(나중에 '#소행성밥상'으로 바꾸었다) 나는 '공처가의 캘리'를 연재해서 남성 유저들의 원성을 사고 있다. 나도 인스타그램 인플루언서의 덕을 본 적이 있다. 〈컬투쇼〉 사회자인 개그맨 김태균이 나의 첫 책 『부부가 둘 다 놀고 있습니다』를 읽고 너무 재밌었다며 '기회가 되면 저자와 꼭 소주 한잔 하고 싶다'는 글을 올렸던 것이다. 실제로 그 글이 올라온 뒤로 책 판매량이 일시적으로 크게 늘었음은 물론이다. 예전에 책을 내면 언론사 문화부에 보도자료를 보내 새책 소개를 기대했던 것처럼 이제는 인스타그램의 인플루언서가 책 사진을 찍고 코멘트를 올려주길 바란다. 이렇듯 인스타그램은 기존의 미디어를 밀어내고 사회 전반에 필요한 메시지를 전하는 창구가 되었다. 세상이 바뀐 것이다. 온라인 대학 MKYU를 운영하고 있는 인기 강사 김미경은 "누구나 마음만 먹으면 가게를 낼 수 있는 시대가 되었다. 인스타그램이야말로 개인 사업장이나 마찬가지니 지금 당장 인스타 계정을 파라"라고 외친다. 고르고 고른 사진과 고심해서 올린 공감의 한 문장이 누구에게나 무한한 기회를 만들어주고 있는 것이다.

인스타그램은 페이스북에 비해서 글이 짧다. 심지어 링크도 대문에 하나밖에 걸지 못한다. 그래서 UX 라이팅이 절대적으로 필요하다. 짧고 이해하기 쉬우며 감성적인 프로필 정리는 인플루언서로 가는 첫걸음이다. 간단하게 이름과 직업만 써놓는 사람이 있는가 하면 자신이 운영하는 유튜브 계정이나 공동구매를 유도하는 계정을 올리는 경우도 있다. 한정된 공간이기에 '선택과 집중'이 필요하다.

이 글을 쓰면서 인스타그램 한국 홍보 책임자와 통화를 할 기회가 있었다. 그녀는 전 세계적으로 한 달에 10억 개 정도의 계정이 활동하는데 인스타그램이 내세우는 세 가지 가치, 즉 표현의 자유, 관심사(interest), 그리고 웰빙을 추구하며 저마다의 콘텐츠를 생산하거나 즐기고 있다고 한다. 프로필을 쓰는 가이드가 없기 때문에 오히려 더 잘되는 것 같다는 말도 했다. 이런 자유로움 때문에 개인뿐 아니라 기업들도 인스타그램 운영에 적극적이다. 우리나라 인스타그램 사용자의 90퍼센트는 기업 계정을 팔로우하는 데 거부감이 없다고 하니 기업들에는 너무나 훌륭한 기회의 땅인 것이다. 이제 연예인 소식이나 생활에 필요한 정보를 인스타그램에서 얻는 것은 당연한 일이 되었다. 지금 당장 해시태그로 음식이나 여행을 검색해보

라. 그동안 모르고 살았던 콘텐츠들이 거의 무한대로 쏟아진다. 개인적으로는 좋아하는 극단을 팔로우해 그들의 공연을 놓치지 않는 것도 인스타그램의 장점이다. 아내가 요즘 젊은 사람들의 여행에 대해 알고 싶으면 '오빠랑'이라는 키워드를 넣어보라고 해서 시키는 대로 했더니 #오빠랑은 물론 #오빠랑데이트 #오빠랑노는게제일재밌어 #오빠랑여행갈래 #오빠랑제주도갈래 #오빠랑여행갈래_국내 #오빠랑여행갈래_제주 같은 확장 키워드들이 주르륵 떴다. 공감 가는 키워드를 만드는 것도 UX 라이팅 능력임을 알 수 있다.

2018년 미국 퓨 리서치 센터Pew Research Center가 발표한 통계에 따르면 15세 이상 미국인의 하루 평균 독서량은 16분에 불과한 반면, 미국 성인 남녀의 하루 스마트폰 사용량은 3시간 35분이었다고 한다. 그중 대부분은 SNS와 동영상 시청에 쓰였다. 페이스북이나 인스타그램, 틱톡 같은 SNS 활동은 대부분 이동 중 스마트폰을 통해 이루어지므로 이를 고려해 핵심적인 내용이 눈에 잘 띄도록 구성해야 한다. 손바닥만 한 디바이스에서 하고 싶은 말을 전해야 하므로 짧고 효과적인 문장으로 공간을 경제적으로 활용하는 것은 필수적이다. 콘텐츠만 좋으면 누구에게나 다가갈 수 있는 세상이 되었다. "인스타 믿고 외진 데 가게 얻었어"라는 말은 우리가 이전과는 얼마나 달라진 세상에서 살고 있는지를 말해준다. 정성스러운 사진과 동영상, 그리고 읽는 사람의 마음을 움직일 수 있는 짧은 문장만 있으면 인스타그램도 훌륭한 사업장이 될 수 있음을 잊지 말자.

말한마디로 천냥빚을 질수도 있다

대학 때 영문법을 가르치던 교수님이 '세상에서 가장 애매한 문장'을 하나 만드는 데 성공했다며 들려주신 적이 있다. 교수님이 만든 문장은 "조만간 너에게 다소의 돈을 빌려줄 수 있도록 최선을 다해보겠다"였는데 과연 어느 것 하나 확실한 게 없는 비겁한 문장이었다. 그때는 그저 웃어넘겼지만 지금 생각해보면 삶을 살아가는 데 있어서 명확한 문장이 얼마나 중요한지를 일깨워주는 이야기였다.

아내와 〈금조이야기〉라는 연극을 보러 서울역 뒤에 있는 '백성희장민호극장'에 갔을 때 일이다. 네 시간짜리 연극이었으므로 조금 이른 시간에 밥을 먹어야 했는데 서울역 로비엔 페스코 베지터리언(육류는 먹지 않고 생선, 동물의 알, 유제품은 먹는 유형의 채식주의자)이 먹을 수 있는 식당이 없었다. 로비 1, 2층을 헤매다 밖으로 나온 우리는 결국 서부역 뒤에 있는 우동집으로 들어갔다. 시간이 얼마 없었기에 빨리 준비되는 음식을 시키려고 했으나 모든 주문은 키오스크를 통해서만 가능했다. 나는 얼른 기계로 가서 버튼을 눌렀다. 그런데 하나를 누르고 나니 '완료' 버튼이 떴다. 두 그릇을 주문해야 하는데 한 그릇을 선택하자마자 완료 버튼이 나오는 게 이상했다. 내가 헤매고 있자 일하는 아주머니가 와서 도와주었는데 그분이 해도 에러가 나는 건 마찬가지였다. 문제는 키오스크의 UX 라이팅이 복잡하고 직관적이지 않다는 것이었다. 몇 번의 시행착오 끝에 겨우 우동 두 그릇을 주문하는 데 성공했으나 시간이 모자라 거의 마시는 수준으로 급하게 먹고 일어서야 했다. 키오스크 같은 자동 주문 장치야말로 사용자를 배려하는 글쓰기여야 하는데 그런 면에서 아직도 갈 길이 먼 것 같았다. 오죽하면 패스트푸드점에 키오스크가 도입되고 나서 노인들이 사라졌다는 웃지 못할 이야기가 들려올까.

"말 한마디에 천냥 빚을 갚는다"는 속담이 있다. 나는 이걸 고스란히 뒤집어 "말 한마디로 천 냥 빚을 질 수도 있다"로 바꾸고 싶다. UX 라이팅이 중요한 이유는 그 글이 기업의 목소리를 대변하는 메시지일 확률이 높기 때문이다. UX 라이터가 쓴 글이 애매하거나 일관성이 떨어져 고객에게 신뢰를 잃게 되면 UX 라이터가 문책을 당하는 것에 그치지 않고 기업은 막대한 손해를 입게 된다. 한 번 떠나간 고객을 다시 불러들이려면 몇 배의 노력을 해야 한다는 건 마케팅의 기본 상식이기도 하니 기업은 아주 사소한 메시지 하나라도 허투루 넘기지 말고 신경을 써야 한다. 예를 들어 누구는 '잔액'이라고 하고 누구는 '남은 금액'이라고 한다면 그 회사는 이미 메시지의 일관성에서 점수가 깎이고 들어가는 것이다.

UX 라이팅이 일관성을 가져야 하는 이유는 그 글이 앱뿐만 아니라 상품을 소개하는 긴 글이나 영상, 카드뉴스 등 콘텐츠 영역에서도 똑같이 중요하게 작용하기 때문이다. UX 라이팅은 결코 한 사람이 전부 쓸 수 없다. 하지만 마치 한 사람이 쓴 것처럼 일관성을 부여하지 않으면 고객은 메시지에 혼란을 느끼게 될 것이다. 그래서 UX 라이터의 머리와 나머지 팀원들의 머리를 '동기화'하는 게 바로 UX 라이팅의 가이드다. 결국 좋은 UX 라이팅은 혼자만 잘 쓰는 게 아니라 라이터의 글쓰기 능력을 나머지 팀원들이 동일하게 적용시킬 수 있는 매뉴얼이 관건인 것이다.

UX 라이팅은 단지 글쓰기만을 의미하지 않는다. 눈에 보이지 않는 조력자가 옆에 있다고 느끼도록 하려면 모든 '소비자 경험'을 고려해야 한다. 당연히 시간도 살펴야 한다. 당신이 은행 직원인데 월요일 아침부터 '고객님의 총 대출 금액은 2억 3,000만 원입니다'라는 문자 메시지를 보낸다면 누가 당신이 다니는 은행을 좋아하겠는가. 잘못 선택한 메시지 전송 시간은 '천 냥 빚'을 지는 지름길이니 부디 조심하기 바란다.

카피라이터는 지고

UX 라이터가 뜬다

글을 쓰려고 청주에 내려갔을 때의 일이다. 하루는 전화국으로부터 문자 메시지를 받았는데, 전화요금이 45만 원이 나왔다는 내용이었다. 늘 오던 요금 문자 메시지겠지 하는 생각에 확인도 안 하고 전화기를 닫으려는 순간 '45만 원'이라는 글자가 눈에 확 들어왔다. 내가 머물고 있는 숙소의 와이파이 연결이 시원치 않아 스마트폰 요금제를 무제한으로 바꾸었는데 그렇다고 요금이 45만 원이나 나올 줄은 상상도 못했던 것이다. 해외 통화를 밤새도록 한 것도 아니고 24시간 동영상을 시청한 것도 아닌데 45만 원이라니. 덜덜 떨리는 손으로 고객센터에 전화를 했다. 안내 직원은 나의 다급한 목소리를 듣더니 표시된 금액은 전화 요금이 아니고 내가 전화기를 업그레이드하며 반납한 단말기 값 45만 원이 미정산 금액 중 일부로 채워졌다는 얘기란다. 기가 막혀서 다시 문자 메시지를 살펴보았다.

[KT안내] 요금납부 확인안내

[Web 발신]

[KT안내] 요금납부 확인안내

안녕하세요.. 고객님, KT입니다.

03월02일 아이폰11 슈퍼체인지 그린폰포인트로 납부한 KT 통신요금 정상 납부되었습니다.

[납부내용]

- 청구계정번호 : 000000000

- 납부금액 : 450,000원

누가 봐도 통신요금 45만 원을 납부했다는 소리처럼 보였다. 왜 헷갈리게 적어놓아 사람을 놀라게 하느냐고 따지기엔 내가 너무 지쳐 있었다. 나는 그냥 알겠다고 했고 "더 필요한 사항 없으십니까, 고객님?"이라고 묻는 친절한 안내 직원의 멘트에 "네. 없습니다"라고 말하고는 전화를 끊었다. '진짜 친절은 부드러운 목소리나 예절을 지키는 태도가 아니라 고객에게 정확한 정보를 쉬운 톤 앤 매너로 전달하는 것'이라는 생각을 하면서. 나중에 아내에게 UX 라이팅 소개하는 글로 이 에피소드를 쓰면 어떨까 하고 물었더니 대뜸 "이

거야말로 나쁜 UX 글쓰기의 훌륭한 예네!"라며 좋아했다.

나는 카피라이터로 꽤 오랫동안 일했다. 그래서 카피라이팅에 대해서는 어느 정도 자신이 있었지만 UX 라이팅은 낯선 단어였다. 책을 찾아보고 인터넷을 뒤져보니 카피라이팅과 UX 라이팅의 차이점을 예를 들어 설명한 글이 있었다. 예를 들어 LG전자의 'Tone Free 블루투스 이어폰'을 광고 카피로 쓰면 '소리로의 집중, 소음으로부터의 탈출'처럼 짧고 간결한 문장으로 표현된다면 테크니컬 라이팅은 'Tone Free App에서 주변 소리 듣기 On 또는 Off 설정을 할 수 있습니다'라고 쓰는 식이다. 테크니컬 라이팅은 개발자가 사용자에게 사용법을 알려주기 위해서 쓰는 글이므로 기계적인 설명에 집중한다. 제품 사용 설명서가 대표적이다. 이에 반해 UX 라이팅은 '이어버드를 길게 누르면 주변에서 속삭이는 목소리도 들을 수 있어요'처럼 사용자가 제품을 사용하는 모든 순간에 상호작용하는 메시지라고 보면 된다. 통보 방식이 아니라 대화하는 것처럼 쓰면서 사용자가 원하는 결과를 얻을 수 있도록 옆에서 돕는 글이 UX 라이팅이다.

어떻게 하면 UX 라이터가 될 수 있을까? 인터넷을 검색해보면 마이크로소프트, 애플, 월마트, 우버 같은 최우량 기업들이 UX 라이터를 찾고 있음을 알 수 있다. 이들이 찾는 UX 라이터의 자격 요건을 살펴보면 '작문 경험을 보유하고 있어야 한다', '제품 관리자, 기획자, 엔지니어, 마케터 등 타 부서 사람들과 원활하게 협력할 수 있어야 한다', '사용자 측면에서 고객을 대변하는 사람이 되어야 한다', '복

잡한 내용도 최대한 짧고 의미가 명확하게 전달되도록 작성할 수 있어야 한다' 같은 기본적인 조건들이다. 화려한 미사여구를 구사하거나 문장 자체를 멋지게 꾸밀 필요는 없다. 대신 소비자들이 읽자마자 제품이나 서비스 내용을 잘 이해하고 나아가 호감을 가질 수 있는 글을 써야 한다.

나는 여기에 '부지런함'이라는 조건을 추가하고 싶다. 말은 생물과 같아서 늘 변하기 마련이다. 그러니 안테나를 쫑긋 세우고 있어야 한다. 그렇다면 변하는 말의 흐름을 어떻게 따라잡을 수 있을까? 우선 인터넷으로 국립국어원 홈페이지에 자주 방문해보라. 오늘 국립국어원 '다듬은 말' 코너에 가보니 어려운 말들을 쉽고 직관적인 말로 대체해놓았다. 벌크업Bulk up은 근육 키우기로, 케어 푸드care food는 돌봄식 또는 돌봄 음식으로 쓰기를 권장하고 있었고 오너 리스크owner risk는 경영주발 악재 정도로 풀어 쓰라고 되어 있었다.

예전에는 전문 작가가 글을 썼지만 이제는 누구나 글을 쓰지 않으면 경제 활동을 할 수 없는 시대가 되었다. 사람들은 글쓰기라고 하면 '타고난 글재주'부터 생각하는 경향이 있는데 당장 치킨집 사장님이 고객에게 보내는 광고 문자나 안내 메시지도 다 UX 라이팅이고 그런 글은 글재주와는 상관없는 것이다.

쿠팡과 무신사에서 UX 라이팅을 총괄한 메시지 스페셜리스트이자 『UX 라이팅 시작하기』의 저자인 권오형은 'UX 라이팅이란 사용자 인터페이스(UI) 회사에 들어가 사용자를 안내하고 제품과의 상호작용을 돕는 카피를 쓰는 작업'이라 정의하고 있다. 아울러 그는 UX 라이팅의 중요성을 빨리 인식한 삼성전자, 현대카드, 토스 등 사용자 경험을 중요시하는 여러 기업이 UX 라이터를 채용하고 있다고 말했다. 말하자면 UX 라이팅이 '블루오션'이 될 수도 있다는 귀띔이다.

쉽고 짧게 얘기하겠다. 카피라이터는 광고회사에 필요하지만 UX 라이터는 어느 회사에나 필요하다. 고객에게 쉽고 친절하면서 통일성 있는 메시지를 전달해야 하는 건 작은 가게나 큰 기업이나 마찬가지로 대고객 활동의 기본이기 때문이다. 공부를 해보니 UX 라이팅이 그렇게 어려운 개념은 아니다. 그러나 날이 갈수록 꼭 필요한 글쓰기이고 혼자서는 할 수 없는 일이기도 하다. 그리고 좋은 UX 라이팅은 긍정적인 고객 경험을 만들어내고, 기업이 원하는 고객의 행동을 끌어낸다. 당신이 취직을 하거나 직장을 옮길 생각이 있다면 지금 당장 UX 라이팅부터 배워라. 이건 문과나 이과, 학력 등을 떠나서 누구든 먼저 배우는 사람이 주도권을 잡을 수 있는 현대의 '교양 과목'이니까. 카피라이터가 지는 해라면 UX 라이터는 뜨는 해다. 그리고 UX 라이터가 되지 않아도 '사람들의 마음을 흔드는 한 줄'의 글을 쓰는 능력만 있다면 세상은 당신에게 조금 더 많은 기회를 줄 것이다.

재밌게 살아야 재밌는 글이 나온다

나는 유미주의자다. 술을 마셔도 공부를 해도 연애를 해도 일단 재미가 있어야 한다. 그러나 일은 예외다. 재밌는 일을 하며 돈을 번다는 사람은 행운아이거나 거짓말쟁이라고 봐야 한다(조지 루카스가 영화 〈인디애나 존스〉 촬영 현장에 놀러 갔을 때 마차에 매달려 끌려가는 해리슨 포드를 찍으며 스티븐 스필버그가 "믿어져요? 이렇게 재밌는 일을 하며 돈도 번다는 게?"라고 했다는 얘길 읽은 적은 있지만, 그 사람들은 이미 인간의 단계를 넘어 신적인 존재가 되어가고 있으니).

무릇 글은 쓰는 사람의 인생과 캐릭터의 반영이다. 그러므로 글이 재밌으려면 일단 재밌는 인생을 살아야 한다. 어떻게 인생이 즐거울 수가 있냐고? 인생이 재밌는 사람은 억세게 운이 좋은 사람들뿐이라고? '어느 나라, 어느 시대, 어떤 가정에서 태어나는가'까지는 운이 맞다. 그러나 그다음부터는 스스로 바꿀 수 있다. 지금 당신이 이렇게 사는 것은 운명이 맞다. 그런데 지금까지가 정해진 운명이었다면 이제부터는 바꿀 수도 있다. 그러니 재미있게 살려고 노력해보자. 힌트를 주자면 우울하고 과묵한 사람보다는 쾌활하고 수다스러운 사람이 더 행복하게 살다 죽을 확률이 높다.

"금연은 내가 한 일 중에서 가장 쉬웠다. 그래서 나는 수백 번이나 했다."

미국의 소설가 마크 트웨인Mark Twain의 말이다. 이 악동을 누가 말리랴. 늘 촌철살인의 농담을 많이 만들었던 작가다. 지금도 『톰 소여의 모험』에서 주인공 톰이 이모가 시킨 담장의 페인트칠을 동네 아이들에게 떠넘기는 장면을 생각하면 나도 모르게 미소를 짓게 된다. 그러나 마크 트웨인이라고 인생이 늘 즐겁기만 했을까. 그럴 리가 없다. 다만 어떡하든 인생의 밑바닥에 남아 있는 즐거움의 단서를 포착하고 그걸 남다르게 표현하려 노력했을 것이다.

내가 쓰는 글이 재밌다고 하는 독자는 무조건 웃기는 글보다는 약간의 유머와 페이소스가 섞인 글을 더 좋아하는 사람들이다. 어쨌든 재밌는 글을 쓰려면 재밌게 살아야 하는데, 그 시작은 일상을 다른 눈으로 바라보는 것이라 생각한다. 내 책에서 사람들이 많이 공감하고 위로했던 글 중 하나가 '남편이라는 직업'이었다. 읽어보면 누구나 비슷하게 겪는 일인데 웃음이 난다고 했다.

〈남편이라는 직업〉

아내는 가끔 집에서 내게 고래고래 소리를 지를 때가 있다. 내가 "여보, 왜 이렇게 소리를 지르고 그래?"라고 물으면 "그럼 내가 당신한테나 소리를 지르지, 누구한테 가서 이렇게 소리를 질러보겠어" 하며 계속 소리를 지른다.

아내는 가끔 얼토당토않은 말을 나에게 할 때도 있다. 내가 "여보, 그런 엉터리 같은 소리가 어디 있어?"라고 물으면 "아니, 그럼 내가 당신한테나 이런 소리를 하지, 어디 가서 이런 바보 같은 얘기를 해보겠어?"라고 반문한다.

남편은 참 재미있는 직업이다.

어떻게 하면 재밌는 글을 쓰며 살 수 있을까? 연기자 겸 감독인 염문경은 『내향형 인간의 농담』에서 뭔가 할 말이 있어서 이야기를 만드는 것보다는 어떤 이야기든 '재밌는 방향'으로 전환하려는 노력이 중요하다고 말한다. 시나리오 작법서에도 그게 더 낫다고 나와 있단다. 그러나 노력만으로 재미나 웃음이 만들어지는 건 아니다. 막연할 땐 뭐든지 돈으로 치환해보면 분명해진다. 만약 '유머와 위트 있는 글쓰기'가 매달 500만 원의 돈을 벌게 해준다면 사람들은 눈에 불을 켜고 모여들 것이고 너도 나도 그런 제목이 들어 있는 책을 사거나 글쓰기 강좌에 등록할 것이다. 그러나 그런 식으로 사기를 치며 살 순 없다. 마거릿 애트우드도 이미 돈 문제에 대해서는 이렇게 말하지 않았던가. "그렇게 똑똑하다면서 왜 부자가 아니에요?"(유도라 웰티의 소설 「화석인」의 대사를 마거릿 애트우드가 강의에서 인용)

나는 재밌는 글쓰기가 당장 현금을 창출하지는 못해도 한 사람의 인생을 바꿀 수는 있다고 생각한다. 그리고 그 '재미'라는 게 사람마다 다 다르기에 글쓰기의 효용은 더 크고 넓어질 수밖에 없다고 생각한다. 오르한 파묵은 스물두 살에 무슨 소설을 쓰냐며 비아냥대는 사람들에게 "소설은 우리가 인생을, 사람을 알기 때문에 쓰는 게 아니에요. 다른 소설들을 이해할 수 있을 것 같고 그와 같은 방식으로 써 보고 싶기 때문에 쓰는 거라고요!"라고 말하고 싶었다고 한다. 결국 그는 그렇게 소설을 읽고 쓰기 시작해서 지금까지 여덟 편의 장편 소설을 발표하고 노벨 문학상을 비롯한 전 세계 유수의 문학상을 휩쓴 소설가가 되었다.

오르한 파묵의 이야기에서도 알 수 있듯이 소설가는 인생에 대해 아는 사람들이 아니라 인생에 대해 궁금한 게 많은 사람들이다. 필립 로스도 옥타비아 버틀러도 자신이 궁금한 게 많아 그걸 알고 싶어서 소설을 쓴다고 했다. 결국 작가들은 쓰면서 거대한 질문의 해답을 얻는 것이다.

김민정 시인은 한때 인천에서 살았는데 신사동 앙드레김 의상실 근처에 있던 출판사까지 매일 출퇴근을 하느라 녹초가 되곤 했다. 그러던 중 정채봉 선생을 만나 인터뷰를 하는데 그가 "민정 씨, 시 쓰세요"라는 말을 했다고 한다. 그걸 흘려듣지 않은 김민정 시인은 다음 날부터 대학 때 썼던 시들을 종이에 출력해 한 편씩 딱지처럼 접어 주머니에 넣고 다니며 만원 지하철에서 퇴고를 해 첫 시집을 냈다고 한다. 월간 〈페이퍼〉에서 읽은 기사다. 그녀가 단지 시인이 되고 싶어서 그 글들을 딱지처럼 접어 들고 다녔을까. 그보다는 글 쓰는 것 자체가 너무 재밌고 신나서 만원 전철 안에서도 즐겁게, 악착같이 썼을 것이다.

2022년 3·1절 기념식에서는 임시정부가 1919년도에 만든 독립선언서를 우리말과 영어, 일본어, 중국어, 프랑스어 등으로 나누어 낭독하는 행사가 있었다. 우연히 텔레비전을 틀었다가 신기하고 재밌어서 보게 되었는데 이 기념식에서 독립선언서 마지막 구절이 "시작이 곧 성공이다. 다만, 저 앞의 밝은 빛을 향하여 힘차게 나아갈 뿐이다"라는 문장으로 이루어져 있다는 사실을 알게 되었다. 무려 100년도 더 전에 쓴 글에서 "시작이 곧 성공이다" 같은 세련되고 단정적인 말을 듣게 되다니, 놀라운 일이었다.

그래서 묻는다. 당신도 재밌는 글쓰기를 하고 싶은가? 아니면 글쓰기를 함으로써 재밌는 인생을 살고 싶은가? 그렇다면 지금부터 시작하시라. 시작이 곧 성공이다. 이건 내 말이 아니라 대한민국 임시정부 독립선언서가 보증하는 글쓰기의 진리다.

살짝 웃기는 글이 잘 쓴 글입니다

2022년 7월 21일 1판 1쇄 발행
2023년 11월 3일 1판 2쇄 발행

지은이 편성준
펴낸이 한기호
책임편집 강세윤
교정교열 이성현
편집 도은숙, 정안나, 유태선, 염경원, 김미향, 김현구
마케팅 윤수연
디자인 북디자인 경놈
경영지원 국순근
펴낸곳 북바이북
출판등록 2009년 5월 12일 제313-2009-100호
주소 04029 서울시 마포구 동교로 12안길 14(서교동) 삼성빌딩 A동 2층
전화 02-336-5675 팩스 02-337-5347
이메일 kpm@kpm21.co.kr
홈페이지 www.kpm21.co.kr

ISBN 979-11-90812-42-9 (03800)

· 북바이북은 한국출판마케팅연구소의 임프린트입니다.
· 책값은 뒤표지에 있습니다.
· 잘못된 책은 구입처에서 교환해드립니다.